An Staran

Rosg Gàidhlig le

Ruaraidh MacThòmais

An Staran

Rosg Gàidhlig le

Ruaraidh MacThòmais

Deasaichte le Petra Johana Poncarová

acair

Clàr-innse

Buidheachas

Bu chaomh leam taing mhòr a thoirt do dhaoine a tha air a bhith cuideachail don leabhar seo ann an iomadh dòigh:

Danny Thomson, mac Ruaraidh, a thug cead dhuinn, as leth teaghlach MhicThòmais, an co-chruinneachadh seo fhoillseachadh;

Catrìona Dunn, Aonghas Moireasdan, agus sgioba Acair air fad airson taic chùramach a thug iad dhan leabhar;

Iain MacDhòmhnaill, a thug comhairle phrìseil dhomh a thaobh na pìosan a thaghadh an toiseach agus a lorg dà sgeulachd air nach robh mi eòlach, 'Dubhsgeir' agus 'Mòd Thorgaboil';

Roibeard Ó Maolalaigh agus sgioba DASG aig Oilthigh Ghlaschu a chuir ri chèile *Gairm Air-Loidhne*, goireas a dh'atharraich rannsachadh air an ràitheachan agus air na sgrìobhadairean a bha 'n sàs ann gu buileach;

Raghnall MacilleDhuibh, oir fhuair mi beachdan agus smuaintean luachmhor bhon rannsachadh a rinn e fhèin air *Gairm* agus obair MhicThòmais;

Aonghas MacCoinnich, a bha an-còmhnaidh brosnachail nuair a dh'fheuch mi làrach-lìn MhicThòmais a chur air dòigh.

Tha mi fada nan comain.

Petra Johana Poncarová

Glaschu, An t-Sultain 2024

Ro-ràdh

Mar a thuirt an t-Oll. Iain MacAonghais, “chan eil teagamh nach do rinn Ruaraidh MacThòmais barrachd às leth na Gàidhlig na rinn duine sam bith eile riamh ann an eachdraidh nan Gàidheal.”[1] Dh’fhàg MacThòmais dìleab ioma-dhòigheach, brosnachail, beòthail. Anns an là an-diugh, tha e ainmeil gu h-àraidh mar aon de na bàird as cliùitiche anns an dàrna leth den fhicheadamh linn, air a’ Ghàidhealtachd agus ann an Alba air fad, agus mar ollamh agus iomairtiche a bha gu mòr an sàs ann an ath-bheòthachadh na Gàidhlig. Fiù ’s anns an t-seagh sin, cha d’fhuair e gu ruige seo an spèis air a bheil e airidh, ged a tha an suidheachadh air a bhith ag atharrachadh mean air mhean. A bharrachd air na tàlantan a chaidh ainmeachadh mar-thà, b’ e sgrìobhadair rosg ealanta a bh’ ann am MacThòmais, agus tha cuid de na sgeulachdan goirid agus na h-aistean aige cho sgileil agus siùbhlach ’s a ghabhas anns a’ Ghàidhlig anns an fhicheadamh linn. ’S e amas a’ cho-chruinneachaidh a’ bheàrn seo a lìonadh, agus aire luchd-leughaidh a tharraing gu rosg MhicThòmais, oir tha tàladh anns na sgrìobhaidhean aige an dà chuid a thaobh stoidhle agus chuspairean.

1 Iain MacAonghais, ‘Ro-ràdh,’ *Bàrdachd le Ruaraidh MacThòmais* [CD] (Glaschu: Scotstoun, 2002) 12.

'An Aithne Dhuibh...? Ruaraidh MacThòmais,'
Gairm 31 (An t-Earrach 1960): 216. Gun urra.

Eachdraidh-beatha

Rugadh Ruaraidh MacThòmais ann an Steòrnabhagh, an Leòdhas, air 5 Lùnastal 1921. Thogadh e ann an taigh-sgoile Sgoil Phabail, san Rubha, far an robh athair ag obair mar mhaighstir-sgoile. Gu h-iongantach, ged is e Sgoil Phabail a b' ainm dhan sgoil, b' ann air fearann Gharraboist a bha i air a suidheachadh, agus mar sin chan eil e gu litireil ceart a bhith ag ràdh gur ann à Pabail a bha MacThòmais.

B' ann à Tunga, an Leòdhas, a bha Seumas MacThòmais (1888-1971), athair Ruaraidh. Rinn Seumas MacThòmais obair chudromach a thaobh teagasg na Gàidhlig ann an àrd-sgoiltean, agus bha e an sàs anns a' Chomunn Ghàidhealach. Eadar 1958 is 1962, bha e a' deasachadh *An Gàidheal* (iris a' Chomuinn aig an àm), chuir e ri chèile *An Dìleab: Gaelic Verse for Advanced Divisions and Intermediate Classes* (An Comunn Gàidhealach, 1932) agus bha e a measg an fheadhainn a chruinnich an duanaire *Eilean Fraoich* (Comunn Gàidhealach Leòdhais, 1938). B' esan a' chiad duine a choisinn Crùn a' Bhàird - aig a' Mhòd Nàiseanta ann an 1923 ann an Inbhir Nis. Nochd bàrdachd Sheumais MhicThòmais ann an *Guth na Bliadhna*, *An Ròsarnach, Gairm* agus an irisean eile. Chaidh na dàin aige fhoillseachadh ann am *Fasgnadh: Gaelic Poems with some English Translations* (1953).

B' ann à Ceòs ri taobh Loch Èireasort, air na Lochan, a bha Cairistìona Nic a' Ghobhainn (Tìneag Aonghais Alasdair, 1888-1968), màthair Ruaraidh. Bha i na tidsear agus bha ùidh mhòr aice ann an ceòl dùthchasach. Phòs Seumas agus Cairistìona air 18 Lùnastal 1916, aig àm a' Chogaidh Mhòir, nuair a bha Seumas anns an Arm. Rugadh a' chiad mhac aca, Seumas, air 3 Ògmhios 1917, is athair fhathast anns an Fhraing.

Bha an dà chuid Beurla agus Gàidhlig air an cleachdadh anns an dachaigh agus, mar sin, bha Ruaraidh dà-chànanach bho 'òige. Fhuair e foghlam ann an Sgoil Phabail anns a' chiad àite, agus an dèidh sin ann an Sgoil MhicNeacail ann an Steòrnabhagh. Ann an 1939, thòisich e ceum ann am Beurla agus Ceiltis ann an Oilthigh Obar Dheathain. Aig àm an Dàrna Cogaidh, bha e ann am

Feachd Rìoghail an Adhair (1942-1945). Ghabh e ceum le àrd-urram ann an 1947.

An uair sin, chaidh e a dh'Oilthigh Chambridge, far an do rannsaich e eòlas Ceilteach, Lochlannach agus Angla-Shasannach. Ann an 1952, phòs e Carol Nic a' Bhreatannaich, à Ceann Loch Chille Chiarain, agus bha sianar chloinne aca. Bha Carol ag obair mar thidsear, agus bha i na seinneadair agus na dannsair Gàidhealach. A bharrachd air sin, bha i fhèin ri bàrdachd, ann an Albais anns a' mhòr-chuid, agus chaidh na dàin aice fhoillseachadh ann an irisean agus duanairean.

Ann an 1951, chuir Ruaraidh MacThòmais air chois *Gairm*, ràitheachan Gàidhlig, còmhla ris an sgrìobhadair agus riochdaire Fionnlagh Iain MacDhòmhnaill (1925-1987), agus nochd a' chiad àireamh ann an 1952. Mhair an iomairt leth-cheud bliadhna, gu ruige 2002, agus bha an iris anabarrach cudromach a thaobh rosg, bàrdachd, naidheachdais agus breithneachadh litreachais sa Ghàidhlig. Mar a mhìnich Dòmhnall Iain MacLèoid, "*Gairm* has featured articles on most subjects - from black houses to molecular biology, from cosmetics to crofting. New Gaelic terms have been devised and new registers evolved. Styles have ranged from the stolidly formal to the briskly colloquial, the most common and most useful style being one which, while it differs from colloquial usage, draws extensively on it."[2] Ann an 1958, stèidhich MacThòmais agus MacDhòmhnaill Gairm Publications, agus chaidh iomadh leabhar Gàidhlig fhoillseachadh leis an taigh-foillseachaidh seo - co-chruinneachaidhean bàrdachd agus rosg, faclairean, leabhraichean cloinne agus leabhraichean luchd-ionnsachaidh.

2 Donald John MacLeod, 'Gaelic Prose,' *Transactions of the Gaelic Society of Inverness* XLIX (1974-1976): 216.

Thòisich MacThòmais a chùrsa-obrach mar fhear-teagaisg ann an Oilthigh Dhùn Èideann ann an 1948. Aig an àm seo, bha e a' cruinneachadh òrain agus beul-aithris airson na buidhne a rinneadh na Sgoil Eòlais na h-Alba ann an 1951. Tha cuid de na clàraidhean a rinn e rim faighinn tron tasglann air-loidhne *Tobar an Dualchais / Kist o Riches*. Ann an 1949, ghluais e a dh'Oilthigh Ghlaschu far an robh e a' teagasg na Cuimris. Fhuair e dreuchd mar Àrd-òraidiche ann an Ceiltis ann an Obar Dheathain ann an 1956, agus dh'fhuirich e gu ruige 1963, nuair a thill e a dh'Oilthigh Ghlaschu mar Ollamh ann an Ceiltis, agus dh'fhan e anns an obair seo gu ruige 1991, nuair a leig e dheth a dhreuchd. Dh'fhoillsich MacThòmais ochd co-chruinneachaidhean de bhàrdachd Gàidhlig: *An Dealbh Briste* (1951), *Eadar Samhradh is Foghar* (1967), *An Rathad Cian* (1970), *Saorsa agus an Iolaire* (1977), *Creachadh na Clàrsaich / Plundering the Harp* (1982), *Smeur an Dòchais / Bramble of Hope* (1991), *Meall Garbh / The Rugged Mountain* (1995) agus *Sùil air Fàire / Surveying the Horizon* (2007).

Sgrìobh agus dheasaich e iomadh leabhar-rannsachaidh, mar eisimpleir *An Introduction to Gaelic Poetry* (1974) agus *The Companion to Gaelic Scotland* (1983). Bha ùidh shònraichte aige ann an trì cuspairean àraidh: bàrdachd chlasaigeach gu ruige an 18mh linn, Seumas Mac a' Phearsain is a' chonnspaid mu Oisean, agus Alasdair Mac Mhaighstir Alasdair. Ann an 1952, dh'fhoillsich e *The Gaelic Sources of Macpherson's Ossian*, a' chiad leabhar a shònraich gu mionaideach na tùsan Gàidhlig a chleachd Mac a' Phearsain, agus thairis air na bliadhnaichean, dh'fhoillsich e iomadh aiste air taobhan diofraichte den chonnspaid. Dheasaich e co-chruinneachadh de bhàrdachd le Mac Mhaighstir Alasdair agus sgrìobh e aithisg air a' bhàrdachd fhèin: *Alasdair Mac Mhaighstir Alasdair: His Political Poetry* (1989). Fad a bheatha, bha e a' leantainn gu dlùth leasachaidhean ann an Èireann, anns a' Chuimrigh, agus ann an dùthchannan eile, gu h-àraidh anns an fheadhainn far a bheil mion-chànanan agus mion-chultaran, agus tha sin follaiseach anns an aiste chudromach aige, 'The Role of the Writer in a Minority Culture' (*Transactions of the Gaelic Society of Inverness* XLIV: 1964-1966).

Bha MacThòmais an sàs ann an obair eadar-theangachaidh cuideachd, agus rinn e tionndaidhean de bhàrdachd Eòrpach gu Gàidhlig: seann bhàrdachd na Cuimrigh, William Shakespeare, W. B. Yeats, Edwin Muir, Ùisdean MacDhiarmaid, Aleksandr Solzhenitsyn is eile - chaidh cuid de na pìosan seo fhoillseachadh anns an duanaire *Bàrdachd na Roinn-Eòrpa an Gàidhlig* (1990), co-chruinneachadh a dheasaich MacThòmais fhèin. A bharrachd air sin, dh'eadar-theangaich e an leabhar slàn saidheansail *Bith-eòlas: A' Chealla, Gintinneachd is Mean-fhàs* (1976) le Raghnall MacLeòid, bho Bheurla gu Gàidhlig.

Fad iomadh bliadhna, bha MacThòmais na cheann-suidhe air Comann Litreachas Gàidhlig na h-Alba agus dheasaich e cuid de na leabhraichean aig a' chomann, agus ann an 1968 bha e an sàs gu mòr ann a bhith a' stèidheachadh Comann nan Leabhraichean, a bha an dèidh sin fon ainm Comhairle nan Leabhraichean.

Fhuair MacThòmais iomadh urram, mar eisimpleir Duais Oisein (1974) agus Duais Oliver Brown (1984), agus ceumannan urramach bho Oilthigh na Cuimrigh (1987),

Oilthigh Obar Dheathain (1994) agus Oilthigh Ghlaschu (2007).

Bho 'òige, bha ùidh aige ann am poilitigs agus neo-eisimeileachd na h-Alba, fiù 's anns na làithean nuair nach robh Pàrtaidh Nàiseanta na h-Alba ach beag agus neo-shoirbheachail. Ann an Obar Dheathain bha cothrom aige coinneachadh ri Douglas Young agus nàiseantaich eile. Anns na 1960an, thug e taic dhan pàrtaidh ann am Pollokshields an Glaschu. Nuair a ghabh PNA ri poileasaidh Gàidhlig, bha MacThòmais na chathraiche air a' bhuidhinn a chuir am poileasaidh ri chèile, agus chaidh am poileasaidh slàn fhoillseachadh ann an *Gairm* ann an 1978.

Chaochail Ruaraidh MacThòmais air 21 Màrt 2012 ann an Glaschu agus chaidh a thìodhlacadh anns a' bhaile. Bha e 90 bliadhna a dh'aois.

Rosg Ruaraidh MhicThòmais

'S e taghadh de sgeulachdan goirid, aistean, lèirmheasan agus sgrìobhaidhean de dh'iomadh seòrsa eile a th' anns a' cho-chruinneachadh seo. Tha an leabhar ag amas air taobh eile de dh'obair MhicThòmais a thaisbeanadh, far am faicear a theòmachd anns a' chànan, gèire na h-inntinn, agus an dà chuid dealas agus àbhachdas.

Tha an co-chruinneachadh a' tòiseachadh leis na sgeulachdan goirid, a h-uile tè a chaidh a lorg gu ruige seo – ochd a dh'fhoillsich e ann an *Gairm*, aon ann an *Alba*, 'A Scottish miscellany in English and Gaelic' (1948),

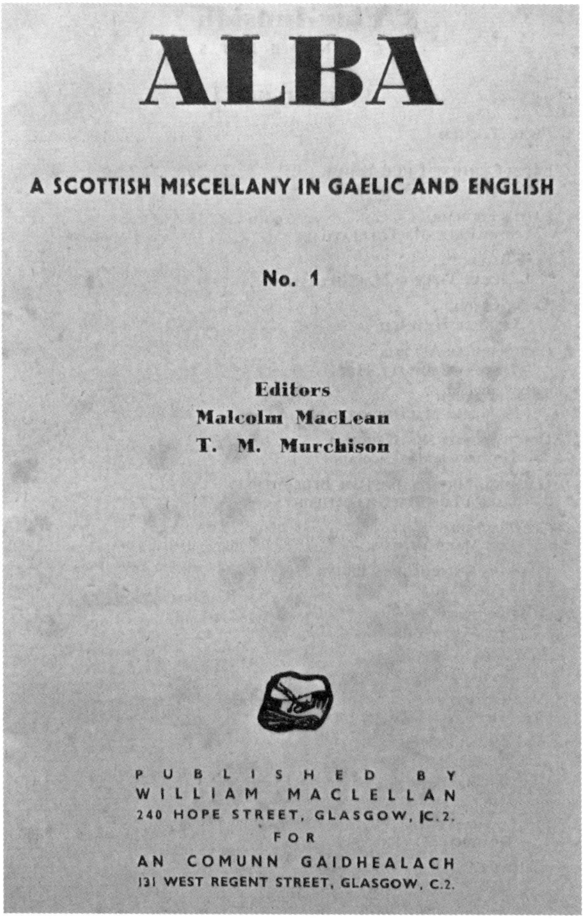

ALBA

A SCOTTISH MISCELLANY IN GAELIC AND ENGLISH

No. 1

Editors
Malcolm MacLean
T. M. Murchison

PUBLISHED BY
WILLIAM MACLELLAN
240 HOPE STREET, GLASGOW, C.2.
FOR
AN COMUNN GAIDHEALACH
131 WEST REGENT STREET, GLASGOW, C.2.

Alba (1948), far an do nochd a' chiad sgeulachd-ghoirid le MacThòmais, 'Ri Taobh an Teine,' an clò.

agus aon a chaidh a chraoladh airson a' BhBC.[3] Tha trì de na sgeulachdan ainmeil gu leòr, oir tha iad air nochdadh ann an co-chruinneachaidhean eile: 'Bean a' Mhinisteir' (*Gairm* 22, 1957) ann an *Dorcha tro Ghlainne: Taghadh*

3 Chaidh an sgeulachd seo a lorg le Iain MacDhòmhnaill am measg pàipearan MhicThòmais, le taic is cead bho Danny Thomson.

de sgeulachdan-goirid (deas. Domhnall Iain MacLeòid, Glaschu: *Gairm* 1970), agus 'Mar Chuimhneachan' (*Gairm* 31, 1960) còmhla ri 'Teatha Feasgair' (*Gairm* 35, 1961) ann an *Rosg nan Eilean* (deas. Alasdair I. MacAsgaill, Glaschu: Oilthigh Ghlaschu, 1966), agus a-rithist ann an *Eadar Peann is Pàipear* (deas. Dòmhnall Iain MacÌomhair, Glaschu: *Gairm* 1984). Ach tha na sgeulachdan eile a cheart cho ealanta, gu h-àraidh 'An Staran,' sgeulachd bhruadarach stèidhichte aig àm an Dàrna Cogaidh. Mar a sgrìobh Raghnall MacilleDhuibh:

> *"Lack of extra lifetime needed to pursue all their talents is the tragedy that has befallen many fine minds caught up in the Gaelic movement of the second half of the twentieth century. Had Thomson had the time he would have made a superb novelist. He has patience, sensitivity, strength, an all-seeing painter's eye and a photographic memory. These qualities are evident in his few short stories, such as the superbly understated 'Bean a' Mhinisteir.'"*[4]

Tha sgeulachdan MhicThòmais teann, ag obair gu sgileil le leth-fhacal is sanas. Tha e sònraichte cuideachd gu bheil a' mhòr-chuid dhiubh a' dèiligeadh ri pearsachan bhoireannach, le ùidh agus co-fhaireachdainn domhainn, agus tha e follaiseach gu bheil cuid de na caractaran, gu h-àraidh ann an 'Teatha Feasgair' agus 'Aig a' Phump,' stèidhichte air Cotrìona agus Murdag, dithis bhoireannach air an robh MacThòmais eòlach ann an làithean òige ann am Pabail, agus chaidh iad a chomharrachadh anns a'

4 Raghnall MacilleDhuibh, 'Introduction,' *An Tuil* (Dùn Èideann: Polygon, 1999) xlii.

bhàrdachd aige. 'S e aoir sgaiteach a th' anns an sgeulachd 'Foghar, 1976,' seòrsa de *dystopia* le ath-bheòthachadh na Gàidhlig gu tur bun-os-cionn. Tha 'Mòd Thorgaboil' a-mach air cuspairean co-cheangailte a-rithist, ach chaidh am pìos seo fhoillseachadh fon ainm-pinn 'Tormod MacNèil.'[5]

Tha a' mhòr-chuid de na pìosan anns an leabhar seo a' tighinn à *Gairm*. Tha deagh fhios aig daoine gun do chuir MacThòmais *Gairm* air chois, ach chan eil e cho iomraiteach, ge-tà, dè na sgrìobh e fhèin dhan iris. Anns a' cho-chruinneachadh seo, tha eisimpleirean ann den mhòr-chuid de na gnèithean-sgrìobhaidh a bha e ris: sgeulachdan siubhail; lèirmheasan; aistean air litreachas, Gàidhlig agus poilitigs; agus na 'Spirisean' – b' e sin am facal-toisich le neach-deasachaidh a bha a' nochdadh anns gach àireimh. Tha na sgrìobhaidhean seo uile prìseil a thaobh stoidhle anns an fharsaingeachd, ach chaidh iad a thaghadh a rèir chuspairean cuideachd, gus beachdan agus ùidhean MhicThòmais a thaisbeanadh.

Nochd trì sgeulachdan siubhail ann an *Gairm* mar thoradh air tursan dhan t-Suain, dhan Fhionnlainn, agus a Chanada. Bidh iad a' measgachadh iomraidhean air tachartasan, eachdraidh agus àitichean le beachdan air dòighean-beatha anns na dùthchannan sin agus gu h-àraidh air staid nam mion-chànain aca. Chaidh na pìosan seo fhoillseachadh le dealbhan-camara a thog MacThòmais fhèin (chithear eisimpleirean dhiubh anns an leabhar seo), agus gheibh sinn aiteal dheth na neach-siubhail a tha an-còmhnaidh làn feòrachais, fial-inntinneach agus toilichte a bhith ag ionnsachadh. Anns gach aithisg, bidh

5 Chaidh an sgeulachd seo, le mìneachadh, a lorg le Iain MacDhòmhnaill am measg pàipearan MhicThòmais, le taic is cead bho Danny Thomson.

e a' sireadh togail-inntinn agus brosnachadh do dh'Alba agus do dh'iomairtean na Gàidhlig.

Sgrìobh MacThòmais cuibhreann mhòr de na lèirmheasan a bha a' nochdadh ann an *Gairm* fon tiotal 'An Sgeilp Leabhraichean.' Anns an fharsaingeachd, tha iad gu math goirid agus chan ann ri breithneachadh litreachais domhainn a bhios iad: cha b' e iris acadaimigeach a bh' ann an *Gairm* agus b' e amas nan lèirmheasan seo aire luchd-leughaidh a tharraing gu leabhraichean agus irisean ùra. Tha an liosta seo de lèirmheasan a' sealltainn dhuinn dè bha ùidheil agus cudromach a rèir MhicThòmais, agus 's e measgachadh ioma-fhillte a th' ann. Mar a bhios e gu tric le lèirmheasan, bidh beachdan agus cuimhne phearsanta an sgrìobhadair a' tighinn am bàrr. Airson a' cho-chruinneachaidh seo, chaidh seachd lèirmheasan a thaghadh: dhà air feadhainn de na leabhraichean as cudromaiche ann an litreachas na Gàidhlig anns an fhicheadamh linn – *Dàin do Eimhir* le Somhairle MacGill-Eain (air eadar-theangachadh le Iain Mac a' Ghobhainn) agus *Deireadh an Fhoghair* le Tormod Caimbeul; trì air litreachas na h-Alba sa Bheurla agus ann an Albais (Iain Mac a' Ghobhainn, Edwin Muir agus Ùisdean MacDhiarmaid); agus dhà air leabhraichean a tha a' dèiligeadh ri eachdraidh agus poilitigs na h-Alba.

Tha na h-aistean le MacThòmais air litreachas a nochd ann an *Gairm* an ìre mhath aotrom, le pailteas de dh'earrannan agus chaidh cuid dhiubh a chraobh-sgaoileadh air an rèidio an toiseach, e.g. an aiste air 'Bàrdachd a' Chianalais.' Tha aiste fhada air Donnchadh MacDhunlèibhe a' toirt spèis dhan bhàrd a sgrìobh a dhàin a b' fheàrr aig deireadh a bheatha ann an Afraga a

Deas agus aig an robh ceanglaichean dlùtha ri *Gairm*. Le ùidh ann an còraichean nan daoine dubha agus ciaradh nan ìmpireachdan, cuspairean a bha co-aimsireil agus ùr ann an litreachas nan Gàidheal, bha obair MhicDhunlèibhe a' còrdadh gu mòr ri MacThòmais. Chaidh an aiste air Seumas Mac a' Phearsain a sgrìobhadh dhan leabhar *Ainmeil an Eachdraidh* (1997), co-chruinneachadh de dh'aistean air "dusan a bha ainmeil ann an caochladh sheòrsachan eachdraidh, gu h-àraidh an Albainn." 'S e leabhar do sgoiltean a th' ann, ach, a dh'aindheoin sin, 's urrainn an aiste seo a chleachdadh mar bhun-theacsa air Mac a' Phearsain agus air a' chonnspaid mu bhàrdachd Oiseanach fiù 's anns an là-an-diugh.

Chan eil e na chùis-iongantais gum biodh MacThòmais gu tric a-mach air cuspairean co-cheangailte ri cor na Gàidhlig ann an *Gairm*, oir b' e iomairt ath-bheothachaidh a bh' anns an iris anns a' chiad dol-a-mach. Chithear trì dhen leithid an seo: an aiste fhada 'Tìr na Gàidhlig ann an Linn na h-Ola' far a bheil MacThòmais a' moladh dhòighean agus phoileasaidhean airson a' Ghàidhlig a ghleidheadh anns na suidheachaidhean ùra co-cheangailte ri tòcadh na h-ola anns na 1970an. Ann am 'Bile na Gàidhlig,' tha e a' dèanamh sgrùdadh air bile na Gàidhlig le Dòmhnall Stiùbhart. Ann an 'Òrdugh Puist an Gàidhlig,' chithear MacThòmais na thidsear, ag obair còmhla ri oileanaich aig Oilthigh Ghlaschu ann an dòigh ùr-ghnàthach chruthachail.

Chaidh dà aiste fhoillseachadh ann an *Gairm* fon tiotal 'A' Cuimhneachadh Dhaoine,' tè air an Oll. Iain Friseal, cànanaiche cliùiteach aig an robh a' Ghàidhlig bho thùs ach nach eil ainmeil idir mar Ghàidheal, agus tè air Eachann MacÌomhair, tidsear, caraid do sgrìobhadairean ainmeil agus 'caractar' - agus tha deagh adhbhar air a bhith gan cumail còmhla an seo. Anns na pìosan seo, tha MacThòmais a' toirt spèis fhialaidh do dh'obair agus beatha dhaoine eile, ged a tha e mothachail air na laigsean aca cuideachd.

Tha aon fheart sgrìobhaidh a chithear aig MacThòmais ann an gnè sam bith an dà chuid sa Ghàidhlig is sa Bheurla: àbhachdas agus eirmse. Tha an comas gàire seo follaiseach anns an duilleig do luchd-ionnsachaidh 'Theab Mi a Leughadh' agus anns na 'Spirisean.' Tha mire agus spòrs ann, aoir agus ìoranas sgaiteach, ach 's urrainn do MhacThòmais fanaid air fhèin cuideachd, mar a chithear anns an sgeulachd siubhail 'Deich Là anns an t-Suain,' far am bi an cànanaiche mòr ag innse do luchd-leughaidh ciamar a chaidh e na bhreislich anns an t-Suainis.

Tha an co-chruinneachadh a' dùnadh le taghadh de na 'Spirisean' anns am biodh e a' dèiligeadh an dà chuid ri cuspairean gu math ionadail ann an saoghal na Gàidhlig agus ri cùisean eadar-nàiseanta. 'S e mion-chunntas air an dàrna leth den fhicheadamh linn a th' anns na 'Spirisean,' gu h-àraidh air a' Ghàidhealtachd agus air Alba, ach air an t-saoghal mhòr cuideachd. Airson an leabhair, chaidh trì 'Spirisean' deug a thaghadh mar bhlasadan. Nam measg, chì sinn beachdan MhicThòmais air Pàrtaidh Nàiseanta na h-Alba agus am poileasaidh Gàidhlig aca, Pàrlamaid na h-Alba, ceòl na h-Alba agus blàthachadh na cruinne, agus coimeas eadar na Cùrdaich agus na Gàidheil.

Thàinig tiotal a' chruinneachaidh seo, 'An Staran,' bho aon de na sgeulachdan goirid as fheàrr a dh'fhoillsich MacThòmais. Chan eil anns a' chruinneachadh seo ach aon staran tro na sgrìobhaidhean aige, agus tha pailteas chlachan agus slighean eile ann, a' feitheamh ri luchd-leughaidh is luchd-rannsachaidh. Tha mi an dòchas gun tarraing an leabhar barrachd ùidh agus aire gu rosg MhicThòmais agus chun na h-obrach aige anns an fharsaingeachd.

Petra Johana Poncarová

Sgeulachdan Goirid

Dubhsgeir

'S e bodach neònach a bha ann an Alasdair Cam. Bha e gun bhean, gun teaghlach, gun daoine, is e a' gabhail còmhnaidh ann an taigh dubh faisg air bràigh a' chladaich am baile Ghrèineigeil. Cha robh fhios cò bu leis e no dè an sgìre às an tàinig e. Theireadh cuid nach robh e rathail ceistean mar sin a chur air. 'S e fiosaiche a bha ann an Alasdair Cam.

Là as t-earrach is Dòmhnall Chaluim a' toirt ceum an rathaid còmhla ris, 's ann a dh'fhairich e làmh air a mhuinichill, agus Alasdair a bhith ga threòrachadh gu oir an rathaid. Bha a bhoineid na làimh, 's a cheann crom. Dh'fhan iad mar seo fad mhionaidean, is an sin chuir am bodach a bhoineid air a cheann is ghluais e air aghaidh. Thug Domhnall sùil an eagail thar a ghualainn, ged bu chalma e, is lean e Alasdair.

"Manadh," arsa am bodach fo anail. "Ealasaid, a ghràidh, tha crìoch do thurais dlùth ort."

Thuig Dòmhnall gu dè bha ann an inntinn a' bhodaich, ach ged nach tugadh e gèill don leithid seo de mhanaidhean, cha b' fhiù leis oilbheum a thoirt do Alasdair, is dh'fhan e na thost.

Goirid an dèidh sin bhuail tinneas air Ealasaid Choinnich Bhàin, is thug am bàs leis i.

* * *

'S e duine calma a bha ann an Dòmhnall Chaluim. Bha e calma na bhodhaig agus calma na inntinn. B' ann de shliochd iasgairean agus mharaichean a bha e, treun air muir agus gun athadh air ro ghailleann. Is iomadh sgeul a tha air aithris fhathast am baile Ghrèineigeil air mar a stiùir e eathar fosgailte tron Chuan Arcach, is i a' gabhail na mara air a cuinnlean. Cuideachd, chuala iad san taigh-chèilidh mar a chuir e fuar gun smid fear den sgioba a bha gu bhith a-mach às a thoinisg, is a dh'fheuch ri leum don fhairge.

Bha eathar aig Dòmhnall is aig a dhithis bhràithrean, Tormod agus Iain; bhiodh iad ris na giomaich as t-earrach, mus fhalbhadh iad gu iasgach an t-samhraidh. 'S ann timcheall air eilean creagach a bha mu astar ochd mìle air falbh on bhaile a bhiodh iad a' suidheachadh nan cliabh, agus chuireadh iad an oidhche seachad ann am bothan a bha iad fhèin air a thogail an cois na tràghad. Theireadh fear air leth-shùil gun robh an obair cruaidh agus an duais beag, ach bha iadsan riaraichte len staid. "Is fheàrr," theireadh Tormod, "nuair nach biodh na clèibh cho làn 's a dh'iarradh, is fheàrr iomall a' phailteis na teis-mheadhan na gainne."

* * *

Bha Dòmhnall Chaluim agus a bhean Seònaid nan suidhe mun teine, is iad an dèidh an suipeir a ghabhail. Bha iad a' còmhradh air ais 's air adhart – naidheachd a' bhaile 's na sgìreachd, is an uidheamachadh a bha ri dhèanamh air an là a-màireach, oir bha Dòmhnall is a sgioba a' dol a thogail orra gu Dubhsgeir le na clèibh. Bha Calum òg, leanabh dà bhliadhna, na leabaidh.

"As bith dè nì Calum nuair a dh'fhàsas e mòr," arsa Seònaid. "Chan fhaod sinn a leigeil chun na mara. Fhuair thusa do leòir den a sin, ged nach leanadh do mhac thu."

"Mo leòir," arsa Dòmhnall, "cha d'fhuair 's chan fhaigh

a-chaoidh. Siud mo bheatha-sa - dìosgail chnag, is at an t-siùil fo bhuille an ear-dheas, is gàir a' chuain ma toiseach. An d'fhuair m' athair gu leòir dhith, no mo sheanair? Carson a-rèiste nach leanadh Calum, ma bhios e air a chaomhnadh, dualchas a shinnsrean?"

"Och, a Dhòmhnaill a ghràidh," arsa Seònaid, "cha d'fhuair thusa cothrom air a chòrr, no d' athair romhad. Chan ionnan sin 's do Chalum. Nach fhaod e leantainn ris an sgoil?"

"Coma leat," arsa Dòmhnall, "is math an sgoil, ach is fheàrr an cuan."

* * *

Air do Sheònaid falbh ga leabaidh chaidh Dòmhnall chun an dorais. Bha fead aig a' ghaoith is fìor choltas na h-oidhche rapaich oirre, is thill e chun an teine. Ach bha luasgan air choreigin na chom, mar gum biodh an rud a thuirt Seònaid a' dèanamh dragh dha, is bha fhios aige nach tigeadh an cadal air a' chiad greis. Dh'èirich e mu dheireadh is chaidh e a-mach, a' dùnadh an dorais gu socrach na dhèidh, is ghabh e chun a' chladaich.

Bha a' ghealach ùr ann, ach bha sgòthan ga falach, a' fàgail trom-bhrat den dorchadas air uachdar an fhuinn. Bha e a-nis anmoch, agus cha robh comhart air cù na èigh aig balach air feadh a' bhaile, ach srann na gaoithe agus ataireachd na mara.

Stad Dòmhnall air a' bhruthaich os cionn a' chladaich. 'S e geodha creagach a bh' ann, is bha a' mhuir a' lìonadh. An siud 's an seo bha na sumainnean geala a' glacadh am beagan solais a bh' ann, is am beul a' bhàigh bha Rubha na Bantraich ag èirigh dorch agus aognaidh a' sloisreadh na fairge. Bha Dòmhnall ag amharc air an t-sealladh dhuaichnidh seo, ach bha sùil 'inntinn air ionad eile is air caochladh dhealbh. Bha e a' faicinn Seònaid air cluasaig na h-iomagain, agus Calum na laighe an achlais a mhàthar. Bha e a' cluinntinn nam briathran aice "Fhuair thusa do leòir den an sin, ged nach leanadh do mhac thu." Agus bha e a' tuigsinn nan smuaintean nach do chuir i idir am briathran.

Sgaoil a bhruadar gu h-aithghearr nuair a chuala e ceum air a' mhol am beul na mara. Is an sin bhris solas iomallach na gealaich car tiotaig tro na sgòthan, is chunnaic e, crom ann an sgoltadh creige, is e a' lorg 's a' sireadh air uachdar an lìonaidh, Alasdair Cam.

Sheas Dòmhnall balbh ga choimhead. Cha robh Alasdair ga fhaicinn-san, oir bha a chùlaibh ris. Mar gum biodh e air nì-eigin fhaicinn, thog e a làmhan os a chionn, is chualas èigh a' bhròin, "A Dhòmhnaill, a' Dhòmhnaill."

* * *

Dh'fhalbh iad an ath là gu Dubhsgeir. Bha soirbheas na dhèidh, lìon e an seòl, is ràinig iad Dubhsgeir tràth air an fheasgar. Chuidhtich iad na clèibh, is chaidh iad air tìr a dh'ullachadh a' bhothain is a dheasachadh bidh. Chaidh iad an sin a-mach le na lìn-bheaga a dh'fhaighinn biathadh an là a-màireach. Bha e anmoch mus do thill iad, agus chaidh Iain is Murchadh Sheòrais a chadal. Ach dh'fhuirich Dòmhnall is Tormod aig an teine, a' còmhradh.

"A Thormoid," arsa Dòmhnall, "'s e obair chruaidh a tha anns an iasgach."

"'S e sin a th' ann," arsa Tormod, "ach tha e fallain, is tha a' mhuir ann am fuil 's ann an smior an eileanaich. Air mo shon fhèin dheth chan iarrainn a chaochladh."

‘“Biodh sin mar a bhiodh e,” arsa Dòmhnall. “Ach innis seo dhomh. Nan robh mac agad-sa, an ann gu muir a chuireadh tu e?”

“Nam b’ ann gu muir a bhiodh e ag iarraidh, ’s ann gu muir a dheigheadh e,” arsa Tormod, “is cha deighinn-sa eadar e is a roghainn!”

“Geall seo dhomh ma-tà,” arsa Dòmhnall, “ma tha e an dàn gun tig aimlisg sam bith na mo luib, gun toir thu comhairle is misneachd do Sheònaid is do Chalum.”

* * *

Bha iad nan dùisg aig briseadh na faire, is chaidh iad a thogail nan cliabh. Bha neòil dhorcha a’ cruinneachadh san àird a tuath, is bha a’ mhuir glas agus greannach, ach shuidhich iad na clèibh a-rithist. Thill iad an sin gu laimrig leis an luchd ghiomach a bha iad air fhaighinn. Bha na speuran a’ fàs na bu ghruamaiche, agus ro mheadhan là bha rotach math gaoithe ann. Bha Dòmhnall a’ coiseachd air ais ’s air adhart, is e ann an imcheist. Mu dheireadh stad e.

“Fhearaibh,” arsa esan, “feuchaidh sinn dhachaigh mus tèid seo nas miosa. Cha leig a’ ghaoth fodha a-nochd no a-màireach, agus bidh iad fo iomagain aig an taigh mura till sinn. Is mura faigh sinn iad air a’ bhàta-smùid a-màireach cha tèid toradh ar saothrach gu margaid gun ath-sheachdain.”

Ghabh càch iongantas nach bu bheag. Bha astar math cuain aca ri shiubhal, is bha an stoirm a’ dol am meud. Ach chan èisteadh Dòmhnall riutha. Dh’fheumadh iad falbh.

Dh'iomair iad a-mach as a' chaladh, is le tacadh an dà riofadh rinn iad air Grèinigeal. Bha Dòmhnall air an stiùir agus càch a' taomadh, oir bha a' ghaoth a' sìor èirigh, is na tuinn a' briseadh air an eathar. Cha robh cridhe aca don obair, oir bha fhios aca gum b' e dearg amaideas a thug orra falbh. Ach bha iad a' dèanamh an astair, is ghlac iad misneachd. Bha Dòmhnall air an stiùir, sàr mharaiche nan eileanan. Ma bha e an dàn, ma bha e an comas duine beò, bheireadh Dòmhnall Chaluim gu cladach i. Is ged nach cumadh iad taomadh rithe an toiseach, fhuair iad spionnadh as ùr, is bha an là a' dol leotha.

Is ann an sin, an uair a bha iad air astar trì mìle a dhèanamh, a thuirt Dòmhnall gun robh e a' dol ga cur mun cuairt. Thuit gach cridhe gu làr. Chaill iad am misneachd is an spionnadh. Chaidh a h-aghaidh a chur air Dubhsgeir a-rithist.

Bha a' ghaoth a-nis na dèidh, is bha i a' caitheamh na fairge. Ach bha Dòmhnall mar dhuine a bhiodh fo gheasaibh. Cha tàinig lideadh às a bheul, is cha tug e a shùil bhàrr Dubhsgeir, a bha ag èirigh romhpa na chreagan is na charraigean. Cha b' fhada gus an do dhlùthaich iad air. Bha iad gus an rubha a chur fòdhpa, is an laimrig a ruighinn, nuair a thàinig sgal de dh'iomaghaoth bhàrr aghaidh nan stalla, is chaidh an eathar, le na bh' innte, air a beul fòidhpe. Bha e cruaidh orra an tìr a dhèanamh dheth. Ach, fear an dèidh fir, bhuannaich iad, gus an robh Tormod is Iain is Murchadh air a' chladach. Cha robh sgeul air Dòmhnall.

Thàinig an t-anmoch, 's cha ghlèidheadh an t-sùil a lèirsinn. Is chuir a' mhuir a thìr Dòmhnall Chaluim ann an dorcha na h-oidhche.

* * *

Cha b' ann gu banntrach Dhòmhnaill Chaluim a-mhàin a thug an stoirm sin sgeul-bàis. Bha soitheach eile, a bha air a slighe à Ameireaga gu Glaschu, fada bho a cùrsa an oidhche sin air an deach Dòmhnall Chaluim a dhìth làimh ri Dubhsgeir. Air bòrd oirre bha Dòmhnall Alasdair Chaim, a chaidh thar sàl fada ron là sin. An ath mhadainn lorg Alasdair Cam a mhac na laighe air an tiùrr, ann an geodha beag creagach air cladach Ghrèinigeil.

Air chlàradh 9.8.45.

Ri Taobh an Teine

Bha i na suidhe air stòl ris an teine. Bha a falt air a chìreadh, is gun i fhathast air a chur anns na figheachanan. Bha an t-àm ann a dhol mu thàmh. Is e meadhan an t-samhraidh a bh' ann, is bha an là air glasadh. Ach cha tigeadh an dubh-dhorchadas, agus bu leòr solas na mònach.

Bha taigh Màiri Thormoid ris an rathad, agus an uair a chual' i èigheachd balaich dh'èirich i agus sheas i ris an uinneig. Bha balach beag a' gabhail seachad, is e a' cur dhachaigh na bà. Stad a' bhò a chriomadh an fheòir ri oir an rathaid, agus chual' i, ann an ciùineachd an fhionnairidh, am balach a' fealla-dhà rithe, "Greas ort dhachaigh, is tu cho sona ri crodh an Taobh Siar."

An uair a bha am balach a-mach à fàire thill Màiri bhon uinneig is shuidh i a-rithist air an stòl. "Ogha Choinnich Iain," ars ise rithe fhèin, agus theann i ri coimhead an teine. Shaoil leatha gun d' fhairich i lùths a h-òige a-rithist na corp, ag èirigh mar a dh'èireas snodhach anns a' chraoibh aig toiseach an earraich. Bha a falt cho bàn bachlagach agus a sùilean cho lainnireach 's a bha iad air an t-samhradh sin, o chionn còrr is leth-cheud bliadhna, air àirighean Cnoc a' Choilich.

Is i bu shine den teaghlach agus bha iad air an àirigh còmhla ri a màthair, is a h-athair aig an iasgach. Bha i dìreach an dèidh na seachd bliadhna deug a dhùnadh. Is e samhradh an àigh a bh' ann, blàth agus grianach, is bha a' mhòinteach na làn àilleachd. Nuair nach biodh an còrr aice ri a dhèanamh, dh'fhalbhadh i tarsainn na mòintich gu Loch an Eilein. Chan iarradh i an còrr ach am fraoch gorm, is i na laighe air, agus sàmhchair bho dhaoine agus caithream na h-eunlaith o mhoch gu dubh.

Cha b' ionann sin 's do Pheigi. (Thàinig sgàil air sùilean Màiri car tiotaig, is i smaoineachadh air Peigi, ach dh'fhalbh e cho luath 's a thàinig e agus bha iad ciùin a-rithist.) Nuair nach biodh Peigi ag obair bhiodh i a' fealla-dhà no a' tarraing à fear de na balaich, agus nam fàgte na h-aonar i dh'fhàsadh i an-fhoiseil agus gruamach.

"Beiridh an t-each-uisge ort," arsa ise an là seo ri Màiri, "mura seachainn thu Loch an Eilein. Bheil thu dol ann an-diugh a-rithist?"

"Tha," arsa Màiri. "Càit a bheil thu fhèin a' dol?"

'"Tha a-null gu àirigh Iain Bhig. Chì mi a-nochd fhathast thu."

Bha Màiri sona gu leòr na h-aonar. Thog i oirre gu Loch an Eilein is chaidh i na sìneadh air an fhraoch. A-nochd bha e mar gum biodh fàileadh an fhraoich na cuinnleanan a-rithist, agus ann an sin, ri taobh an teine, thàinig seòrsa de chianalas air Màiri, is i cuimhneachadh air bruadaran na h-òige a bha cho milis agus cho breugach. Ach bha iad milis gu h-iomlan anns an là sin. Milis le cus smuain agus le dìth smuain. Cha tugadh a' mhòinteach droch fhreagairt dhi, is cha robh ceòl aig na h-eòin ach ceòl binn.

Nach iomadh uair bhon uair sin a ruith a smuain oirre gu bruaich Loch an Eilein? Bha cuimhne aice gur e feasgar ciùin grianach a bh' ann, gun neul anns na speuran. Cha chual' i dad gus an cual' i guth Choinnich Iain Bhig.

"Tha thu cho sona ann an sin, a Mhàiri, 's a tha crodh an Taobh Siar. Am faod mi m' anail a leigeil ri do thaobh?"

Chlisg i agus dh'fhairich i rudhadh na gruaidhean.

"Na chuir mi eagal ort?" arsa Coinneach, is fiamh a ghàire air aodann.

"Chuir an toiseach," arsa Màiri. "Bha Peigi Chaluim ag ràdh rium an-diugh fhèin gum beireadh an t-each-uisge orm fhathast mur an seachnainn Loch an Eilein."

"Bheir mise air Peigi," arsa Coinneach, "an ath uair a chì mi i, ag èigheach each-uisge ormsa."

* * *

Siud mar a thòisich e. Shuidh iad ann an sin, ri còmhradh. Chuir e iongantas oirre an dèidh sin cho furasta 's a thàinig còmhradh thuice - ise a bha cho socharach. Ach dh'innis i dha mar bu chaomh leatha a thighinn an seo na h-aonar gu Loch an Eilein, agus an uair a thuirt esan le gàire gum b' fheàrr dhàsan falbh a-rithist ghàir i fhèin agus thuirt i nach b' e sin a bh' aice idir. Agus chaidh uairean de thìde seachad gun fhios daibh, gus an do chuir an t-anmoch Màiri dhachaigh na ceud cabhaig.

Bha i fada na dùisg an oidhche sin.

An uair a ràinig i an lochan an ath-là bha Coinneach ann roimhpe, agus cha do chaill iad oidhche an dèidh sin fad mhìos. Mìos uaine, cùbhraidh, is a h-uile là na b' fheàrr na chèile, agus thàinig còmhradh gu conaltradh, agus conaltradh gu brìodal. Ach cha b' e sin crìoch an sgeòil.

* * *

Thuit èibhleag às an teine air a' ghrìosaich, agus rug Màiri air leis a' chlobha, agus chuir i air ais mun teine e. Bha e a' fàs anmoch, ach cha do charaich i. Bha cuimhne aice gum b' ann air Dihaoine a bha dùil aca tilleadh dhachaigh on àirigh, agus b' ann dà oidhche roimhe sin a chaill i fhèin agus Coinneach sgeul air na h-uairean, agus a dh'fhuirich iad ro anmoch aig Loch an Eilein. Bha a màthair a' feitheamh rithe, agus chuir i ceist bho cheist oirre gus an robh an sgeul gu h-iomlan aice. Is e boireannach cruaidh a bha na màthair, ged a dh'fhaodadh e a bhith gun robh na h-adhbhair aice. Is e sin bu choireach nach robh i air dad a ràdh rithe mu Choinneach roimhe seo.

B' ann air an oidhche sin a thuig i an toiseach gu dè a chuir an droigheann ann an cridhe a màthar.

"Coinneach Iain Bhig," arsa ise, agus fearg a' strì ri tàmailt na sùilean. "Bheil fios agad gun do rèitich Iain Beag riumsa an aona sheachdain 's gun do phòs e Catrìona Mhurchaidh an ath-thè? Cha bhi bun no gnothach agad ris."

Is ann mar sin a bha, ged nach b' ise bu choireach. An ath-là chuir i Peigi gu Loch an Eilein a dh'innseadh do Choinneach nach fhaigheadh i air falbh air an fheasgar sin, ach gum faiceadh i a-rithist e.

Agus lorg i an dèidh làimh gun do dh'innis Peigi an sgeul a chunnaic i fhèin iomchaidh. Ged nach do chreid Coinneach an toiseach i, chreid e mu dheireadh i, agus bliadhna na dhèidh sin bha Peigi pòsta aig Coinneach.

* * *

Bha an teine a' cnàmh, ach bha Màiri gun charachadh air an stòl. Bha Coinneach Iain na sheann duine an-diugh, agus bha clann agus oghaichean aige bho bhoireannach eile, agus bha ise gun duine, gun duine-cloinne. Ach cha chailleadh i cuimhne air Loch an Eilein, no air là de na làithean sona samhraidh a bh' aice. Bha i taingeil airson na fhuair i de shonas an t-saoghail, agus bha i taingeil airson tobar na cuimhne.

Chuir i a falt do na figheachanan agus tasgadh anns an teine, agus chaidh i dhan leabaidh.

Alba: A Scottish Miscellany in English and Gaelic. Deas. Malcolm MacLean is T. M. Murchison (Glaschu: W. MacLellan, 1948): 66-68.

Foghar, 1976

Bha mi ann an seòmar-suidhe an taigh-òsta nuair a dh'fhairich mi fear an siud 's an seo a' bruidhinn na Gàidhlig timcheall orm. Chuir e annas orm gun teagamh, oir b' ann am baile beag air Ghalltachd a bha mi, a' leigeil m' anail airson là no dhà, is mi air ùr-thilleadh à Ceann a Deas Afraga. Ach thuirt mi rium fhìn, "'S iomadh rud a dh'fhaodadh tachairt ann am fichead bliadhna." 'S ann a' sìor dhol air ais a bha crìochan na Gàidhlig nuair a dh'fhalbh mise à Albainn, ach chunnaic mi a-muigh ann an siud leasachadh gu math cabhagach a' tighinn air staid a' chànain Africaans. Nuair a bheir thu greis a' siubhal an t-saoghail tha e fàgail d' inntinn nas fhosgailte air dòigh air choreigin, is chan e rud beag a chuireas iongnadh ort.

Cha robh uiread sin de Ghàidhlig a' dol co-dhiù. Dh'aithnich mi gum b' e luchd-ionnsachaidh a bha mun cuairt orm, leis cho breac, stadach 's a bha a' Ghàidhlig a bh' aca. Ach an dèidh sin, chuir e iongantas orm. Nuair a bha facail Ghàidhlig aca bha am blas ceart orra, is blas thall 's a-bhos le sin. Dh'aithnich mi am blas Hearach - còmhradh nan ceàrdan mar a bhiodh againn air uaireigin - is siud fear eile a' bruidhinn air "*caileach* is bodach a bh' ann an Solas bho chionn fhada" - 's ann de mhuinntir Uibhist a Tuath a bha e siud, nam bu mhath mo chuimhne. Is bha fear gagach eile ann le speuclairean, is cnuachd fuilt air nach fhaca borbair no cìr bhon àm seo an-uiridh. Cha robh mòran Gàidhlig aigesan, ach na bh' aige dhith bha blas neònach oirre nach do dh'aithnich mi, agus thuirt mi rium fhìn gum b' e seo am blas a bh' air Gàidhlig a' bhaile seo fhèin. "Ach gun sealladh tròcair orm," arsa mise. "Carson a tha iad ag ionnsachadh Gàidhlig an seo, is gun dad anns a' bhaile ach muilnean iarainn is bùithtean is a leithid sin."

'S e Alasdair Gringo an t-ainm a bh' air fear nan speuclairean. Chunnaic mi fear bho fhear a' faighinn *introduction* ann, is bha e coltach gum b' e duine mòr a bh' ann. Gach duine mar a bha iad a' tighinn a-steach, chuireadh iad fàilte air a chèile anns a' Ghàidhlig, is thòisicheadh iad an uair sin a' toirt freanadh air a' Bheurla - gu h-àraidh Alasdair Gringo a bha seo. Dh'aithnich mi gun robh e math air ceòl: bha e bruidhinn air Vaughan Williams, am bodach Sasannach a chuir rian às ùr ris an òran Bheurla 'Greensleeves;' agus air Dvořák, fear a rinn ceòl ris an can iad 'New World Symphony,' is gun ann ach 'Cumha Mhic an Tòisich' is pong no dhà air a chur ris; is thug e ainm Beethoven fhèin an dìomhanas uair no dhà.

Bha mòran bruidhinn aca ga dhèanamh mu cheòl - is dòcha gum b' e sin bu choireach gun robh a' Ghàidhlig a' teirigeachdainn orra cho luath. Thàinig an sin ceathrar fhear a-steach, is shuidh iad aig an ath bhòrd ri Gringo is dh'òrdaich iad gin and tonic an duine. Is gann gun robh iad air am màs a bhualadh fòdhpa nuair a thòisich iad seo a' bruidhinn air ceòl cuideachd. "Gu sealladh Nì Math orm," arsa mise rium fhìn, "tha an dùthaich tha seo air a dhol garbh gu ceilearadh bho dh'fhàg mise i." Ach 's e Beurla a bh' aca seo, mar bu trice, is cha robh mo chluas fada ri claisneachd nuair a dh'aithnich mi gum b' ann à Uibhist a Deas a bha iad. Thàinig iad an sin gu cuspair eile.

Ma thàinig mise air turas, bha feadhainn an siud a thàinig na b' fhaide.

"Dè seòrsa tìde bh' agaibh air a' ghealaich air a' *weekend* seo chaidh?" arsa an dàrna fear. "Bha iad a' gearan," ars am fear eile, "air fras a bh' aca bho chionn cheithir là deug, is bha cuid aca bha cumail a-mach gum b' e obair nan dadam bu choireach ris."

"Dè tha iad a' dèanamh ris na dadaman?" ars am fear eile.

"Mar a tha fhios agad," ars a' chiad fhear, "tha a h-uile dadam ann an sin briste na dhà leth, is tha grunnan air eilean beag air taobh siar na gealaich a' feuchainn ri an cur gu chèile." Cha robh mi air an naidheachd seo a chluinntinn, ach cha dèanainn dad den chainnt a bh' aca an dèidh sin - bha i ro dhomhainn air mo shon-sa, is bha mi toilichte nuair a theann iad a' bruidhinn air ceòl a-rithist.

Mar gun cluinneadh Gringo an cuspair a bh' aca, thug e sùil thar a ghualainn, agus nach ann a dh'èirich fear de na h-Uibhistich, is rug e air làimh air Gringo, is dh'innis e dha ainmean chàich "Cò tha toirt dhuibh na Gàidhlig am-bliadhna?" arsa Gringo.

"Tha fear à Lunnainn," arsa an duine a rug air làimh air an toiseach. "Tha e na oifigear againn - duine comasach. Bha e na bhall an Comunn Gàidhlig Lunnainn, is smaoinich e an sin gum b' fheàrr dha a dhol a dh' Innse Gall, is feuchainn ri Gàidhlig ionnsachadh don t-sluagh an sin. 'S e Prìomhair Bhreatainn an ceann-feadhna bh' aca air a' Chomunn Ghàidhlig a' bhliadhna sin, agus an uair a dh'innis e do Ghaitskell seo, thuirt Gaitskell ris gun robh iad dìreach a' lorg duine a chuireadh iad air ceann a' ghnothaich an Uibhist, aig am biodh ùidh cheart anns a' Ghàidhlig, is a chuireadh clasaichean air bhonn anns an eilean airson a h-ionnsachadh don t-sluagh."

"Tha mi fìor thoilichte sin a chluinntinn," arsa Gringo. "Tha fhios gum bi Gàidhlig mhath aigesan, a' tighinn à Lunnainn. An do mhothaich sibh cò mheud *l* a th' aca an Gàidhlig Lunnainn?"

"Tha seachd," arsa fear eile de na h-Uibhistich. Chunnaic mi dath bàn a' tighinn air aodann Gringo, is cha robh fada ann gus an do rinn e leisgeul airson falbh - gun robh obair mhòr roimhe anns a' mhadainn is gum feumadh e dhol a laighe.

Smaoinich mi fhìn gun robh a thìde agam a dhol a laighe cuideachd is dh'èirich mi. Gach buidheann, mar a rachainn seachad orra, chanadh fear "Oidhche mhath" rium, is fear eile "Tha thu dol a laighe," is mun do ràinig mi an doras bhuail e orm gun robh teaghlach nan *l* air a dhol na lìonmhorachd gun teagamh. Ach dh'fhalbh mi co-dhiù, is bha mi greis gun chadal an oidhche sin.

Nuair a dh'èirich mi anns a' mhadainn thàinig mi nuas gu mo bhracaist, mu chairteal gu naoi. 'S ann an uair sin a bha a' mhòr-shluagh a' tighinn a-steach gu an tràth-maidne cuideachd. Bheireadh iad tarraing air dè an seòrsa là a bh' ann, is an sin bha cuspair a' chiùil an- àirde a-rithist. Thàinig bodach beag gun fhiaclan a shuidhe aig a' bhòrd aig an robh mi, agus chaidh sinn ann an còmhradh. Thuirt mise ris, anns a' Bheurla, gun robh là math ann, is dh'aidich e gun robh sin ann, ged nach tugadh e breith ro mhath air an iarmailt le a shùilean prabach.

"A bheil sibh daonnan a' fuireach an seo?" arsa mise ris, is dùil agam gur e bodach a chaill a bhean a bh' ann, is a bha beartach gu leòr gus fuireach ann an taigh-òsta fad an t-siubhail.

"Ò, chan eil," ars esan, "'s ann an-dè a thàinig mi ann." Bha mi airson còmhradh a dhèanamh ris agus arsa mise, "Tha iad ag ràdh rium nach eil an taigh a bh' aig Burns ro fhada à seo, is tha leth-dhùil agam a dhol a dh'amhairc air an-diugh."

"Cò am fear tha sin?" thuirt am bodach.

"Tha Raibeart Burns," arsa mise, "am bàrd mòr. Is dòcha gun cuala sibh mu dheidhinn."

"Ò, seadh," ars esan, "chuala gu dearbh. Fear de na h-òrain ùra th' againn am-bliadhna, 's e eadar-theangachadh bho Burns a th' ann – 'Ruith Piullaidh air Falbh leis a' Ghàidsear.' Tha òran math eile againn cuideachd," ars esan, "'Luchd nam Breacan,' is rian air airson naoi guthan."

"Tha seo chun a' chiùil a-rithist," arsa mise rium fhìn, ach thuirt mi ris-san, "Thug mi 'n aire gu bheil mòran an seo aig a bheil ùidh ann an ceòl." "Ò, tha," ars esan, "nach eil thu fhèin a' dol chun an òrain mhòir an-dràsta? Bidh iad a' tòiseachadh ann an deich mionaidean eile."

Thuirt mi gun deigheadh. Ghabh sinn sìos an t-sràid is a-steach do thalla bh' ann an siud, is fhuair sinn suidheachain an teis-meadhan an talla, dìreach air cùl bùird fhada aig an robh còignear fhear nan suidhe, is glag an urra mun coinneimh. Cha bu ghann pàipearan is leabhraichean air am beulaibh. 'S e leabhraichean ciùil a bh' air beulaibh an fhir a b' fhaide gu mo làimh dheis, ach, mun tug mi an aire dè bh' aig càch, thàinig duine mòr eireachdail ann am fèileadh chun an àrd-ùrlair, is thòisich e a' cur dheth ann am Beurla. Ach cha do lean e fada oirre siud nuair a thionndaidh e gu Gàidhlig, ag ràdh gum feumadh e cànain na mòr-chuid a bhruidhinn fhad 's a bha e an seo, ach nach robh e dol a ràdh dad – gur ann a thàinig iad a dh'èisteachd ri ceòl. Cha tug e ach mu dheich mionaidean a' còmhradh, is chunnaic sinn an uair sin solas *neon* a' dol an-àirde is '54' air agus, fodha sin, *l*. Thàinig an uair sin guth àrd tro àrd-ghuthaiche: "A bheil Dòmhnall MacPheidearain anns an talla?" Dh'èirich am bodach a bha ri mo thaobh, is an-àirde leis chun an àrd-ùrlair, is sheinn e 'Gleann Golaidh.' Bha duine bho dhuine a' gabhail an òrain sin, gus an robh e agam air mo theangaidh. Tha mi creidsinn gun robh fichead duine air a ghabhail nuair a thug mi an aire don fhear a bh' air mo làimh chlì aig a' bhòrd, is cò bha seo ach Alasdair Gringo, le peansail na làimh, is drèin air aodann, mar gum biodh pian na stamaig. Dh'èisteadh e greiseag bheag ris gach duine thigeadh an-àird a sheinn, is theannadh e an uair sin ri sgrìobhadh. Agus gu math tric, bheireadh e sùil air leabhar beag a bha air a bheulaibh, le deilbh neònach ann, is cha robh mi a' tuigsinn dè an seòrsa leabhair a bh' ann idir. Mas math mo chuimhne, ghabh trì fichead duine 's a naoi deug an t-òran sin, fear an dèidh fir, is ged a bha an t-acras orm, dh'fhuirich mi far an robh mi gus an cluinninn dè an t-ath rud a bhiodh ann. B' ann an uair sin a thòisich an iorghail. Bha na fir aig a' bhòrd a' sgrìobhadh is a' còmhradh, is an ceann ùine thugadh inneal mòr uabhasach a-null chun a' bhùird, air chuibhlichean, is thòisich fear an dèidh fir de na bha aig a' bhòrd a' stobadh chairtean beaga a-steach a thuill a bh' anns an inneal. Chluinneadh tu an sin bragadaich na bhroinn, is thigeadh na cairtean a-mach air toll eile, le tuilleadh sgrìobhte orra. An ceann leth-uair a thìde, dh'èirich fear a' chiùil a bha air an làimh dheis den bhòrd, is chaidh e chun an àrd-ùrlair. Cha tuirt esan mòran sam bith, ach gun robh e gearan air cho beag 's a bha seinn tro an sròinean am-bliadhna, agus nach robh gu leòr ann aig an robh fìor eòlas air scoopaigeadh. Thàinig esan a-nuas an uair sin, is chaidh an dara duine na àite. Thug esan greis mhòr a' labhairt, is b' e brìgh a sheanchais gun do dh'aontaich iad gum b' e Gàidhlig Lunnainn a' Ghàidhlig a b' fheàrr a bha ann am-bliadhna, ach dithis à Uibhist a deas a-mhàin, a bha car den aon bhlas aca. Bha e ga fhaicinn glè iomchaidh gun robh muinntir Uibhist a' togail Gàidhlig Lunnainn, ach bha e duilich a ràdh gun robh am blas coimheach fhathast air Gàidhlig Leòdhais, is mura togadh iad sin na fuaimean ceart ron ath bhliadhna gun cailleadh iad is dòcha deich comharraidhean an duine, is leis na bha iad a' call air a' cheòl mar-thà gum biodh iad air cùl an t-seanchais.

Thàinig an sin an treas duine, agus thuirt esan cho math 's a bha e air a dhòigh gun robh an cànan agus an ceòl a-nise a' còrdadh ri chèile cho math, taca ris mar a bha iad o chionn fichead bliadhna air ais. 'S e fìor chorra dhuine a-nis nach robh a' leigeil buille throm air facail mar a bha *is* agus *aig* agus *le* nuair a bha an ceòl ag iarraidh sin, agus bha iad ag ionnsachadh cuideachd mar a dhèanadh iad goirid facail mar *trom* agus *mòr* agus *làidir*. Bha e an dùil gun robh a thaing sin aig Gàidhlig Lunnainn, ach cha robh e, aig an aon àm, a' dìochuimhneachadh *oth* nam Barrach.

Dh'èirich an uair sin an ceathramh duine, is thuirt esan gum b' e bàrd mìorbhaileach a bha ann an Rob Donn – nach robh a shamhail ann an ceithir ranna ruadha an domhain. Nuair a thòisicheadh e air aoir, bha e a' fàgail Pope (Sasannach) fad air a chùl. A thaobh an òrain 'Gleann

Golaidh,' bha e furasta fhaicinn nach cuala Vergil a leithid mus do sgrìobh e na 'Georgics' aige fhèin, air neo bha iad air a bhith fada na b' fheàrr.

Nuair a chrom esan gu làr, dh'èirich an còigeamh fear, is cò bha seo ach mo charaid Gringo. Chaidh esan an-àird is thug e greis mhòr a' bruidhinn air ceòl. "Ach," ars esan an ceann ùine, "'s ann a' toirt breith air a' chànain a tha mise. Mar a tha fhios agaibh uile, tha seachd *ls* ann an Gàidhlig Lunnainn, agus bha feadhainn a' seinn an seo an-diugh aig nach robh ach a còig ..." Chluinninn fead beag ga leigeil thall 's a-bhos, is chuala mi aig fear air mo chùlaibh, "Cha tèid dad seachad air a' bhalach ud." Lean Gringo air mar sin, is 's fheudar gun robh cluasan dearga air feadh an talla mus do chuir e an *l* bho dheireadh anns na naoi òrain deug thar trì fichead sin na h-àite ceart, a' nochdadh gach uair far an robh an teanga a' bualadh no a' suathadh anns a' charbad no anns na fiaclan.

'S ann air Gringo a bha an t-uallach na comharraidhean innse, mar a thàinig iad às an inneal. Dh'èigh iad air an duine a fhuair a' chiad duais a thighinn air beulaibh an t-sluaigh a-rithist, is cò bha seo ach an t-Uibhisteach a bh' air a' ghealaich air a' *weekend* a chaidh – 's e Titch Selwyn-Lloyd an t-ainm a bh' air. Abair èigheachd is othail. Dh'èirich sinn air ar casan, is gun ach leth-uair a thìde againn gu ar biadh a ghabhail. Air mo rathad a-mach, thug mi sùil air an leabhar a dh'fhàg Gringo air a' bhòrd air mo bheulaibh – *A Phonological Study of the Gaelic of London* le Ùisdean Gaitskell.

Gairm 17 (Am Foghar 1956): 21–24.

Bean a' Mhinisteir

Cha robh an uinneag mòr, ach nuair chuireadh tu do shùil, no do shròn, ris an leòsan, chitheadh tu, cha mhòr, am baile gu lèir. Bha sròn Màiri Bhig ris an leòsan, air a bruthadh a-mach às a cumadh, is i a' coimhead an t-saoghail, is a' coimhead a' bhaile. Bha i ceithir bliadhna dh'aois.

Is iomadh rud a chitheadh i a-mach air an uinneig ud. Crodh air teadhair, is iad a' fàgail buaile de fheur lom mun bhacan. Cù a' gabhail cuairt na aonar fo oir an rathaid. Bha searrach beag dubh a' criomadh an fheòir am bonn na lota. Is bha duine an siud 's an seo a' priogadh bhuntàta. Chitheadh i taighean sgapte air feadh nan lotaichean, air sliosannan cnoc a bha a' cearclachadh a' bhaile. Bha am Mansa, na chnap mòr dubh, làn shimeilearan, air leth bho na taighean eile, agus os cionn chàich.

Agus bha iomadh nì ann nach fhaiceadh i, no eadhon nach luthaigte gum faiceadh i. 'S e sin a bha an inntinn a màthar nuair stad i a' coimhead cùl a' chinn aice, is a sròn brùthte ris an uinneig.

Bidh iad a' bruidhinn fhathast anns na taighean cèilidh air nuair a thàinig Maighstir Iain don sgìre an toiseach leis a' mhnaoi òig. Bhiodh i gu math na b' òige na bha esan. Cha robh ise ach ochd bliadhna deug - co-dhiù cha robh i buileach air na naoi-deug a dhùnadh. Bhiodh esan mu chòig bliadhna deug ar fhichead, is e na dhuine dèanta eireachdail. Mar bu trice 's ann a' marcachd air muin eich a chìte e a' dol tron bhaile; cha robh là nan càraichean air a thighinn an uair sin, no fada às a dhèidh.

Cha do chuir muinntir a' bhaile, anns a' chumantas, mòran eòlais air bean a' mhinisteir. Cha b' e idir gun robh i cho socharach, no cho diùid, ach a chionn 's nach robh iad ga tuigsinn. Bha i eagalach gu beathaichean, is gu h-àraidh gu coin. Bha cù beag aice fhèin, is bha deilbh chon aice anns gach seòmar anns a' Mhansa.

An corra uair a thigeadh i air chuairt a-mach air geata a' Mhansa, chitheadh iad i a' stad ri coimhead a' chruidh, no na suidhe ri taobh an rathaid a' taghadh shìtheanan, is bhiodh i a' còmhradh ris a' chuilean, is iad an dara uair a' ruith a chèile a-null an rathad, nì a bha na chùis iongnaidh ann am bean ministeir. Ach cha tuirt duine riamh dad na h-aghaidh. Bha tàladh air choreigin na nàdar a bha a' tarraing a h-uile duine thuice.

Nuair a ghabhadh iad cuairt nan dithis, bhiodh ise air ghàirdean aigesan, is bha sin na annas cuideachd anns a' bhaile. Is bhiodh i an aon dòigh an uairsin - a' stad a choimhead bheathaichean, is a thional fhlùraichean, is cha robh nì a dhèanadh i nach stadadh esan ga coimhead, gun chabhag sam bith a chur oirre. Dh'fhàgadh iomadh facal mun deidhinn anns a' bhaile, ach cha robh facal ceàrr no mì-choibhneil ann.

Bha searrach aig a' mhinisteir a bha e a' togail - nàdar peata - is bhite ga fhaicinn-san gu math tric a' dol a dh'iarraidh an t-searraich is ga thoirt gu beulaibh an taighe. Mar bu trice, 's ann gu tè de na h-uinneagan a thigeadh e, is bhiodh ise a' feitheamh an sin gus cnapan siùcair a thoirt don t-searrach. Shuathadh i a meuran ri sròn a' bheathaich an uairsin, ga dhiogladh, is dh'fhalbhadh am ministear leis an ceann mionaid no dhà. Chluinnte uaireannan a' gàireachdainn i - gàire òg, aighearach, gàire nighinn.

Bhiodh iad a' bruidhinn air a' chiad bhliadhna a bha am ministeir anns a' bhaile, nuair a chaidh iad a bhuain na mònach dha. Chaidh an sgiobadh gu am biadh anns a' Mhansa, is abair gun d'fhuair iad biadh.

Ach cha b' e sin idir e, ach mus do thòisich iad, chaidh ise chun a' mhinisteir, is e na shuidhe aig ceann a' bhùird, is chuir i a làmh mu amhaich is thuirt i ris, ann am Beurla, e ghabhail an t-altachaidh. Rinn e sin, is dh'fhuirich ise far an robh i, is a làmh air a ghualainn gus an robh e ullamh.

Ghlèidh iad an-còmhnaidh nan cuimhne cho dèidheil 's a bha i air coin is air cuileanan. Bhiodh e nàdarrach gun cumadh iad cuimhne air an sin, oir ged a bha muinntir a' bhaile coibhneil gu leòr ris na coin aca fhèin, cha dèanadh iad a' bheag a chòmhradh riutha mura biodh feum air, is mura biodh leanabh ann, chan fhaicte duine a' tatadh cuilein, no a' dèanamh peata dheth. Ach an là seo a bha muinntir a' bhaile a-staigh aice, rinn bean a' mhinisteir barrachd bruidhinn ris a' chuilean na rinn i riuthasan, is bhiodh iad a-riamh a' còmhradh mu dheidhinn sin.

Bliadhna no mar sin an dèidh dhaibh tighinn don bhaile, fhuair ise leanabh, leanabh nighinn, is abair thusa gàirdeachas anns a' Mhansa, is air a' mhinistear. Cha robh fios cò bu mhotha bha lìonadh a shùla, Màiri a bhean, no Shirley a nighean. B' e siud a' chiad turas a chualas an t-ainm Shirley anns an sgìre, agus chan eil teagamh nach ann as dèidh tè de na daoine aicese a chaidh a h-ainmeachadh.

Chaidh Iseabail Chaluim Mhurchaidh don Mhansa air mhuinntireas goirid mun do rugadh Shirley, is dh'fhuirich i còmhla riutha. A rèir mar a bhiodh Iseabail ag ràdh, 's ann na bu neònaiche a bha bean a' mhinisteir a' fàs an dèidh dhi an leanabh fhaighinn. Mus robh Shirley bheag dad ach mìos de dh'aois, chuireadh a màthair an cuilean na shuidhe air cathair mu choinneamh an leanaibh, is nam faiceadh i Shirley a' gluasad no a' carachadh dh'èigheadh i ann am Beurla ris a' mhinisteir gun robh i a' toirt an aire don chuilean. Is chanadh am ministear gun robh, is ghàireadh iad nan dithis.

Ach thàinig Iseabail air a' mhinistear, là eile, is e na sheasamh os cionn leabaidh Shirley, is na deòir na shùilean. Dh'fhaighnich i dha an robh dad ceàrr, is thuirt esan nach robh: gur ann a bha e smaoineachadh gur e rud uabhasach a bhiodh ann pàiste beag den t-seòrsa sin a bhith air a fàgail gun duine shealladh rithe. Cha tuirt Iseabail an còrr, ach shaoil i gur e rud neònach a thuirt e.

Bha an ùine a' dol seachad mar sin, is an ceann greise, sguir muinntir a' bhaile a bhruidhinn air bean a' mhinisteir. Cha bhiodh iad ga faicinn ach ainneamh co-dhiù, bhon bha an leanabh ga cumail glaiste. Bhiodh iad a' gabhail naidheachd a' Mhansa nuair a chitheadh iad Iseabail ach mar a bha an tìde dol air adhart bha na bu lugha aicese ri ràdh is cha bhiodh i fhèin a' tighinn cho tric a measg nan daoine.

Chaidh còrr is dà bhliadhna seachad mar sin, is thàinig samhradh brèagha, tioram. 'S ann a bha e ro thioram, oir b' e siud an samhradh a thraogh tobraichean a' bhaile, is b' fheudar a dhol gu ruig Loch an Òis a dh'iarraidh uisge. Thòisich bean a' Mhinisteir a' tighinn a-mach às a' Mhansa na bu trice, is bhiodh i fhèin is e fhèin a' gabhail chuairtean. Glè thric 's ann taobh na mara a rachadh iad, an àite thighinn tron bhaile. Bha na creagan an ìre mhath àrd, is bha lèanag de ghlasaich aig am bàrr, is dh'fhaodadh tu uair a thìde a chur seachad glè dhòigheil nad laighe an sin, a' coimhead an adhair, is a' coimhead na mara, is na h-eòin mhara a' seòladh a-mach 's a-steach às d' fhianais.

Shuidh iad an là seo os cionn na mara, gam blianadh fhèin, is an cuilean cuide riutha. Bha an cuilean mar a bhios cuilean sam bith ma gheibh e leis e - glè dhèidheil air a bhith a' ruith chlachan, no rud sam bith a gheibh e na bheul, is bha bean a' mhinisteir a' crathadh a neapraig ris, is an cuilean a' feuchainn am faigheadh e grèim air. Fhuair e sin mu dheireadh, is ruith e air falbh leis. Leum am ministear an-àirde gus breith air, is, leis cho crìon tioram 's a bha a' ghlasach, dh'fhalbh a chasan bhuaithe, is mus fhaigheadh e greim air dad bha e sìos na lèanaig agus leis a' chreig. Ruith an cuilean às a dhèidh, is a-mach leis thar oir na creige.

Bha de chiall aig bean a' mhinisteir cumail air falbh bhon chreig. 'S e rubha a bh' ann, gun a' chreag a bhith ro àrd, is bha e furasta bràigh a thoirt air, is rathad fhaighinn sìos chun a' chladaich. Rinn i sìos cho luath 's a b' urrainn dhi, a' gal 's a' caoineadh mar a bha i a' ruith, is nuair a ràinig i nuas, bha am ministear na laighe air a' ghainmhich aig beul na mara, is sruth às gach stiall aodaich a bha air, is an fhuil a' tighinn à gearradh domhainn ann an cùl a chinn. Thog i e mar a b' fheàrr a b' urrainn dhi, is thug i air falbh bho bheul na mara e. Shrac i striob den lèine ghil a bha oirre fhèin is chuir i ma cheann e, gus stad a chur air an fhuil, is dh'fhalbh i a dh'iarraidh cobhair.

Bha e fortanach. Feumaidh gun do bhuail a cheann ann an oisein den chreig nuair a bha e a' tuiteam, ach thuit e don mhuir is mar gum beòthaicheadh an sàl fuar a-rithist e, fhuair e chun a' ghainmhich aig ceann a-bhos an rubha, is chaidh e na shiananaich an sin.

Cha robh ise fada gun tilleadh, is dithis leth-ghillean còmhla rithe is thog iad am ministear dhachaigh leotha gu ruige a' Mhansa.

Nuair a bha iad a' falbh bhàrr a' chladaich thug ise sùil a-null chun an rubha, is chunnaic i an cuilean bochd na laighe marbh air na creagan aig a' bhonn. Ge bith ciamar a thuit e, sheachain e a' mhuir, is bha e air a phronnadh air na creagan ri beul an làin.

Cha robh an gearradh ann an ceann a' mhinisteir fada a' slànachadh, is bha e air ais anns a' chùbaid ann an ceann seachdain no dhà. Ged a bha sluagh a' bhaile glè fhritheilteach air an eaglais aig a h-uile àm, bha i na bu làine an là sin nan àbhaist. Bha an naidheachd air a dhol tron sgìre, is bha an òigridh gu h-àraidh airson am ministear a chaidh leis a' chreig fhaicinn. Is iongantach gur e an t-searmoin a bha dùil aca ris a fhuair iad. Tha e coltach gun do thòisich e ann an dòigh a bha dòigheil gu leòr, ach an ceann ùine ghoirid 's ann a shìn e air bruidhinn air a mhnaoi fhèin, agus dh'innis e cho leanabail a bha i na dòighean, mar a bha i a' gabhail tlachd ann an nithean meanbh agus diomain, mar a bha flùraichean; is mar nach fhuilingeadh i ainmhidh a ghoirteachadh. Agus thuirt e an sin gun do stad an eanchainn aice a' fàs nuair a bha i ceithir bliadhna deug a dh'aois, agus nach robh comas aice air nithean a thuigsinn a bha a' glacadh aire dhaoine a bha air tighinn gu inbhe nan inntinnean. Is thuirt e gum bu mhòr am beud nach robh a h-uile duine mar sin - nach biodh sgeul an uairsin air a' chuid bu mhotha den olc is den strì 's den ghamhlas a bha a' roinn sluagh an t-saoghail, is gun tigeadh rìoghachd Dhè air an talamh mar a bha i air nèamh. Agus air dhà sin a ràdh, dhùin e am Bìoball, is leag e a cheann air a làmhan, is thòisich e ri gal anns a' chùbaid.

Chaidh dithis de na h-èildearan suas chun na cùbaid, ach cha b' urrainn dhaibh toirt air sgur. Ach mu dheireadh thug iad air a thighinn a-nuas agus chaidh an dara fear dhiubh an ceann na seirbheis is cho-dhùin e cho luath 's a b' urrainn da.

Cha deach Maighstir Iain a-riamh am broinn cùbaid as dèidh an là sin. Cha robh e fada sam bith aig an taigh an uair a chaidh cùisean na bu mhiosa, is b' fheudar a thoirt air falbh.

Bha sin an toiseach an fhoghair. An ceann mìos no mar sin, thòisich bean a' mhinisteir air tighinn a-mach às a' Mhansa a-rithist, is ghabhadh i cuairt a-null an rathad mar a bhiodh i a' dèanamh o chionn dà bhliadhna no trì, a' taghadh shìtheanan is a' bruidhinn ris a' chrodh a bha ag ionaltradh ann am bonn nan lotaichean, is ma bha each no searrach a bha cho stòlda is gum fuiricheadh e rithe, bheireadh i cnapan siùcair às a pòcaid is bheireadh i dhaibh iad, a' còmhradh riutha fad an t-siubhail, is a' gàireachdainn uaireannan. Nan coinneachadh duine rithe, chanadh i ris, anns a' Bheurla, gun robh là math ann, ach cha chanadh i mòran sam bith ach sin. Is bha Iseabail anns a' Mhansa còmhla rithe fad an t-siubhail a' toirt an aire air Shirley.

Ach cha do lean sin glè fhada. Mus robh gealach buidhe an abachaidh slàn, thàinig Iseabail aon oidhche na ruith a-mach às a' Mhansa, is Shirley bheag aice na gàirdeanan is rinn i air an taigh a b' fhaisge, a dh'innse dhaibh gun robh bean a' mhinisteir às a rian, is chaidh na nàbaidhean a-null leatha air ais a dh'fheuchainn dè a b' urrainn dhaibh a dhèanamh. Cha robh nì ann a dhèanadh iad, is dh'fhalbhadh leatha air làrna-mhàireach.

Ma bha daoine aca - aig a' mhinistear no aig bean a' mhinisteir - cha chuala muinntir a' bhaile iomradh a-riamh orra, is cha tàinig duine a bhuineadh dhaibh a dh'fhaighneachd airson an leanaibh. Thug Iseabail Chaluim Mhurchaidh dhachaigh i don taigh aca fhèin, is chaidh a togail an sin mar gum buineadh i dhaibh fhèin.

Ach bhiodh e dualtach gun cluinneadh 'Shirley a' Mhinisteir,' mar a theirte rithe fada an dèidh sin, beag no mòr den t-seanchas agus is iongantach mur do dh'innis Iseabail beagan air choreigin dhi co-dhiù, ged nach innseadh i an t-iomlain. Dh'fhàs is suas na nighinn bhrèagha, is phòs i fear a mhuinntir an àite, is fhuair i fhèin leanabh. Bha beachd aice air ainm a màthar fhèin co-dhiù, oir 's e Màiri an t-ainm a thug i air a' phàiste.

Bha na ràithean is na bliadhnaichean a' dol seachad. Bha gu leòr anns a' bhaile aig an robh deagh chuimhne air bean a' mhinisteir, agus is tric a bheireadh Màiri bheag nan cuimhne i, gu h-àraidh Iseabail Chaluim Mhurchaidh. Cha robh uair a chitheadh i an nighean bheag a-muigh a' tional fhlùraichean is a' bruidhinn ris na coin is ris a' chrodh ach smaoinicheadh i air a' bhoireannach shìmplidh bhlàth-chridheach bu sheanmhair dhi, is thigeadh faileas de dh'iomagain tarsainn air a sùilean, oir bha i a' creidsinn, mar a bha muinntir a' bhaile gu lèir, gun deigheadh dualchas an aghaidh nan creag is gun tigeadh an nì a bha 'n dàn là no là-eigin.

Chan eil Màiri bheag fhathast ach òg. Cò aig tha fios ciamar a thèid dhi. Is iongantach gu bheil am ministear no a bhean beò an-diugh, agus is iongantach gun cluinn an tè bheag dad mun deidhinn. Chan eil mi ro-chinnteach an tuigeadh i e, ged a chluinneadh. Dh'fhaodadh nach ann air nithean mar sin a bhios a h-aire.

Gairm 22 (An Geamhradh 1957): 177-181.

Mar Chuimhneachan

Ged bha i leatha fhèin air oidhche Nollaig cha do dh'fhairich i aonranachd sam bith. Bha an rùm sgeadaichte mar a b' àbhaist aig an àm seo den bhliadhna: pàipearan nan iomadh dath crochte bho mhullach an t-seòmair 's a' ruighinn nan oiseanan, na cairtean Nollaige ag aoibhneas rithe bho sgeilp an teine agus bho gach oisinn ris an cumadh iad an grèim. Bha a' chlann air ùr fhalbh, an gleadhraich milis na cluasan, 's an sprùilleach a dh'fhàg iad air an làr ri thional fhathast. Cha robh cabhaig ann, 's gun sgoil ann a-màireach. Bhiodh iad an-dràsta ag innse dom màthraichean mar chaidh dhaibh ann an taigh na 'Leadaidh.' Deich bliadhna fichead a thug i anns an t-seòmar sin. Gun teagamh bheireadh i corra chuairt a Ghlaschu as t-samhradh, nuair bhiodh an sgoil dùinte, ach b' e seo an dachaigh aice, is bha i a' cur ris an teaghlach a h-uile bliadhna. Bha cuimhne aice a-nochd air Iain Dhòmhnaill a bhith staigh aice bho chionn naoi bliadhna fichead - an dàrna Nollaig a bha i anns an taigh seo - is siud a-nochd Dòmhnall beag aice, 's e cho coltach ri athair ris an dà sgadan, ach gun robh aodach na b' fheàrr air na bha riamh air Iain Dhòmhnaill. 'S e 'An Leadaidh Liath' a bhiodh oirre. 'S e 'Mrs Wood' a bhiodh air na litrichean aice, agus 's e sin a bhiodh aig a' mhaighstir-sgoile agus aig a' mhinistear oirre, ach cha robh càch ga fhaighinn nàdarrach a leithid sin a dh'ainm a ràdh. Cha bhiodh e ceart Bean Iain no Banntrach Thormoid èigheach air bean-teagaisg, agus co-dhiù cha robh lorg sam bith aca air ainm baiste an duine aice, no an robh e beò no marbh. Bha fhios gun chaochail e bho chionn fhada, 's gun i ag ràdh dad mu dheidhinn. 'S e 'sibh' a chanadh iad rithe an clàr an aodainn, is 'An Leadaidh Liath' nuair nach biodh i an làthair. Bhiodh i a' faighinn corra litir à Ameireaga – 's dòcha uair no dhà sa bhliadhna. Cha robh càirdean aice anns an eilean ann. Agus Murchadh Thormoid Tàilleir! Bha e cho beag 's cho meata ri athair fhèin, ach bha a choltas air gum biodh e cho geur ris na daoine bhon tàinig e. Sin agad e! Nach tric a chì thu an nàdar ud ann an daoine beaga, mar gum faigheadh an inntinn am biathadh nach d'fhuair an corp. Cha b' e gun robh cus coltais air Tormod nuair a bha e anns an sgoil gun robh am biadh a' ruighinn inntinn a bharrachd. Ach air do shocair! An rud a bh' ann gu nàdarrach thàinig e 'n uachdair, agus 's e an clàrc a bh' aig a' chomataidh an-diugh, ged nach robh e ach òg. Bha tairbhe an obair na sgoile a dh'aindeoin cùis.

'S e glè bheag de chèilidh a bhiodh i a' dèanamh. Brònag bhochd, na suidhe anns an rùm sin, 's a biadh ga thoirt thuice a h-uile tràth; ag obair air leabhraichean 's a' dèanamh phioctairean beaga don chloinn. Beatha aonranach, gun chaidreabh, gun toil-inntinn. Cha bhiodh i dol gu na bainnsean idir. Eadhon aig an eaglais fhèin cha chanadh i càil ach gun robh là math ann, is siud i suas an rathad, na h-aonar, a' dèanamh air an dachaigh. Cha b' e gun leigeadh i leas sin: nach robh Màiri Anna a-staigh, 's am biadh deiseil aice air a cionn. Ach nam b' e 's gun robh tinneas a measg na cloinne, bhiodh i anns an taigh sin mus cuirte dh'iarraidh na nurs, a' tairgse làimh-chuidich. Bha mòran aig a' chloinn mu deidhinn. Thug i sùil a-rithist air na cairtean, a' leughadh na bàrdachd air gach tè dhiubh. Bha iad air an taghadh gu grinn. Bha cuimhne chùbhraidh aca oirre, ged bha iad gu math sgapte air feadh an t-saoghail a-nis. Siud Ailean Iain thall an Astràilia, ag obair air tuathanas-chaorach: bha comharran a' bhaile aige air a theangaidh mus do dh'ionnsaich e an ABC ceart. Thug an làmh-sgrìobhadh aige na cuimhne an tàire bh' aige leis a' pheann. 'S bha i smaoineachadh nuair a bha e anns an sgoil gur e cosg tìde bh' ann a' feuchainn ri rud a chur na chlaigeann! Tà, cha b' e. Agus Dòmhnall Mhurchaidh: 's ann an Hong Kong a chuir esan a' chairt don phost; cha robh fhios càite an robh 'n t-soitheach aige a-nochd. Cairt eile à Canada, cairt à Ceann-a-deas Afraga, dhà no trì à Sasainn, is leth-dusan à Glaschu. Nach b' iongantach nach tàinig gin à Ameireaga am-bliadhna? Cairt bhon mhaighstir-sgoile, is cairt bhon mhinistear. Cha tug i ach sùil chabhagach orrasan. Bhiodh am maighstir-sgoile uaireannan a' fàs sgìth dhith. An dara uair cha tigeadh smid aiste, agus cho luath 's a bheireadh e iomradh air cloinn na sgoile cha robh abhsadh a' dol air a cainnt. Glè mhath! Bha e toilichte gu leòr gun robh bean-teagaisg aige cho eudmhor 's a bha anns an eilean, ach bhiodh aire-san uaireannan air gnothaichean eile: cèilidh bha gu bhith air a chumail le sgioba a' bhuill-coise. Taghadh Pàrlamaid (bha taghadh ann air an fhoghar ud fhèin, is fear a' feuchainn a-steach a bha a' gealltainn nach cuireadh e a mhàs fodha air being ach an Taigh Pàrlamaid an Dùn Èideann). Eadhon gnothaichean na b' fhaide air falbh bhon dachaigh: Nyasaland, Taghadh Ceann-suidhe nan Stàitean Aonaichte. Dè 'n taobh a bha i an dùil a leumadh Ameireaga an turas seo? Cha chanadh i guth.

Ach bha a thìde aice sgioblachadh beag a dhèanamh. Ged nach biodh cabhaig oirre anns a' mhadainn, cha robh math an taigh fhàgail mar gun cuireadh am muir a thìr e. Bha briosgaid no dhà, air am pronnadh cho mìn 's a dhèanadh brògan tacaideach e, ri thogail às a' bhrat-ùrlair. Bha bailiùnaichean a fhuair an cruaidh-fhortan nan stiallan air an làr (bha Calum a' Chnapair a' feuchainn ri sgrìobhadh a dhèanamh oirre le peansail-luaidhe; cha robh athair beò, bròinean, 's chan fhaca e bailiùn a-riamh gu siud). Bheireadh i sgrìobag bheag air an t-seòmar, agus bhiodh an uairsin tìde teatha ann. Cha robh feum aice air teatha, às dèidh na bha sin de bhiadh milis fhaicinn ga chagnadh. Ach cha thuigeadh Màiri Anna sin. Is bhiodh cothrom aice còmhradh a dhèanamh ri Màiri Anna fhad 's a bhiodh i a' càradh na teatha air a beulaibh. Cha mhòr nach robh Màiri Anna cho dèidheil air a' chloinn rithe fhèin, is bha naidheachdan a' bhaile aice bho thogail gu tasgadh an teine - is uaireannan eadar an dà cheann sin den là. 'S e boireannach neònach a bha anns an 'Leadaidh.' Bhiodh i an dàrna uair cho còmhraideach, ach is tric a chunnaic Màiri Anna i, nuair bhiodh i ag innse dhi mu na balaich is na caileagan òga, is cò bha suirghe air cò, a thogadh i am pàipear-naidheachd is a thòisicheadh i ga leughadh. Fìor dhroch fhasan, smaoinich Màiri Anna.

Thàinig gnog chun an dorais, is chuala iad an doras ga fhosgladh, is guth cruaidh Chaluim Posta: "Litrichean, litrichean. Chan fhada bhios dad aig balaich leis an ceannaich iad buideal, leis na tha iad a' cosg aig an Nollaig air cairtean." Chaidh Màiri Anna chun an dorais, is thill i a-steach leotha. "'S ann dhuibhse bhios iad co-dhiù," thuirt i ris an 'Leadaidh,' "Tha an teatha gus tarraing, is thèid mi ga h-iarraidh dhuibh." Nuair thill Màiri Anna, bha an 'Leadaidh' na suidhe aig a' bhòrd bheag, is na litrichean air a beulaibh, gun fhosgladh. "Nach brèagha an stamp a th' oirre siud," ars ise, "cha b' ann às an rìoghachd seo a thàinig i." "Cha b' ann," ars an 'Leadaidh,' is thog i a' phoit gus an copan a lìonadh. 'S e comharradh eile bha siud, is dh'fhalbh Màiri Anna gu ceann eile an taighe. Ameireaga! Dè an naidheachd a bhiodh innte an turas seo? B' fheàrr leatha nach robh i air a thighinn - a-nochd co-dhiù. Bha i air a bhith sona gu leòr fad an là, is na cairtean mun cuairt oirre, 's a' chlann bheag a' ruideil 's ag èigheach, 's iad a-nis ag innse dom màthraichean an là mòr a bh' aca an 'Taigh na Leadaidh.' An àite bhith cuimhneachadh air an là sin dà bhliadhna dheug air fhichead air ais. Ach stad i leis an tàmailt. "Tha e beag gu leòr dhomh cuimhneachadh air." Agus bha deagh chuimhne aice air. Nuair phòs i Seumas Wood ann an Glaschu bha obair gann anns a' bhaile sin, is bha esan air gealladh fhaighinn gum faigheadh e obair an Ameireaga. Ach cha robh de dh'airgead aca na phàigheadh faradh an dithis. 'S e bun a bh' ann gun dh'fhalbh esan leis fhèin, agus bha aicese ri leantainn an ceann sia mìosan. Rinn i sin, ach fada mus robh na sia mìosan ann bha fhios aice gun robh leanabh gu bhith aice. Cha robh i airson innse dhà gus an ruigeadh i, ach an dèanadh iad greadhnachas le chèile. Mealladh, mealladh! Nuair a ràinig ise Ameireaga bha Seumas Wood air boireannach eile a lorg, agus ged a bha e deònach tilleadh thuicese cha leigeadh an tàmailt leatha a ghabhail air ais.

Thàinig Màiri Anna chun an dorais a-rithist. "A bheil dad tuilleadh a dhìth oirbh?" ars ise, 's i toirt sùil gheur air a' bhòrd 's air an litir a bha gun fhosgladh fhathast.

"Chan eil, a Mhàiri Anna," fhreagair an tèile ann an guth sèimh, socair. "Chan eil an còrr a dhìth orm. Cha chreid mi nach tèid mi a laighe tràth a-nochd. Cha bhi feum agam air suipear. Is cha bhi cabhaig oirnn anns a' mhadainn." Thug Màiri Anna an aire nach robh i air deur teatha òl, ged a bha deich mionaidean ann bho dhòirt i don chupan i. Cha robh i air mìr ithe. Is bha an litir gun a fosgladh. Thill i air a socair gu ceann shìos an taighe.

Agus an sin thàinig an leanabh. Gille a bh' ann. Ise ann an Ameireaga, far nach aithnicheadh i duine. Ach an duine aice fhèin, is dè math bha sin? Ghabh an dotair a bha ga fritheäladh truas rithe, no 's dòcha nach ann rithese ghabh e truas. Bha e-fhèin gun teaghlach, is thuirt e gun togadh iad an gille nan tugadh i cead dhaibh. Agus rinn i sin. 'S e rud duilich a th' ann am math 's an t-olc a chur ann am meidh. Thill i co-dhiù, is an ceann ùine thàinig i don bhaile seo, don sgoil seo, don taigh seo, is bha Ameireaga gu math fada air falbh. Is bha i 'n dùil gun do rinn i feum. Bha litir a' tighinn uair no dhà sa bhliadhna, mar chuimhneachan, is bha fhios aice gun robh am balach na dhuine an-diugh, agus e glè choltach rithe fhèin. Dh'fhosgail i an litir, agus leugh i i. Chaidh na deich bliadhna fichead anns an t-seòmar nan smàl. Bha na cairtean, na deilbh, na leabhraichean, mar luath. Chaidh sonas na sprùilleach, is thòisich an sprùilleach ag at mar adhbhar dòchais. Bha e a' tighinn a-màireach.

Gairm 31 (An t-Earrach 1960): 197-200.

Teatha Feasgair

Bha foinne mhòr dhubh air an t-sròin aice. Ged dh'fheuchadh e ri aire a chumail bhuaipe dh'fhairicheadh e a shùilean a' laighe air an fhoinne a-rithist. Bha i mar chloich-tharraing ann an teis-meadhan an aodainn bhàin. Bha e a' cur seòrsa de nàire air cho mì-mhodhail 's a bha e. Cha leigeadh e leas. Dh'fhaodadh na sùilean mòra ciùine innse dhà nach robh dragh aice. Bha bòidheachas den t-seòrsa sin seachad. Cha robh ionndrainn aice air, nas motha na bha ionndrainn aig a' chat stùthach air earball. Ach cha robh fhios aigesan air sin.

Cha robh ann ach mar gun canadh tu bothan. Bha dà cheann cloiche air gun teagamh, agus 's e iarann-lurcach a bh' air na taobhan 's air a' mhullach. Bha e blàth as t-samhradh is fuar, fuar sa gheamhradh. Nuair bhuaileadh fras air dhùisgeadh am fuaim às do chadal thu, agus cha chluinneadh tu do chòmhradh fhèin nuair bha na clachan-meallain ann. Cha robh e a leth cho seasgair ris an taigh-dhubh, ach bha iad a' smaoineachadh gun robh e tòrr na b' fheàrr.

'S e dà rùm a bh' ann. Aig an teine bha dreasair is bòrd beag is sèithear fiodha is dà stòl. Nam biodh barrachd air triùir a-staigh dh'fheumadh cuideigin seasamh. Bha Bìoball Gàidhlig anns an uinneig, is paidhir de speuclairean saora ri thaobh. Bha peile bùirn ri taobh an dreasair, is ceann fiodha ann. Saimeant a bh' anns an làr, is bha e corrach, làn thuill, 's e dubh le smùr na mònach. Bhathas ga sguabadh corra uair, 's ga nighe na b' ainneimhe na sin. Chuireadh Murdag dhith na bòtannan-beaga nuair thigeadh i steach, is chuireadh i oirre na bonnagan.

'S e geamhradh a bh' ann. Thug an aimsir rapach geamhraidh eile gu cuimhne Chotrìona. "Siud a' bhliadhna," ars ise, "a bha mo mhàthair fon a' bhàs. Bha gaiseadh anns a' bhuntàta, agus bha a' mhin a' teirigeachdainn. B' fheudar dhuinn maorach a thoirt às an tràigh a h-uile là, is b' e sin an obair fhuar. Cha robh sinne ach beag, agus bha m' athair air bàsachadh dà bhliadhna roimhe sin."

Beag. Òg. Thug e sùil air an fhoinne a-rithist. Bha i mòr, tiugh, trom na corp, còta-drògaid oirre, striop an dèidh striop de na h-ioma dathan, glas is gorm is buidhe-ruadh is dubh - aon, dhà, trì, ceithir, còig, striop ghorm eile - chan fhaigheadh e air an cunntadh - is polca den t-seann seòrsa os a chionn, le gorm is dearg ann, is plèada mu ceann, cha b' e currac, cha robh currac an uairsin ach air corra chaillich; 's i bhiodh air a sheanmhair mar bu chuimhne leis i.

"Bhiodh sinn dìreach air ar làthadh, 's gun oirnn ach na piullgan co-dhiù."

"Dè am fios a tha' aig a' bhalach," thuirt Murdag, 's i toirt sùil air a piuthar.

"Nach eil mi 'g innse dhà ach am bi fios aige," ars an t-seann tè, 's cha robh na sùilean cho buileach ciùin 's a bha iad.

Bha sradag innte. Dhìricheadh i a ceann air a guailnean uaireannan mar sin, is chreideadh tu 'n uairsin gun robh i òg uaireigin. Bha falt tiugh oirre fhathast, ged a b' fhada bho liath i, 's e air a tharraing teann air gach taobh de a ceann, 's air a chur suas ann an ciutha. Bha maoil mhòr gheal oirre gun a bhith preasach idir, is sgraob os cionn na sùla, is laigh a shùil air an sgraob a-nis. Cha robh i cho dubh no cho faicsinneach ris an fhoinne, ach thuirt e ris fhèin: "Carson a tha i fàgail siud oirre?"

"Seo a ghràidh far an deach bior tromham, 's mi fighe geansaidh dhìse. Cha dèanadh ise fighe a b' fhiach bruidhinn air, an luidsear grànda." Thug i an t-sùil mhì-thruacanta sin air a piuthar. "Ach nuair a bha mise falbh nam port cha robh bheag ann a dhèanadh fighe cho grinn rium."

"Cha robh gu dearbh, a Chotrìona," ars an tèile, agus cha b' e brosgal a bh' aice.

"'S cha b' e a h-uile gille gheibheadh geansaidh snàth bhuam." Bha sin ann cuideachd! Gillean, is dibhearsain, is brìodal, 's dòcha. Air chùl an aodainn bhàin. Mus do dh'fhàs an fhoinne. Mun deach am bior an sàs.

"Bheil cuimhne agad air a' gheansaidh a rinn thu do Chalum Dhonnchaidh?" thuirt Murdag, 's i crathadh a cinn.

"Tha, glè mhath," ars a piuthar. "Cuir thusa an coire air an teine, is cus còmhraidh a' ruith ort."

Bha Murdag an-còmhnaidh a' tarraing feirge oirre fhèin mar sin. Bha iad cus ann an cuideachd a chèile. 's dòcha.

"Dè seòrsa dhaoine tha sin agaibh anns a' champa?" ars ise ris a' bhalach.

"Sasannaich," ars esan.

"A, nach iad tha grànda grobhail," ars ise. "Dè tha na coin odhar sin ag iarraidh an seo?"

"Chan eil iadsan ag iarraidh a bhith seo idir," ars esan, "ach gu feum iad a bhith ann."

"Cò tha gan cur ann?"

"Tha an Rìgh 's a' Phàrlamaid."

"An Rìgh! B' e siud am buidhean beag eile! 'S a' Phàrlamaid! Dè am feum a tha iad a' dèanamh an seo?"

"Tha iad gar dìon, gun fhios nach tig an nàmhaid oirnn."

"O chuilein ort." Bha i na tost. Cha b' fhiach leatha bruidhinn na b' fhaide air na rudan grànda sin.

"O chait bhochd! Cha chreid mi gun dh'ith thu càil an-diugh. A Mhurdag, an tug thu iasg dhan chat?"

"Thug, an trustair."

"Thoir rudeigin dhà, ma tha. Tha 'n t-acras air."

"Tud, an rud grànda. Chan eil e sgur a dh'ith." Ach thilg i bloigh sgona thuige is chuir an cat a bhus air.

Bha 'n coire mòr dubh a-nis a' goil, is sgol i a' phoit-teatha is chuir i 'n teatha innte. Dh'fhàg i a' phoit na suidhe ris a' ghrìosaich, is chaidh i mach air cheann-gnothaich.

Shuidh iad, a' coimhead an teine, gun smid a ràdh. Bha ise le a meuran a' cnagadh a sliasaidean, an còta-drògaid a' ruighinn nan adhbhrannan, is brògan àrda oirre, 's iad fosgailte. Bha stocainnean glas' oirre, de shnàth nam bobannan - feadhainn chlaiseach. Bha fàd mònach fo gach cois; 's iad bu bhlàithe na an làr saimeant.

"Nuair dh'fhalbhas seo," ars ise, "cha bhi sibh ach mar a tha càch."

"Seo?" ars esan. "Tha mi duilich - chan eil mi a' tuigsinn dè tha sibh ag ràdh."

"Seadh, seo," ars ise. "A h-uile càil a tha gar ceangal ris an àite seo, is ris na daoine bhon tàinig sinn. 'S e galair gabhaltach a th' anns an adhartas. Nuair thàinig sinne dhan taigh tha seo, cò bh' ann ach sinn. Cha b' fhiach an taigh-dubh 's cha b' fhiach an t-slabhraidh. Cha b' fhiach an t-aran-eòrna 's cha b' fhiach a' chòcaireachd a bh' againn. Ach cha robh clann againn a chumadh an t-adhartas a' dol is dh'fhàs sinn coma dheth. Ach far a bheil teaghlaichean tha an t-adhartas a' cumail roimhe. Tha làr fiodha a' dol an àite an làir saimeant, is stòbh a' dol an àite na cagailt, is rud nas fhèarr na sin a' dol an àite na stòbha."

"Chan eil mise smaoineachadh," ars esan, "gu bheil an teine-dealain dad nas fheàrr na an teine agaibhse."

"Tha thu air do mhealladh ma tha, a ghràidh," ars ise. "Tha, fada nas fheàrr. Chan e gu bheil mise ga iarraidh. Bha mi ro chleachdte ris an rud eile. Ach tha mi 'n dòchas nach fhàs sibh ro choltach ris na Sasannaich."

"Tha bith uabhasach agaibh dha na Sasannaich," ars esan.

"Chan eil," ars ise. "Tha iad mar a chruthaicheadh iad, 's chan eil cothrom aca air, 's math is dona nam measg, mar a tha nar measg fhìn. Ach cha bhiodh e nàdarrach dhuinne bhith coltach riutha. Bidh e a' cur cais orm nuair chì mi gu bheil sinn a' feuchainn ris, is cha mhotha orm an uairsin iad na na coin."

"Thug mi 'n aire dhan a sin," ars esan.

"Ach is dòcha," ars ise, "gu bheil dòigh ann air sinn fhìn a chumail beò ged gheibheadh sinn taighean geala is teineachan is biadh mar a th' aig na Sasannaich. Feuch thusa am faigh thu mach dè an dòigh tha sin."

Thug e sùil a-mach air an uinneig. Bha a' mhòinteach mun coinneimh, 's i fliuch riabhach, le feur beag goirid an rèisg a' fàs oirre, 's na caoraich ga chriomadh lom. Laigh a shùil air a' Bhìoball san uinneig, is shaoil e gun robh e cho dubh ris an fhoinne air a sròin.

Chunnaic i far an do laigh a shùil. "Ath-ghineamhainn tha dhìth oirnn," ars ise, "chan e teaghlaichean idir ach ath-ghineamhainn."

Bha e ro anmoch dhìse. Leig e beannachd leatha 's chaidh e mach gun a theatha a ghabhail.

Gairm 35 (An t-Earrach 1961): 225-227.

Mòd Thorgaboil

Thachair rudan uabhasach a' bhliadhna a bha am Mòd Nàiseanta ann an Torgabol, an Eilean Scàrasaigh. Is beag an t-iongnadh, gu dearbh, ged a thigeadh car ann an sròin nan urrachan mòra nuair a bhuaileadh samh na Gàidhlig nan cuinnleanan. Fhuair iad de Ghàidhlig a' bhliadhna sin na ghràinicheadh Moffat-Pender[6] fhèin, is tha pàirt de na dreunachan a chaidh an sàs an uair sin nach do charaich às an aodannan fhathast, ged is iomadh ceann a chaidh an aid dhuibh 's am bonaid iteagach bhon là sin.

Bha sin anns a' bhliadhna Anno Mundi 3959 (a rèir cunntais na seann Eaglais Chruithnich), anns an Fhaoilleach. 'Faoilleach air droch chladach' - 's ann an uair sin a chaidh an seanfhacal atharrachadh. Agus gus a' chùis a dhèanamh na bu mhiosa, droch Fhaoilleach. Eadar lamraigean gun rèileachan agus sitigean gun Izal,[7] agus teatha air a treas tarraing - ach cha leig an gairiseachadh leam smaoineachadh air a h-uile uabhas a bhuail luchd a' Mhòid eadar shròin is shàil.

Ge b' e dè chuir am Mòd a Scàrasaigh cha bhi fhios againn gu sìorraidh. Dearg amadan, is dòcha, a fhuair àite gun fhios do chàch air an Àrd-Chomhairle, is dùil aige gur e na Goill a bu chòir a bhith falbh bhon taighean gu Mòd, an àite na Gàidheil. B' e sin lagh nan linntean a chur bun-os-cionn, ach 's ann aig Coinneamh Ghàidhlig a chaidh an rud a chur an dara taobh. An rud a nithear

6 Iain Moffatt-Pender (1896-1961): sgrìobhadair agus neach-iomairt. Dh'ionnsaich e a' Ghàidhlig agus rinn e ceum aig Oilthigh Dhùn Èideann. [nòta an deasaiche]

7 Iomradh air 'IZAL Medicated Toilet Tissue': pàipear-suathaidh le dì-ghalaran, a bha garbh agus gleansach. [nòta an deasaiche]

anns an dorcha bheir an solas am follais e, agus 's e sin a thachair nuair a chaidh deasbad shuarach na coinneimh ud eadar-theangachadh gu Beurla. Ach bha an ceòl a-nis air feadh na fìdhle: bhathas air brath a chur gu luchd a' Chomataidh ann an Torgabol gun robh am Mòd Nàiseanta a' tighinn thuca air an ath Fhaoilleach, agus gun robh làn thìde aca tòiseachadh air airgead a thional.

Is na creid nach robh feadhainn ann a thuirt gur e deagh phlana a bh' ann. Bha eadar deich agus fichead mìle anam air Eilean Scàrasaigh, agus Gàidhlig aig a h-uile duine aca, ged a bha an sgoil a' toirt freanadh aiste mus biodh iad ullamh dhith. Ach bha i a' tighinn thuca a-rithist nuair a chuireadh iad cùl ris an fhoghlam. Bha feadhainn de na h-Àrd-chomhairlichean ag ràdh nach b' e droch rud idir a bhiodh ann nan deigheadh am Mòd gu Scàrasaigh: gun cluinneadh muinntir an eilein na h-òrain Ghàidhlig air an gabhail ceart, agus gu faiceadh iad neart a' Chomuinn dlùth air an dachaighean fhèin. Bha dòchas àrd aig Fear-gairme Comann na h-Òigridh gun stèidhicheadh e feachdan ùra air an Eilean, agus gun ionnsaicheadh na gillean camanachd, an àite bhith falbh nan sitigean ri ball-coise 's ri caithris na h-oidhche.

Bha adhbhar dòchais eile aig an Àrd-Chomhairle. Bha an Gàidheal mòr sin, Ministear Stàite nam Fo-thìrean thar Mhara (chan eil sin idir a' ciallachadh an Cuan Sgìth), air dà chòisir Ghàidhlig a stèidheachadh ann am Buganda, agus bha e a' pàigheadh nam faraidhean aca chun an ath Mhòid.

Chuir an Comataidh ann an Torgabol seachad a' bhliadhna sin gu math dripeil. Cha d'fhuair iad mòran cothrom air airgead a chruinneachadh gus na robh am feur aca anns na sìgean agus am buntàta air a thogail, agus bha droch amharas orra an Oifis a' Chomuinn ann an Glaschu gum biodh saibhlean fàsa aca an sin an ath bhliadhna. Ach cho luath 's a bha obair an fhoghair ullamh ghairm Clàrc a' Chomataidh coinneamh anns an taigh-sgoile, agus thòisich iad a' taghadh fo-chomhairlean, a rèir iarrtas na h-Àrd-chomhairle. Thaghadh Sandaidh Sheòrdaidh mar Fhear-gairme Fo-chomhairle nan Tallachan. Bha e na bhall den chomataidh a bha strì ri talla fhaighinn ann an Torgabol, agus mar sin bha beachd aige air dè bha roimhe. Thaghadh Bean Chalum Doll gu bhith os cionn Fo-chomhairle na h-Aoigheachd. Cha robh ach an aon taigh-òsta anns a' bhaile, ach bha ise eòlach air luchd nan òrdaighean a phacaigeadh a-steach anns an taigh aice fhèin, is cha robh duine air an sgìre a bha co èasgaidh rithe air seid a dhèanamh nuair a theirgeadh na leapannan.

Coma leibh cia mheud fo-chomhairle a bh' ann. Bha iad cho lìonmhor ris na sligean. Ach airgead? Ciamar a rachadh aca air airgead a thogail? Sgrìobh am maighstir-sgoile gu Carnegie, a thug iasad dha fhèin nuair a bha e anns an Oilthigh, ach cha robh rian aig Carnegie air rud a thoirt seachad. Sgrìobh e an uair sin gu Gulbenkian 's gu Rockefeller 's cha d'fhuair iad dad. Chuir iad an sin cuairt air a' bhaile is fhuair iad ceithir notaichean 's a deich. Chùm sin ann an stampaichean iad greis, is iad a' sgrìobhadh thall 's a-bhos. Cha robh là nach robh litir a' falbh a shireadh airgid, is a h-uile dha no trì làithean thigeadh diùltadh.

Bha droch eagal air Sandaidh Sheòrdaidh, leis mar a bha cùisean, nach fhaigheadh iad na dhèanadh talla, is gun talla aca. Ach an là seo nach ann a thàinig fios bhon fhear a bha os cionn stàite Èirinn (bha iad ag ràdh gur e Spàinneach a bh' ann), a' gealltainn mìle not bhon

Riaghaltas acasan, a chionn rud cho annasach a bhith aca ri Mòd air a' Ghàidhealtachd. Chuir seo spionnadh eagalach ann an Sandaidh, agus mus d'fhuair càch an anail bha e a' cur a dh'iarradh talla mòr fiodha. B' e sin Mòd an àigh do Thorgabol: fhuair iad an talla a bha dhìth orra o chionn deich bliadhna.

Cha do rinn càch gearan mun talla, ach air don mhìle falbh cho aithghearr dh'fhàg sin iad le tuilleadh airgid a chruinneachadh gus cosgais a' Mhòid a phàigheadh, agus beagan iomlaid a chur gu Oifis a' Chomuinn an Glaschu. Dè nis a dhèanadh iad? Bha e feumail gur e bana-Shasunnach a bh' ann am Bean a' Mhaighstir-sgoile. Thuirt ise ris an duine aice gum bu chòir dhaibh rafail a dhèanamh. Bha fhios nach còrdadh seo ris a' Mhinistear, ach gus nach biodh an gnothach cho trom air a chogais-san, dh'aontaich iad gun cuireadh iad na ticeadan rafail uile air falbh gus na bailtean mòra, far an robh iad eòlach air a bhith reic an leithid. Chlò-bhuaileadh na mìltean dhiubh, agus sgapadh iad air feadh Ghlaschu, is Dhùn Èideann, is Obar Dheathain, is Duns is Lunnainn. Cha robh duine de Ghàidheil mhòra nam bailtean sin nach d'fhuair leth-cheud leabhar, agus bha iad gan reic ri chèile an sin gus na sgreamhaicheadh a h-uile duine a bh' ann. Ach cheannaicheadh iad na leabhraichean, air eagal gu saoilte spìocach iad, is bha rudan grinn air an tairgse dhaibh cuideachd: beathach caorach, is duis, is mulchag chàise, is lethbhreac de bhàrdachd Gobha na Hearadh, is paidhir de stocainnean nam bobanan, is pìosan clò a dhèanadh sgiort, is a leithid sin.

Co-dhiùbh, ged nach do theirig mo sheanchas, chaidh an geamhradh seachad, is thàinig Faoilleach. Bha na tuinn bhorba gan sgailceadh ris na creagan àrsaidh liatha a bha mar bhalla-dìon air seann fhonn Scàrasaigh, agus bha na seann leacan os cionn Thorgaboil a' freagairt gu mùgach corra ghathan fann na grèine. Thàinig an sin an t-uisge: boinneag an siud 's an seo an toiseach, 's an uair sin cnap, is chùm i oirre a' sileadh gus na dhrùidh i air na cruachan mònach 's gus na sheac na cearcan gu ìre eireagan, 's nach dèanadh na coilich fhèin gairm. Chan dèigheadh duine a-mach don t-sabhal a dh'iarraidh tràth bhuntàta gun bhòtannan air agus còta mu cheann. Bha na saibhearan a' cur thairis is bha an rathad mòr na aon lòn.

Sin an uair a thàinig bàta-smùid Mhic-a-Bhruthainn don loch, is a thòisich luchd a' Mhòid a' taomadh do na h-eathraichean beaga a bha gan toirt gu ruig an laimrig. Fliuch 's gun robh e, bha Fo-chomhairle na h-Aoigheachd romhpa air an laimrig, agus Bean Chalum Doll air an ceann, le oilisgean buidhe oirre agus umbairella os a cionn. Abair thusa sporghail air an laimrig nuair a thàinig Ceann-suidhe a' Chomuinn, na h-Iar-Chinn-suidhe, an Rùnaire, an t-Iar-rùnaire, an t-Ionmhasair agus an Leas-ionmhasair, Fear-gnìomha na h-Àirde Deise, Fear-gairme Chomunn na h-Òigridh (le caman fo achlais) agus Fear-gairme Chlann an Fhraoich gu tìr. Chluinneadh tu gnùst an siud is "oich" an seo, 's an dìle-bhàite a' tabhairt dhaibh mu na maiseachan-mullaich. Thug Bean Chalum Doll ticead an urra dhaibh, le ainm an duine aig am biodh iad a' fuireach, agus àireamh an taighe.

Ach bha na treallaichean aca ri thoirt às an eathar fhathast: ciste mòr làn de leabhraichean a' Chomuinn: *Ciad-fhuasgladh do na Daoine Leòinte, Cleasan Gàidhealach, Cobhair as na Speuran*, agus *Is Ann.*[8] Sin agus treallaichean Comhairle an Ealain 's a' Ghìomhachais: crùisgeanan is

8 Leabhar a sgrìobh Iain Moffatt-Pender. [nòta an deasaiche]

truinnsearan is poitean is spliuchan Dhonnchaidh Bhàin. Siud a h-uile duine suas an rathad le eallach air a dhruim, is cha b' fhada gus an do ràinig iad na taighean.

"Bidh biadh mur coinneamh aig sia uairean, anns an Talla," arsa Bean Chalum Doll, "is feuchaibh gun tiormaich sibh sibh fhèin gu math is gun cuir sibh oirbh stocainnean tioram."

"Bha dùil agam," thuirt an Rùnaire, "gum b' ann anns an taigh-òsta bhiodh sinn."

"Smaoinich sinn," arsa Bean Chaluim Doll, "gum biodh e iomchaidh na farpaisich a chur don taigh-òsta, oir 's ann an sin a tha am piàno."

Cha b' urrainn dhaibh a ràdh nach b' e an ceartas a bha sin, is chaidh gach fear chun an taighe a bha air a chomharrachadh air a chairt fhèin. Bha na leapannan is na seideachan deiseil dhaibh, is abair gun d'fhuair iad gabhail aca, is ceistean mu na càirdean an Glaschu. Bha seo trom air an fheadhainn aig nach robh mòran Gàidhlig, is bha pàirt den Ghàidhlig a bh' aca trom air muinntir Thorgaboil, ach fhuair iad air iad fhèin a thiormachadh, is 's ann an uair sin a bhuail an t-acras orra. Bha e gu bhith sia uairean, is ghabh iad suas chun an talla.

Bha brod a' bhìdh a' feitheamh orra an sin: buntàta is sgadan, trì sgadain an duine agus na thogradh iad de bhuntàta, agus às dèidh sin bòla stapaig agus teatha làidir dhubh.

Fhad 's a bha h-uile càil a bha seo a' dol air adhart bha càch air a thighinn air tìr is bha iad a' dèanamh air an taigh-òsta is air gach taigh anns an robh oisean no seid air fhàgail. Bha iomadh seòrsa ann: feadhainn le mòran Gàidhlig is feadhainn le beagan, feadhainn le fèileadh orra is feadhainn le briogais, is feadhainn leis an dà chuid. Bha An Comunn air cuireadh a thoirt do Mhorair Chat a thighinn gu bhith air ceann fear de na cuirmean, a chionn cho bàidheil 's a bha a shinnsrean ris na Gàidheil, a' toirt feannagan dhaibh ri oir a' chladaich. Chaidh esan don taigh-òsta, is ged nach robh cairt aige bho Bhean Chaluim Doll (is gun fhios aice gun robh e tighinn) fhuair iad àite dha ann an clòsaid.

Thàinig bàta eile le còisirean bho dheas, is bha drioftaran a' tighinn à siud 's à seo, às na h-eileanan eile, le còisirean is le farpaisich. Mun tàinig meadhan-oidhche bha Torgabol a' cur thairis le luchd a' Mhòid. Cha robh seòmar no sabhal nach robh làn leotha, cuid ag òl 's a' seinn is cuid eile le cur-na-mara orra fhathast. Bha faram aig a' phiàno anns an taigh-òsta, is na còisirean a' toirt an stiallaidh mu dheireadh air na h-òrain aca.

Bha Sandaidh Sheòrdaidh anns an Talla gus a robh e uair sa mhadainn, a' crochadh tartain ris na ballachan, agus a' cur an òrdugh badan fraoich (a chuir Calum Ceanadaidh thuca à Lunnainn) air an àrd-ùrlair.

Co-dhiùbh, chaidh iad mu thàmh mu dheireadh, agus an uair a dh'èirich iad an ath mhadainn bha a' ghrian a' soillseadh.

Bheireadh e ùine mhòr ag innse gach nì a thachair air an t-seachdain sin. Chan urrainn dhuinn an seo ach corra rud ainmeachadh de na bh' ann. 'S e comharraidhean-chaorach a bh' aig na farpaisich – bha luchd a' Chomataidh na b' eòlaich orra siud na bha iad air na figearan ('s e cho duilich Gàidhlig a chur air feadhainn aca). Dh'èigheadh Fear na Cathrach "Bàrr taisgeil is beum fòdha," is thigeadh rùta às na Hearadh chun an àrd-ùrlair; "Rubadh sa chluais taisgeil is dà bheum," is thigeadh othaisg bhàn bhàrr Taobh Siar Leòdhais air adhart a ghabhail "Cha b' ann dubh a bha mo leannan." Cha robh na comharraidhean cho math aig muinntir Ghrianaig, is mura b' e gun robh tinneas na mara fhathast gan claoidh bha buaireadh air a bhith ann.

Leis a h-uile càil a bh' ann cha do rinn na Deasaich cho math 's a b' àbhaist dhaibh. Bha iad fada bhon taigh, 's cha robh an t-seinn aca a' còrdadh ro mhath ri muinntir Thorgaboil, is bha eagal air na breitheamhan duaisean a thoirt dhaibh. "Tha là bochd air a thighinn air a' Mhòd," theireadh fear à Dùn Èideann, "nuair nach d'fhuair Grianaig no Glaschu duais idir." Bha còisirean an siud nach cualas iomradh orra riamh roimhe: Scarastadh is Tolstadh-fo-thuath. An Scarp is Am Baile Sear, is iad a' togail nan duaisean mar gum b' e na gobagan às an tràigh a bhiodh annta. Ach chaidh dà dhuais gu deas: Aithris Bàrdachd ann an Co-sheirm, agus roinn Norton Park agus Àrd-sgoil Ghrianaig a' chiad duais eatorra. 'S e Murdag NicCoinnich is Fionnlagh MacNèill na breitheamhan a bha air a' cho-fharpais sin.[9] Rud annasach eile, chaidh an dà bhonn òir a Chanaidh.

Ach ged is ann muladach a bha cùisean air feadh na seachdaine 's ann air an oidhche mu dheireadh a rinn iad cùis-mhagaidh buileach den Mhòd. Nuair a dh'èirich Morair Chat gus òraid phongail a thoirt seachad ann an cànan a shinnsirean (a' Bheurla), chan èisteadh iad idir ris. Bha coigrich air a bheulaibh 's air a chùlaibh oir ged is duilich dhuinn innse, 's e luchd-Gàidhlig a bha air an

9 Bha Fionnlagh MacNèill, nach maireann, an lùib Coisir Ghrianaig airson iomadh bliadhna. Bha sgrìobhadh le Murdag NicCoinnich a' nochdadh gu tric ann an *Gairm* - an sreath 'Gnothaich Bhoireannach,' lèirmheasan, agus eadar-theangachaidhean bho bhàrdachd le Raibeart Burns gu Gàidhlig. [nòta an deasaiche]

àrd-ùrlair air fad: bodaich à Heisteadal nach do bhruidhinn Beurla riamh ach ris an each, agus na cailleachan a bha bruich an sgadain anns an Talla an oidhche eile. Nuair a thòisich e còmhradh shaoil iadsan gur e rud ris an can na Goill *interval* a bh' ann, is thòisich a h-uile duine air seanchas. Ach is dòcha gun robh feadhainn nam measg cuideachd a bha eòlach air eachdraidh na Gàidhealtachd.

Cho luath 's a shuidh am Morair, chaidh iad nan tost, is thòisich na h-òrain an ceann greise. Tha mi cinnteach gun do shaoil an duine bochd gur e mì-mhodh eagalach a bh' ann, is gu dearbh 's e sin a bh' ann. Chaill An Comunn an oidhche sin ceatharnach smiorail nach cuireadh a làmh a-chaoidh tuilleadh na sporan a thoirt cobhair do adhbhar na Gàidhlig.

Bha an t-sìde mhath air leantainn bho Dhimàirt, ach bidh Dihaoine uair no uaireigin an aghaidh an seachdaine, is mus robh meadhan-oidhche ann thòisich an tàirneanaich 's an dealanaich, is bha fise-faise aca a' dèanamh air na leapannan 's air na seideachan. Mun d'fhuair iad air a h-uile leabhar a chur a-steach don bhàta an ath mhadainn bha i air drùidheadh air duilleagan nam breitheamhan, is tha iad ann à Grianaig is à Inbhir Pheofharain nach do lorg a-riamh carson a chaill iad na comharraidhean airson Gàidhlig.

Nuair a bha iad a-mach an loch a' mhadainn ud, mu aon uair deug, chuala iad crodh Thorgaboil a' nuallan, 's e air a dhol seachad air àm am bleoghain.

Gairm 36 (An Samhradh 1961): 327-331. Fon ainm 'Tormod MacNèill.'

An Staran

Saoilidh mi gu bheil gath solais a' tighinn thugam fhathast bhon bhliadhna naoi ceud deug, fichead 's a h-ochd deug - bliadhna mun deach na solais às. Tha an gath sin na laighe air staran eadar taigh ann an Leòdhas agus an rathad mòr, agus 's e oidhche na bainnse a bh' ann. Nuair a smaoinicheas mi air, tha fhios agam nach robh mi a' tuigsinn dè bh' ann banais, agus tha fhios agam cuideachd nach robh càil a bhreithneachadh agam gun robh an saoghal ud an ìmpis a dhol na smàl. Ach 's e sin nàdar an fhèin-fhiosrachaidh: gun toir an aon sholas air ais thu air slighe dhìrich, ann am priobadh sùla, fichead bliadhna no còrr, agus an ath mhionaid aithnichidh tu gu bheil an solas sin briste is sgapte, air a phronnadh 's air a chruth-atharrachadh mar a tha gach solas nàdarrach eile a tha air a leigeil ma sgaoil tron iarmailt. Ged a tha an solas sin na laighe gu còmhnard air staran na h-oidhche ud, tha staran eile ann le iomadh ceum a' falbh 's a' tighinn air. Chan urrainn dhomh mar sin a bhith buileach cinnteach dè thachair an oidhche ud agus dè chuir mi air an staran an dèidh làimh.

Bha coileid gu leòr air an oidhche ud. Mun do ràinig mise an taigh bha a' bhanais air a bhith a' dol còig uairean a thìde co-dhiùbh. Bha an t-seirbheis-pòsaidh seachad, is bha am ministear air a bhiadh a ghabhail, 's air facal no dhà a ràdh, 's air falbh dhachaigh. Bha a chuid-san dhith seachad, ach cha robh an oidhche ach òg do luchd na bainnse. Bha a' chàraid nuadh-phòsta nan suidhe aig ceann a' bhùird, is iad a-nis air an trìtheamh bòrd. Bhiodh trì eile ann co-dhiùbh mus deigheadh iad a laighe, is tha mi a' creidsinn gun robh iad a' fàs sgìth. 'S e falt mìn gleansach dubh a bh' oirrese. Bha a' chuideachd aigesan agus a' chuideachd aicese air am biadh a ghabhail, is bha a-nise duine mar a thigeadh e a' dol chun a' bhùird. Bha feadhainn de na cailleachan na bha bhon Chreagan nan suidhe a' còmhradh an ceann shìos an taighe, is bha na bodaich a' gabhail ceò, agus glainne leann an urra aca ga thraoghadh air an socair, agus athair bean-na-bainnse ga riaghladh orra, 's air gach duine a thigeadh, gun e fhèin fhàgail falamh. Bha clann-nighean an àite nam màl a' deasachadh 's a' frithealadh, is bha sgeulachdan is naidheachdan, ceòl is gearradaireachd, a' dol air gach taobh. Na lampaichean 'Tilley' a' sainnsearachd, duine a' tighinn bhon chruaich le ultach mònach nuair a bha feum oirre, 's ga chàrnadh air an teine gus nach gabhadh e 'n còrr. Is ged a bha i fuar reòta a-muigh, is toiseach December ann, bha fallas air gach duine bha staigh, is shaoileadh tu gun robh leann nam bodach a' falbh dìreach bho am beul gu ruig am maoil, 's a' tighinn an uachdar an sin na bhoinneagan gun dad a dhìth orra ach an dath.

Mar a bha na caileagan frithealaidh a' dol a-null 's a-nall seachad orm, dh'fhairichinn fàileadh geur cùbhraidh an fhallais bhon craiceann 's bhom bodhaigean, is saoilidh mi gu bheil mi ga fhaireachdainn fhathast.

Bha gu leòr a' falbh 's a' tighinn. Feadhainn a' dol dhachaigh tràth; feadhainn a' dol a-null air an rathad gu taigh eile air cheann-gnothaich; bha an crodh rim bleoghan, anmoch 's ga robh e; bha clann òga a' ruagail 's ri falach-fead, 's a' toirt sùil a-steach air doras an t-sabhail ach am faiceadh iad dè bha dol. Bha na Fir-chlis a' leum a-null 's a-nall air raointean fuara an adhair, is chluinneadh tu cù a' dèanamh comhairt ris a' ghealaich aig ceann thall a' bhaile. Chluinneadh tu fada bhuat air an oidhche reòta sin, ach ged a chuala mi dithis bhalach, a bha air a thighinn dhachaigh bho sheòladh, a' bruidhinn air Hitler 's air cogadh cha do chuir e smuain orm, oir bha fàileadh geur cùbhraidh na h-òige nam chuinnleanan, agus cha robh tuigse agam dhà.

Cha robh dad a dh'eòlas agam air deoch aig an àm ud, ged a bha mi naoi bliadhna deug a dh'aois. Ach chaidh glainne uisge-beatha a thairgse dhomh aig a' bhòrd agus dh'òl mi e, agus fhuair mi 'n uair sin glainne leann an dèidh mo shuipear a ghabhail. Is dòcha gun deach bloigh dheth nam cheann, le cion a' chleachdaidh, ach co-dhiù fhuair mi de mhisneachd na thug don t-sabhal mi. 'S ann an sin a bha an ceòl 's am fleadhachas 's cha b' ann a-staigh. Bha 'Tilley' crochte ris na sparran, ach cha chluinneadh tu fuaim bhuaithe nas motha na chluinneas tu bho sholas an dealain an-diugh, oir bha an t-àite làn de cheòl 's de bhruidhinn 's de gàireachdainn. Bha cnap de bhalaich 's de ghillean aig an dàrna ceann, bonaid air fear an siud 's an seo, balaich òga a' feuchainn air na fags is gun mòran eòlais aca air mar a dhèanadh iad an gnothach orra, corra fhear is 'rabhle' air leis a' chiad bhloigh daoraich a bh' air a-riamh.

Bha a' chlann-nighean aig a' cheann eile, len dreasaichean sìoda is cotain orra, fìor chorra thè le beagan den chloich-dheirg air a bilean, ach bha a' mhòr-chuid mar a dh'fhàg am bùrn 's an siabann iad. A' bruidhinn 's a' bruidhinn, 's thigeadh sgread gàire a-null thugainn an-dràsta 's a-rithist. Feadhainn shocharach 's feadhainn eòlach. Agus dh'fhairich mi àile gheur chùbhraidh a-rithist, 's cha robh fhios agam glè mhath dè bh' ann.

* * *

An ath bhliadhna thòisich an cogadh, is chaidh mo thogail gu math tràth an dèidh dha tòiseachadh. Thug mi greis an campaichean an siud 's an seo, a' dèanamh droch ionnsachadh air ceàird a' mharbhaidh, a' bleith buinn mo chasan ris an làr, a' sgrùdadh is a' glanadh chlòsaidean, a' toirt ghunnachan beaga às a chèile 's gan cur ri chèile a-rithist, a' caitheamh ghrenèid gun fùdar annta, 's ag èisteachd ri facal an Tighearna air an t-Sàbaid. Bha mi aig an aon àm a' cur ri m' eòlas air innealan rèidio. An ceann greise bha mi nam shaighdear, is dh'òlainn sia pinnt anns an N.A.A.F.I. còmhla ris na bleigeardan eile nan robh feum air. Dh'èist mi ri iomadh sgeulachd shuarach shalach, agus an uair a bha mo cheann làn den oilean Bhreatannach ud chaidh mo chur a-null do na h-Innseachan, còmhla ri buidhnean eile, a dhìon còirichean na h-Ìmpireachd agus gu buille a bhualadh, nam b' fheudar, air sgàth sìthe is sìobhaltachd.

Ma bha cianalas a' bualadh thugam corra uair ann an campaichean Shasainn cha do chuir e mòran dragh orm aon uair 's gun do ràinig mi na h-Innseachan. Bha an saoghal a bha sin cho ùr dhomh, 's a' cur thairis leis gach annas agus beartas agus tàladh, agus shaoilinn nach faighinn mo leòr dheth a-chaoidh, ged a leanadh an cogadh fichead bliadhna agus mise beò. Ach O charaid ort, nach iomadh facal faoin a chanas duine, is smuain mì-thoinnte a thèid tro cheann, gu h-àraidh nuair a tha an òige aige, agus uinneagan na h-òige fosgailte, a' leigeil a-steach gach sealladh is boladh is ceòl a tha mun cuairt air. Siud mar a thachair dhòmhsa.

Thug mi greis ann am Bombay, agus bha sin fhèin iongantach gu leòr. Bha beartas is bochdainn an taic a chèile an siud air dhòigh nach eil furasta a thuigsinn do dhuine sam bith às an rìoghachd seo. Chitheadh tu na marsantan mòra agus iarmad nam prionnsachan Innseanach len taighean òirdheirc làn maoin, agus na mnathan fìnealta, seanga a' gluasad air an àile, mar gum b' ann, len aodach bog fionnar a' snàmh mu bhuill am bodhaig, agus am ball-seirc beag dearg sin air am maoil a' leigeil fhaicinn dhut gun robh inbhe aca air leth bho chàch. Agus an ath cheum a bheireadh tu chitheadh tu bodach seacte, piullach, gun dad air ach luideag, na chrùban ri oir na sràide mar sgian leth-fhosgailte, 's e a' feuchainn ri dòrlach de ghrìogagan no de threallaichean eile a reic. Bha a' chaoile 's an t-sult aghaidh ri aghaidh, gun aon seach aon a' toirt buaidh no feart air a chèile.

Bha na sràidean an-còmhnaidh cho làn, a' taomadh thairis le daoine is clann is bathar, agus ged a bha mi air a bhith an Lunnainn barrachd air aon uair, cha robh mi a' tuigsinn an toiseach co às a bha na bha sin de shluagh a' brùchdadh. Fhuair mi sin a-mach tro thìde: bha à bothain bhochda bu ghann a sheasadh iad air am maidean truagh. Bu bheag an t-iongnadh ged a bha galaran a' falbh gu follaiseach air na sràidean sin: typhus is malaria, a' bhuidheach 's a' chlap.

Ach thigeadh an sin an oidhche, is thogadh tu do shùilean chun nan nèamhan, is bha na rionnagan cho faisg ort, 's an àile air a glanadh bho gach truaillidheachd, agus corra uair bhuail seòrsa de chianalas orm, nuair a chuimhnichinn air na Fir-chlis againn fhìn, is bha mi 'n uair sin air staran eile, fad air falbh.

* * *

Ach cha b' ann am Bombay idir a thachair mi rithe, ged a thàinig i uair no dhà gum inntinn anns na mìosachan sin. Chaidh ar cur fada gu tuath, gu àite beag an ear-thuath air Lucknow, agus an ìre mhath faisg air a' chrìch a tha ruith eadar na h-Innseachan agus dùthaich Nepàl. Cha robh fhios aig an àm sin dè an taobh a leumadh na Ruiseanaich, is bhathas a' cumail faire orra, agus air dùthchannan a dh'fhaodadh a thighinn fo am buaidh. Bha mise air beagan eòlais a thogail air innealan rèidio, còmhla ris gach truaighe eile, agus 's e sin a dh'fhàg mi ri saighdearachd anns a' cheàrnaidh iomallaich sin.

Ged a bha sinn, anns a' champa bheag ud againn, iomadh mìle air falbh bho bheanntan na Himalayas, shaoileadh tu uaireannan gun robh iad gus tuiteam às an adhar air do mhuin: bha iad cho àrd 's cho uabhasach 's gur gann a chreideadh tu gum buineadh iad idir don talamh seo. Tha cuimhne agam aon fheasgar dùsgadh à dùsal cadail agus am faicinn mar sin, is bha dùil agam an dèidh làimh gum b' ann an trom-laighe a bha mi.

Bha an trom-laighe a' tighinn orm an ìre mhath tric anns na mìosan sin, agus thòisich seo air dragh a chur orm. B' e an t-aon trom-laighe a bha tighinn orm an-còmhnaidh. Bha mi gam fhaighinn fhèin ann an sabhal bainnse - an sabhal sin air an tug mi tarraing roimhe - agus nuair a bha an ceòl agus an dannsa aig àirde, agus mise dannsa le bean-na-bainnse, thigeadh a' chreach ud às na speuran, thuiteadh mullach an t-sabhail air an luchd-dannsa, bha gach nì a' fàs dorch airson tiota, agus thòisicheadh an teine an uair sin, a' snàmh ann an aodach nan nigheanan, agus an sin a' leum 's a' slugadh, gus an robh an t-àite uile na aon chaoir theine, agus an tè a bha nam ghàirdeanan ag èigheach rium a sàbhaladh, 's cha b' urrainn dhomh dad a dhèanamh.

* * *

Dh'fhàs mi tinn mu dheireadh - b' e sin tinneas a bha 'g obair orm fad nam mìosan sin - agus chaidh mo thoirt gu taigh-eiridinn ann an Lucknow. B' ann an sin a choinnich mi rithe mu dheireadh thall, an oidhche às dèidh dhomh dhol a-steach don taigh-eiridinn. Bha e anmoch air an oidhche 's bha na solais ìosal, is càch nan cadal. Chunnaic mi i a' coiseachd tron ward, le aodach banaltraim oirre, is beannag gheal mu ceann, mar cheannabheart bean nuadh-phòsta, agus i a' toirt sùil air duine ma seach, a' leughadh nan cairtean, a bha os cionn nan leapannan aca, a' fàgail rian agus fionnarachd às a dèidh.

Nuair a thàinig i chun na leapa agamsa bhruidhinn i rium agus dh'fhaighnich i an do chaidil mi idir an oidhche ud, agus thuirt mi rithe nach do chaidil, ach cha do leig mi orm gun robh mi ga h-aithneachadh. Dh'fhalbh i a leughadh na cairte agam, agus thug i an ath shùil orm agus dh'aithnich i mi, agus an sin bhruidhinn i rium anns a' Ghàidhlig, agus rinn sinn gàirdeachas ri chèile ann an tìr na fadachd às.

* * *

Thàinig piseach orm gu luath an dèidh dhomh dhol don taigh-eiridinn, agus cha b' fhada gus an robh mi air mo chois a-rithist, ach cha robh cabhaig air na dotairean mo chur air ais don champa, gun fhios nach tigeadh an aon rud orm a-rithist. Ach fhuair mi cead a bhith dol a-mach às an ospadal gach là nan tograinn, is bha mi a' dèanamh feum far an robh mi.

Bha e nàdarrach gum bithinn tric ann an cuideachd Catrìona. Chaidh ar togail anns an aon bhaile, agus cha robh i ach dà bhliadhna na bu shine na mi fhìn.

Ach bha làithean air a dhol seachad mus d'fhuair mi air faighneachd dhi dè dh'fhàg ann an siud i. Cha robh i fhèin air dad a ràdh mun duine aice, is cha robh i air cus a ràdh mun àite againn fhìn, ach faighneachd airson mo mhàthar. Cha robh fhios aice gun robh i air bàsachadh.

Bha fhios agam gun robh i dìreach air dreuchd na banaltramachd a thoirt a-mach mun do phòs i, is dh'fhaighnich mi dhi an là-sa dè chuir air ais don t-seirbheis i. 'S ann an uair sin a dh'innis i dhomh gun do chailleadh an duine aice tràth ann an 1941. Bha ochd mìosan deug bhon uair sin, ach cha robh mi air an naidheachd a chluinntinn idir.

'S ann aig muir a bha e, agus bha iad air a dhol air thaigheadas a Ghlaschu nuair a phòs iad. Gu dearbh cha d'fhuair iad mòran cothrom air eòlas a chur air a chèile: bha e air bhòidse a dhèanamh nall thairis goirid an dèidh dhaibh pòsadh, is an sin thàinig an cogadh, 's chan fhaca i ach aon uair tuilleadh e. Chaidh an t-soitheach aige fodha gun iad ach là a-mach à Durban.

Bha ise air a bhith ag obair anns an Ospadal Rìoghail an Glaschu, ach an uair a fhuair i an naidheachd smaoinich i gum b' fheàrr dhi an rùm a bh' aice an Glaschu a leigeil bhuaipe. Bha feum gu leòr air a leithid aig an àm, agus ghabh i dhan Arm, is an ceann greise chuireadh a-null do na h-Innseachan i.

Thug mi greis mhòr an oidhche ud a' smaoineachadh air a h-uile nì a dh'innis i dhomh, is ged a tha nàire orm innse cha do chuir e dubhachas sam bith orm. Eadhon nuair a smaoinichinn air an t-soithich ud a' dol fodha anns a' chuan mhòr an iar air Afraga, cha do lean mo smuain ris a' chuspair mionaid, is bha port-a-fead agam rium fhìn 's mi coiseachd cho suigeartach 's ged a bhithinn air mòinteach Leòdhais. Nuair a bheirinn sùil an àird chithinn na beanntan mòra sin fada bhuam is cha robh eagal orm. Agus dh'aithnich mi anns a' mhionaid ud gun do chaill mi mo chridhe dhi.

Bhithinn ga faicinn a h-uile là, agus an ceann ùine bhig bha sinn a' dol chuairtean, 's a' fàs na b' eòlaich air a chèile, is bha eagal mo bheatha orm an uair sin gun deigheadh mo chur air ais don champa agam fhìn. Bhiodh sinn a' còmhradh 's a' còmhradh: uaireannan mu na bliadhnachan mus do phòs i, 's nuair a bha sinn anns an sgoil còmhla. Cha b' e gun robh mòran eòlais agam oirre an uair sin: bha i dà bhliadhna na bu shine na mi, ach bha gu leòr ann a chumadh còmhradh rinn, is shaoilinn bho dheireadh gun robh mi eòlach oirre a-riamh. Bha cuimhne agam a bhith anns an taigh aca corra uair nuair a bha mi a-mach às an sgoil agus thigeadh an staran sin gu mo chuimhne. Ach cha b' ann idir air oidhche na bainnse. Cha mhòr gun robh mi cuimhneachadh air an sin idir.

Cha mhotha bhiodh sinn a' dèanamh mòran bruidhinn air Glaschu, na air a' ghreis a thug mi fhìn ann an campaichean Shasainn. Bha ise an Glaschu an uair sin. Ach bha bruidhinn gu leòr againn mu na h-Innseachan. B' e seo an saoghal ùr againn, is an cuan mòr is leth an t-saoghail eadarainn is siud.

* * *

Nuair a tha thu ann an dùthaich chèin, gun duine de na seann eòlaich timcheall ort, 's gun thu a' tuigsinn ro mhath dè 'n seòl-beatha a th' aig an t-sluagh tha mun cuairt ort, tha e dualtach gun caill an seòl beatha a bh' agad fhèin a ghrèim ort. Agus an àm cogaidh tha seo nas dualtaiche buileach tachairt. Mean air mhean tha do chogais ga mhùchadh, 's an rud a chuireadh sgàig ort an toiseach smaoineachadh air, fàsaidh tu eòlach sin a bhith nad inntinn, agus aon uair 's gum bi an t-eòlas sin air do shiubhal chan eil ach ceum goirid eadar rùn agus gnìomh. Chunnaic mi iomadh duine a' falbh na slighe sin: feadhainn aca nach tugadh mionaid ris, agus feadhainn eile a dhiùltadh cothrom an dèidh cothroim is a dh'fhalbhadh aig a' cheann thall. Tha mi creidsinn gun robh e rèir an togail a fhuair thu is an dèanamh a bh' ort. 'S iomadh là a chuir seo dragh orm. Ach bha mi a' fàs na bu shine, is na bu dàine.

* * *

Dà mhìos a bh' agam ann an Lucknow. 'S e aimsir nam blàthan a bh' ann. Bidh dùil agam uaireannan, 's mi cuimhneachadh air a-nis, gun tug mi ùine mhòr ann. Ach 's e as coireach ri sin gun do thàth mi ris an dà mhìos sin iomadh smuain a thàinig thugam ron àm sin, agus smuaintean a bh' agam às a dhèidh, is chan eil fhios agam an tàinig crìoch orra sin fhathast.

Nuair a thuirt an lighiche rium gum faodainn a-nis tilleadh don champa agam fhìn cha mhòr nach tuirt mi ris gun dèanainn barrachd feum far an robh mi. Ach cha tuirt mi sin ris. Cha do rinn mi càil ach taing a thoirt dha. Taing.

A' chiad oidhche a bha mi air ais anns a' champa, siud an oidhche bu dorra dhomh a bh' agam a-riamh. Mu dheireadh, nuair nach seasadh mo chorp ris na b' fhaide, thàinig an cadal orm, ach cha b' e an cadal a bh' ann, ach an trom-laighe. Bha an lighiche os cionn na leapa, leis an sgithinn na làimh. Bheireadh e an straonadh ud leatha, is nuair a shaoilinn gun robh e air m' amhach a ruighinn dh'fhairichinn an sgathadh sin, is thuiteadh ultach de bhlàthan air m' aodann, ga mo mhùchadh cha mhòr. Ach cha b' e blàthan ioma-dhathach na dùthcha ud a bh' annta. Bha iad dubh.

* * *

'S ann thuige 's bhuaithe bha mi anns na mìosan sin. An dàrna là bhithinn ceart gu leòr, 's mi 'g obair air na h-innealan agam, gan toirt às a chèile 's gan càradh 's gan gleusadh, gus an togadh iad gach cagair a bha na tonnan-adhair a' toirt thuca. Ach an ath là bhiodh mo cheann làn de chòmhraidhean eile: na balaich a bh' ann am ward an taigh-eiridinn, Catrìona is na banaltraman eile, na lighichean, 's air chùl sin, glòir shràidean Bhombay, 's na b' fhaide air chùl sin, ach a' sìor thighinn na b' fhaisge, gleadhraich na bainnse ud o chionn fhada, is sàmhchair na maidne nuair a sgaoil i.

Bha an cianalas orm gun teagamh - cianalas airson Lucknow. Agus an-fhois. Bha mi ceithir bliadhna fichead, is bha mi air a bhith beò ro fhada air smuaintean 's air bruadairean. Bha mo cheann a-nis a' fàs corrach leotha.

An ceann dà mhìos no mar sin fhuair mi cead airson dha no trì làithean, agus thog mi orm gu Lucknow. Rinn mi dìreach air an taigh-eiridinn, ach cha robh Catrìona a-staigh, is cha robh fhios aig càch càite an robh i. Ach thuirt tè de na banaltraman rium gur h-iongantach gum biodh i staigh gu anmoch – gum b' fheàrr dhomh thighinn an ath là. Chaidh mi dh'òl ann an club shaighdearan, is chaidh an oidhche seachad.

Chunnaic mi i an ath là. Bha i uabhasach duilich mar a thachair. Bha fear de na lighichean air iarraidh oirre a dhol gu dìnneir còmhla ris. Ach mar a chaidh an là air adhart thàinig mi fon t-seun aice a-rithist, agus rinn sinn an-àirde gun deigheadh sinn gu ruige Delhi an ath uair a bhiodh cead againn còmhla.

Chaidh mi air ais don champa agam. Bha aimsir nam blàthan nise seachad.

* * *

Cha b' fhada mhair an aighear sin. Nuair a bha mi air ais anns a' champa thòisich mi rithist air mo smuaintean a bhleith ri chèile, is an ceann greise chaidh mi bho fheum buileach, is chuireadh don taigh-eiridinn a-rithist mi. Ach cha robh mi ann ach seachdain nuair a chuireadh Catrìona air imrich, gu ospadal ann an Delhi. Agus trì seachdainean an dèidh sin fhuair mi fios bhuaipe gun robh i dol a phòsadh. Agus b' e an duine a bha i dol a phòsadh an lighiche a chuir dhachaigh mi an toiseach à taigh-eiridinn Lucknow – am fear dhan tug mi taing. Thug i cuireadh dhomh chun na bainnse, ach thuirt i mura robh mi airson a dhol thuice gun tuigeadh i glè mhath. Is thuirt i gun robh i duilich airson gach nì a thachair.

Goirid an dèidh dhomh an litir seo a leughadh thàinig seòrsa de sholas thugam, agus neart às ùr. Shaoileadh duine, is dòcha, gur ann an rathad eile a bhiodh e, ach tha inntinn an duine ag obair ann an dòighean iongantach. Bha mi a' faireachdainn mar gum bithinn a' tighinn faisg air crìoch an rathaid ud, a thòisich na staran beag ann an Leòdhas, o chionn ceithir bliadhna gu leth. Sgrìobh mi thuice is thuirt mi gun deighinn chun na bainnse nam faighinn cothrom.

Mar a thachair, fhuair mi an cothrom sin ann an dòigh ris nach robh dùil agam. Thàinig fios thugam gun robh mi gam chur air ais a Bhreatainn, air soithich-adhair, is muinntir an Airm an dùil nach dèanainn tuilleadh feum anns na h-Innseachan. 'S ann à Delhi a bha mi gu falbh, air feasgar là na bainnse. Chaidh mi thuice.

Cha robh mi air a bhith aig banais bhon tè ud ann an 1938, agus shaoilinn a-nis gun robh mi ann an saoghal eile, is bha mi ann an sin. Cha robh ceannabheart gheal air Catrìona an turus seo, ach bha a falt cho dubh, lainnireach, 's a bha e a' chiad turas. Ach 's ann orm fhìn a chuir mi 'n umhail a bu mhotha. Bha mi air a h-uile ceum a choiseachd, cha mhòr, a-mach air ceann an starain, a-null an rathad mòr, tron bhoglach a tha eadar an rathad cumhang 's a' bheinn, is cha mhòr nach deach mi fodha anns an t-suil-chruthaich, ach bha mi nis aig ìochdar na beinne 's a' tòiseachadh ga dìreadh. Mar a bha mi a' dìreadh 's a' dìreadh, is mar a b' àirde bha mi a' dol 's ann bu lugha bha gach nì a' fàs fodham. Chaidh na bùird às mo shealladh, agus na daoine a bha nan suidhe aca, ann an deiseachan an Airm, is an cèice mòr geal, is falt dubh bean-na-bainnse, is an togalach mòr anns an robh a' bhanais, is bailtean mòra nan Innseachan a' cur thairis le beatha is bàs. An ceann ùine chrom sinn gu Karachi, is chunnaic mi na taighean is na sràidean a' fàs mòr a-rithist. Nuair a rinn sinn ar gnothach an sin, dhìrich sinn aon uair eile, a-null thar a' chuain Innseanaich, agus os cionn bùirich na soithich-adhair chuala mi, fada bhuam, ceòl beag a bha cho sean ri mac an duine, is cha robh fhios agam an e ceòl Innseanach no ceòl Gàidhealach a bh' ann.

Cha tug an turas fada, agus cho luath 's a ràinig sinn an dùthaich seo fhuair mi dhachaigh a Leòdhas air fòrladh. 'S e deireadh an t-samhraidh a bh' ann, an 1943, is bha boladh an fheòir 's nan sìtheanan mar a bha e ri mo chiad chuimhne. Nuair a bha mi a' dol seachad air taigh Catrìona bha a h-athair na sheasamh aig ceann an taighe, is chuir e fàilte orm. Sheas sinn a' còmhradh greiseag bheag, ach an uair a bha mi dol a dh'innse dha gu faca mi a nighean o chionn trì là cha tigeadh na facail gu mo theanga.

Tha ochd bliadhna deug bhon uair sin.

Gairm 38 (An Geamhradh 1961): 147-154.

Aig a' Phump

"Annradh ort! Annradh ort!"

Bha i ann an sin, aig pump na sgoile, a' tarraing uisge às an tobar dhomhainn, a' lìonadh an tanca. Falt dubh oirre, grinn gu leòr, ged is e obair fhallasach a bh' ann, a' sioftadh nan deacsaichean, a' sguabadh, a' togail na luatha, 's a' toirt a-steach mòine an ath-là.

"Annradh ort! Annradh ort!"

Cò air? B' i 'cheist i. Cha b' e 'm pump bochd, sean-fhasanta 's gun robh e, ach grinn na dhòigh fhèin, le peant uaine air.

Aig an taigh, cha robh aice ach na peileachan a thumadh anns an tobar làimh rithe, 's am bùrn-èirigh a' tighinn gun sgur.

Bhiodh a piuthar a-staigh a' feitheamh gus an tilleadh i 's a dhèanadh i blasad suipeir dhaibh. Bha e duilich dhi mòran gluasaid a dhèanamh, ach a-mhàin le a teanga. Sult, seòrsa de dhìth slàinte, ged nach aithnicheadh tu sin air a còmhradh.

'S a' bhò ri bleoghan fhathast, 's am bainne ri shocrachadh ann am mias mhòir anns an dreasair. Is dòcha gun dèanadh i gruth a-màireach, an dèidh dhi am bàrr a thogail bhon mhias dhonn.

Carson nach robh am min-flùir ceart aig fear-na-bùtha. Am bleigeard. Cha bhiodh dìth mine, no dìth sam bith eile, air fhèin no air an teaghlach aige, le am mionachan mòra làn mine 's mìlse. Cha b' e sult a peathar a bh' orra-san idir ach sult a' pheacaidh.

"Annradh ort! Annradh ort!"

Là a bha siud ann a Yarmouth, is na baraillean air a lìonadh aca, thàinig am fear a bha seo, Bucach a bh' ann, a chòmhradh rithe. Cha robh an còmhradh furasta: cainnt nam Bucach 's an droch Bheurla aice-se. Ach bha e grinn, sgiobalta, 's dhannsadh e cho math ri eileanach, 's na b' fhèarr na Hearach a chunnaic i riamh. Ach mu dheireadh 's ann a phòs e bana-Hearach. Shaoghail, a shaoghail!

Am ministear Hearach sin a bh' aca o chionn fhada. Abair cur-a-mach. Cha b' ann tric a bhiodh i dol dhan t-searmoin, ach bha am Fear-millidh ann an sin an cùl na h-inntinn, 's am Ministear a' feuchainn ri fhuadach 's aig an aon àm ga thoirt cho faisg ort 's nach teicheadh an ìomhaigh às do shùilean.

Bha an geansaidh snàth ud aice ri chrìochnachadh, mus tigeadh fuachd a' gheamhraidh. Snàth nam bobanan. Eil fhios càit a bheil Murchadh a-nis. Fichead bliadhna co-dhiù bho dh'fhàg e a' bheairt 's a thog e air a Ghlaschu. 'S cha do dh'fhuirich e fada an sin a bharrachd. Bha seòladh anns an fhuil aige. Cha do thill e riamh.

Bha an gille beag am falach aig an oisinn, is e air 'Annradh' no dhà a chluinntinn. Leum e mach is ruith e nall chun a' phump. Dh'fhalbh an gruaim is thàinig duan ùr:

"Mo ghràdh ort!"

Gairm 173 (An Geamhradh 1995): 28-29.

Seann Iain

A h-uile feasgar Sàbaid chitheadh tu ann an siud e, na sheasamh air bloigh de bhucas aig oisean na sràide, is grunn de leth-bhalaich, maille ri bodach no dhà, timcheall air. Anns a' bhaile mhòr tha uiread a' falbh na sràide gun fhios carson, agus gun nì ri dhèanamh, agus stadaidh fear an siud 's an seo, ged a b' ann a dh'èisteachd searmoin fhèin. Is iomadh uair a stad mi fhìn ga èisteachd, is mi nam bhalach òg air aineol anns a' bhaile. Bha ainm Gàidhealach air - Iain MacCoinnich - agus bha blas Gàidhealach air a Bheurla. 'S e 'Old John' a theireadh na Goill ris, agus is iomadh facal fanaid a dh'fhàg iad mu dheidhinn. Leis an fhìrinn innse, cha robh mise agus mo chompanaich fada air dheireadh orra anns an t-seòl sin.

Cha robh ceann-teagaisg aig Iain ach an t-aon, agus is iomadh dreanaich a thug e air. Cha do dh'èist mi ris a-riamh nach b' ann a' cur a-mach air aingidheachd nam Pàpanach a bha e, agus thigeadh cop air a bhilean mus ruigeadh e àirde a chorraich, is e a' di-moladh agus a' càineadh siùrsach na Ròimhe. Dh'èigheadh an sin fear de na balaich rudeigin ris a chuireadh ainmein air, agus thòisicheadh e às ùr. B' e am Pàpanach a bha air chùl gach murt is gach cogadh is gach dòrainn a bha a' tighinn air an t-saoghal. B' e spiorad-frithealaidh an t-Sàtain, agus cha chuirte an Sàtan fo dhaorsa fhad 's a bha Pàpanach saor.

Is math tha cuimhne agam air an oidhche mu dheireadh a dh'èist mi ris air an t-sràid. A measg a' chòmhraidh eile a bh' aige an oidhche sin bha e a' bruidhinn air cùl-shleamhnachadh àl an là, air am misg agus air am mì-chùram do nithean spioradail. Agus thug e iomradh air cho cumanta 's a bha am briseadh-pòsaidh a' fàs anns an rìoghachd. B' ann an sin a dh'fhaighnich fear de na balaich, "Nach e an eaglais Phàpanach as fheàrr na 'n eaglais Albannach anns an dòigh sin? Chan eil iad a' ceadachadh briseadh-pòsaidh idir." Chuir seo Iain na lasair, agus chuir e a-mach mòran cainnte, gun i a bhith gu lèir air a' chuid bu reusanta no air a' chuid bu ghlaine. Sgaoil a' choinneamh ann an ùpraid.

Dh'fhàg mi fhìn am baile goirid an dèidh sin, agus bha mi grunn bhliadhnachan air falbh às. Dh'innis mi sgeul na h-oidhche sin uair no dhà, agus thug e gàire orm fhìn agus air càch, ach an ceann ùine chaill mi cuimhne air Iain.

* * *

Bha ceithir no còig de bhliadhnachan air a dhol thairis mus do thill mi a-rithist don bhaile. Bha mi na bu shine agus dh'fhaodadh beagan na bu chiallaiche. Agus bha mi trang, le uairean fada orm. Co-dhiù, cha tàinig e fa chomhair m' inntinn tadhal anns an àite sam biodh Iain a' labhairt. Ach air oidhche Sàbaid àraidh bha mi fhìn agus caraid dhomh a' gabhail cuairt tron bhaile, agus 's ann a thàinig sinn gun fhios dhuinn air an oisean sràide a chleachd a bhith aig Iain. Bha duine na sheasamh air bucas an sin, is e a' cur a-mach a cheart cho dian 's a bha Iain a-riamh. Ach b' e a chuspair-san aingidheachd nan daoine beairteach, agus thuirt e gum b' e luchd an airgid bu choireach airson gach cogadh agus ana-cothrom a bha a' sgriosadh luchd-obrach an t-saoghail. 'S e co-mhaoineach a bh' ann dheth-san.

Theann mi ag innse do mo charaid mun t-searmoin mu dheireadh a chuala mi anns a' bhad sin, agus thuirt esan, an duine glic, gun robh e soilleir gu leòr gun robh an saoghal agus na daoine a bha ann nan èiginn, ach gur ann a bha gach fear a' cur na coire air a nàbaidh, an àite a bhith a' strì ri a uaisleachd fhèin agus a dhaonnachd fhèin a chur an cleachdadh. Dh'aontaich mi ri sin, ach 's ann a bha m' aire is mo chuimhne air Iain, agus thug mi greis a' smaoineachadh dè thàinig air, no carson nach robh e aig a dhleastanas, mar a theireadh e. Agus thuirt mi rium fhìn gur math dh'fhaoidte gur e am bàs a thug air falbh e.

* * *

Tha e iongantach nuair a thig nì ann ad rathad aon uair mar a thig e nad rathad a-rithist. Bha mise nam lighiche aig an àm sin ann an aon de thaighean-eiridinn mòra a' bhaile, a' frithealadh do dhaoine air an robh euslaint inntinn. Làrna-mhàireach bha mi air mo chuairt-mhaidne tro na seòmraichean, agus thug mi an aire do bhodach beag liath a bha air ùr thighinn a-steach. Bha feusag robach air, agus bha fhalt gun a chìreadh. Theirinn leis a' chiad sealladh gun robh e a' streap ri trì fichead bliadhna 's a deich. Bha aodann air seacadh agus air crìonadh, agus bha leus an acrais agus a' chuthaich na shùilean.

Bhruidhinn mi ris a' bhean-eiridinn agus dh'fhaighnich mi dhi cuin a thàinig e steach, agus cò às a thàinig e. Dh'innis ise dhomh gun d'fhuaireadh anmoch an oidhche roimhe sin e a' feuchainn ri cur às dha fhèin. 'S e nàbaidh dha a thug don taigh-eiridinn e, agus thuirt esan nach robh blasad bidh am broinn an taighe, agus gun robh am Bìoball na laighe air a' bhòrd, mar gum biodh am bodach air èirigh bho bhith ga leughadh.

Chaidh mi a-null chun na leapa, agus mi a' dèanamh aithne gun chuimhne air an aodann aige, agus dh'fhaighnich mi dhà dè a b' ainm dha. "Iain MacCoinnich," ars esan ann an guth ìosal. Ghluais siud mo chuimhne, agus dh'fhaighnich mi dhà dè an aois a bha e. "Tha dà fhichead bliadhna 's a h-ochd," ars esan. Bha e cruaidh orm sin a chreidsinn. Bha mi an ìre mhath cinnteach gur e 'Old John' a bh' ann, agus bha esan seachad air a leth-cheud ma bha e là an uair a chunnaic mise mu dheireadh e o chionn còig bliadhna.

Ach cha do leig mi orm dad de sin, agus thòisich mi a' còmhradh ris. An ceann ùine dh'innis e an sgeulachd seo dhomh, agus b' e sin an sgeulachd dhuilich.

Bhuineadh e do bhaile beag faisg air Cille Chuimein ann an Siorrachd Inbhir Nis, agus aig aois ochd bliadhna deug thàinig e don bhaile a lorg cosnaidh. Chaidh leis, agus bha e an ìre mhath soirbheachail nuair a phòs e, aig aois naoi bliadhna fichead, nighean òg de mhuinntir a' bhaile.

"Fad bliadhna," arsa Iain, "bha sinn anabarrach sona le chèile, agus theirinn rium fhìn nach tugadh eadhon an aois cnead orm is ise còmhla rium. Bha mi a' smaoineachadh gum biodh a-màireach mar a bha an-diugh, agus an ath-bhliadhna mar a bha am bliadhna." Stad e an sin, agus dhùin e a shùilean. Cha tuirt mise facal.

"Aig ceann na bliadhna fhuair i leanabh-nighinn, agus dh'fhalbh am bàs leatha fhèin."

"'S e nì cruaidh a tha sin a thighinn air duine," arsa mise ris. Dè b' urrainn mi a ràdh! Ach lean Iain air an sgeul.

"Thàinig piuthar dhomh a dh'fhuireach còmhla rium, agus thog ise Mòrag bheag. Ach an uair nach robh Mòrag ach ochd bliadhna de dh'aois phòs mo phiuthar, agus dh'fhalbh i fhèin 's an duine aice às a' bhaile. Thàinig ormsa an taigh a chumail mar a b' fheàrr a b' urrainn mi.

"Dh'fhàs Mòrag suas na pàiste laghach, brèagha, agus mar a b' fhaide a bha i còmhla rium 's ann bu cheangailte a bha mi fàs rithe, air a sgàth fhèin agus air sgàth a màthar. Mus do dh'fhàg i an sgoil bha i air uallach an taighe a ghabhail oirre fhèin. Bha obair chunbhalach agamsa, agus bha cùisean a' soirbheachadh leinn."

Stad Iain a-rithist, mar gum biodh e feuchainn ri greimeachadh air cuimhne an t-sonais, agus bha fhios agam nach tàinig crìoch fhathast air sgeul a mhulaid.

"Bliadhna no dhà an dèidh dhi an sgoil fhàgail thòisich i a' falbh a-mach na bu trice air an fheasgar, an uair a bhiodh an t-suipear aice seachad. Bha siud nàdarrach gu leòr, thuirt mi rium fhìn, agus cha do bhac mi an dòigh sam bith i, ach a-mhàin gun do chuir mi impidh oirre gun a dhol a-steach air dorsan taigh-dannsa.

"Ach an oidhche seo bha i tuilleadh is anmoch gun a thighinn dhachaigh, agus an uair a dh'fhaighnich mi dhi gu diombach càit an robh i thuirt i rium ann an clàr m' aodainn gun robh aig dannsa. Bha e duilich leam, agus bha e na bu dorra leam an ath mhadainn, ach chronaich mi i, agus thuirt mi rithe nach rachadh i a-mach air doras feasgar an dèidh sin gus an ionnsaicheadh i a bhith umhail da h-athair.

"Bha sin o chionn fichead là," arsa Iain, "agus air oidhche Dhiardaoin a chaidh, an dèidh na suipearach thuirt i rium gun do dh'iarr a leithid seo de fhear oirre a phòsadh. Chan fhuilinginn a chluinntinn. Bha eagal orm gum fàgadh i mi fhìn, ach bha eagal orm na bu mhotha na sin – gun tachradh dhi mar a thachair da màthair.

"An uair a thill mi bho m' obair Disathairne cha robh sgeul air Mòrag, agus fhuair mi litir anns an t-seòmar aice, ag ràdh gun robh i air falbh a phòsadh. Cha robh nì agam air an t-saoghal ach Mòrag, agus chaill mi a-nis i."

Dhùin e a shùilean an sin, agus cha bhruidhneadh e tuilleadh rium.

Leig mi fios don bhean-eiridinn gu dè ghabhadh dèanamh dha, agus dh'fhalbh mi. Ach an uair a smaoinich mi air, chuir mi teagamh anns an sgeulachd aige. "Dè bu choireach," arsa mise rium fhìn, "nach robh blasad bìdh anns an taigh aige a-raoir mas ann Disathairne a dh'fhalbh Mòrag?"

Cho luath 's a thàinig agam air chaidh mi a dh'ionnsaigh na sràide às an tàinig Iain. 'S e taighean bochda agus daoine bochda a bha anns an t-sràid gu lèir, agus an uair a ràinig mi taigh Iain bha e na bu ro-mhiosa na càch. Ach lorg mi an duine a thug a-steach don taigh-eiridinn e, agus an dèidh beagan còmhraidh dh'fhaighnich mi dha cuin a dh'fhalbh Mòrag. "Mòrag," ars esan, "cò Mòrag?"

"Tha Mòrag, a nighean fhèin," arsa mise ris, ach thuirt esan nach robh duine a' fuireach còmhla ri Iain bho thàinig e don t-sràid, agus gun robh còig bliadhna, chreideadh e, bhon uair sin.

Gu fortanach bha beachd aige air an t-sràid anns an robh Iain a' fuireach roimhe sin, agus chaidh mi ann a shireadh tuilleadh eòlais. Bha e furasta gu leòr fear de na seann nàbaidhean aige a lorg, agus fhuair mi sgeul an sin air mar a dh'fhalbh Mòrag a phòsadh o chionn faisg air ochd bliadhna. Chaill Iain a dhòchas uidh air n-uidh, gus mu dheireadh an do chaill e an obair mhath a bh' aige agus thàinig air an taigh a leigeil seachad, agus aon sheòmar a ghabhail ann an aon de na sràidean bu bhochda a bha anns a' bhaile.

Air dhomh an sgeul sin a chluinntinn thill mi a dh'ionnsaigh an taigh-eiridinn, ach b' ann le cridhe trom. Bha fios agam gun robh Iain aig uchd bàis leis an acras, agus bha e soilleir a-nis gun robh e air ochd bliadhna de a chuimhne a chall, oir bha e an dùil gum b' ann an là roimhe a dh'fhalbh Mòrag bhuaithe. Dhèanadh mise agus mo cho-lighichean ar dìcheall ris, ach cha bhiodh de shannt-beatha ann fhèin na chuidicheadh leinn.

Bha mi a' cuimhneachadh air an sgeul a dh'innis e dhomh, agus thàinig na briathran aige thugam a-rithist, "Theirinn rium fhìn nach tugadh eadhon an aois cnead orm is ise còmhla rium." Thàinig na bu mhiosa nan aois air a-nis, ach ma bha leigheas ann dha 's ann bho Mhòrag a thigeadh e. Chuir sinn a-mach S.O.S. air an radio, ga h-iarraidh.

An ceann dà là thàinig i, agus an duine aice còmhla rithe. Ach bha iad dà uair a thìde ro fhadalach, oir bha trioblaidean Iain seachad. Thug mi a-steach iad far an robh e na laighe, agus sheas mi tiotag dhan coimhead a' dèanamh samhla na croise ri taobh na leapa. Agus thàinig tuigse gum inntinn, is bròn gu mo chridhe.

(*A rèir coltais, tha mu leth-cheud bliadhna bho chaidh an sgeulachd seo a sgrìobhadh, ach thàinig i an uachdar o chionn ghoirid a measg seann phàipearan – An Neach-deasachaidh.*)

Gairm 186 (An t-Earrach 1999): 114-118.

Aithisgean-siubhail

Deich Là anns an t-Suain

Bha an talamh air uideal a' chiad mhadainn ud ann an Goteborg, is cha b' ann ag òl *snaps* a bha mi. 'S e droch *Viking* a dhèanainn, thuirt mi rium fhìn, is là gu leth de luasgadh nan tonn air tolladh a-steach cho domhainn na mo stamag. Cha b' ionnan 's na Lochlannaich o shean, nuair a bheireadh iad a' chuairt fhada sin, ann am bàtaichean fosgailte, bhon dùthaich aca fhèin gu ruig na dùthcha sin a chaidh ainmeachadh orra, Innse Gall. Dh'fheumadh làmh a' chlaidheimh a bhith gu math gramail nuair a rachadh iad air tìr, gun fhios cò an ceatharnach a nochdadh bho chùl creige - do shinnsir no mo shinnsir-sa - a dhìon a bhaile fhèin. Is cha chumainn-sa eadhon an camara dìreach! Chuir e bochdainn orm nuair a chaidh an dealbh seo fhoillseachadh, is a chunnaic mi an *list* a bha ann an Gustavus Adolphus, no *Konung Gustaf Adolf*, mar a their na Suainich ris an rìgh iomraiteach seo.

Tha Gustaf Adolf ainmeil an eachdraidh na Suain agus an eachdraidh na h-Eòrpa. B' esan an commandair airm a b' iomraitiche anns a' chogadh sin a lean deich bliadhna fichead (1618-1648), ged a fhuair e fhèin bàs aig Blàr Lutzen anns a' bhliadhna 1632. Tha fios gun robh ainm air bilean nan Eileanach againn fhìn, oir bha cuid aca a bha nan amhais, no nan saighdearan air thuarastal, anns an arm aige. (Feumaidh nach ann soitheamh a bha feadhainn dhiubh sin, no de na h-amhais air an robh na Gàidheil eòlach romhpa, nuair a ghlac am facal a' chiall a tha aige an diugh, fon riochd *amhaisg*!). Tha pàirt de chliù nam fear-cogaidh ud air mhaireann fhathast am Barraigh, anns an òran a bhiodh Ruairidh Iain Bhàin a' seinn:

> – 'S math ur gnothach sa Ghearmailt,
> Gur neo-chearbach ur gnìomh ann.
> Thig an claidheamh sìos faraibh,
> Neul fallais gu chùl air.

Ri linn nan cogaidhean sin air clàr a tuath na Roinn Eòrpa fhuair an t-Suain leasachadh fearainn air còrsachan Muir na Baltaig, ged nach do lean cuid diubh sin rithe ach ùine ghoirid. Ach fhuair i iomadh iasad agus tiodhlac bho dhùthchannan na Roinn Eòrpa a tha fhathast rim faicinn. Bha seann bhailtean, mar Lodose, air an làrach air a bheil Goteborg air a thogail, ach 's e Gustaf Adolf a stèidhich am baile a tha air sgeul an-diugh, agus b' e Duitsich a bha anns na h-ailtirean agus na h-innleadairean a dheilbh am baile ùr anns a' bhliadhna 1619, le sràidean farsaing agus le cladhan-aibhnean a rèir modh na h-Òlaind.

Cha robh mo chuairt an Goteborg gu bhith ach goirid, is an ath mhadainn chaidh mi air bòrd trèana gu Karlsborg, ri taobh Loch Vattern. Tha trèanaichean na Suain gu math nas motha na an fheadhainn againne; co-dhiùbh, tha iad àrd, agus barrachd rùm nam broinn, ged a bha na suidheachain cruaidh gu leòr. Agus, iongnadh nan iongnadh, tha iad glan, oir 's ann on dealain a tha a' chumhachd aca a' tighinn. Chan eil fhios agam fhathast carson nach robh mo thicead a' còrdadh ri fear-nan-ticeadan, ach cha robh Beurla no Gàidhlig aige-san agus bha mi fhìn cho gann de Shuaineis is nach bu dùraig dhomh tòiseachadh ga caitheamh. Is dòcha gun robh sin feumail dhòmhsa: dh'fhalbh e 's a làmhan os a chionn.

Bha dithis shaighdearan nan suidhe faisg orm. Bha bloighean Beurla aig an dàrna fear dhiubh, is cha b' fhada gus an robh sinn le chèile a' strì ri cànainean coigreach. Ged nach do ghabh an t-Suain gnothach ris an dà chogadh mu dheireadh (is tha a bhuil sin air soirbheachadh na rìoghachd aca) chan eil iad gann de shaighdearan idir. Tha aig na balaich òga ri greis de sheirbheis airm a dhèanamh, is chì thu iad thall 's a-bhos air feadh na dùthcha, is iad gu math pròiseil leis.

Chan fhaca mi mòran den dùthaich air slighe na trèana seo, oir bha a' choille gu math dlùth; caoban dhith eadar na h-achaidhean, agus uairean gun ach iomaire no dhà de thalamh-àitich còmhla. Bha am bàrr aca car mar a th' againn fhìn, ach gun robh barrachd de sheagal 's de chruithneachd ann. Gus am feur a thiormachadh, tha iad a' cur sreath de bhiorain fhada an sàs anns an talamh, agus a' crochadh an fheòir orra sin. Anns an dòigh seo tha e ga thìoradh nas luaithe. Is dòcha gun tòisich muinntir nan Eileanan air a' chleas seo nuair a dh'fhàsas a' choille nach deach a cur fhathast. B' e seo am pàirt den t-Suain anns a bheil an t-uabhas de mhaidseachan air an dèanamh, is air feadh na Suain gu lèir chan fhaic thu bòrd-bidhe an café no an taigh-òsta gun bogsa-mhaidseachan air, ri do làimh.

Chuir mi dà là seachad ann an Karlsborg, baile beag dùthcha, nas lugha na Steòrnabhagh theirinn. 'S e deireadh-seachdain a bh' ann, is bha an sluagh saor bhon obair, gan cluich 's gan grianadh fhèin ri taobh an locha, cuid a snàmh is cuid a' seòladh. Air an fheasgar chruinnich mòran den òigridh gu pàirc mhòr air taobh a-muigh a' bhaile anns a' choille, is abair seinn is dannsa is othail. Nam b' ann an Tolastadh a bha seo air tachairt bha ainm

Ri linn nan cogaidhean sin air clàr a tuath na Roinn Eòrpa fhuair an t-Suain leasachadh fearainn air còrsachan Muir na Baltaig, ged nach do lean cuid diubh sin rithe ach ùine ghoirid. Ach fhuair i iomadh iasad agus tiodhlac bho dhùthchannan na Roinn Eòrpa a tha fhathast ris fhaicinn. Bha seana bhailtean, mar Lodose, air an làrach air a bheil Goteborg air a thogail, ach 's e Gustaf Adolf a stéidhich am baile a tha air sgeul an diugh, agus b' e Duitsich a bha anns na h-ailtirean agus na innleadairean* a dheilbh am baile ùr anns a' bhliadhna 1619, le sràidean farsaing agus le cladh-aibhnean a rèir modh na h-Olaind.

Cha robh mo chuairt an Goteborg gu bhith ach goirid, is an ath mhadainn chaidh mi air bòrd na trèana gu Karlsborg, ri taobh Loch Vattern. Tha trèanaichean na Suain gu math nas motha na an fheadhainn againne; co-dhiùbh, tha iad nas àirde, agus barrachd rùm 'nam broinn, ged a bha na suidheachanan cruaidh gu leòir. Agus, iongnadh nan iongnadh, tha iad glan, oir 's ann o'n dealain a tha a' chumhachd aca a' tighinn. Chan eil fhios agam fhathast carson nach robh mo thiceard a' còrdadh ri fear-nan-ticeardan, ach cha robh Beurla no Gàidhlig aige-san agus bha mi fhìn cho gann de Shuaineis is nach bu dùraig dhomh tòiseachadh 'ga caitheamh. Is dòcha gu robh sin feumail dhòmhsa: dh' fhalbh e 's a làmhan os a chionn.

Bha dithis shaighdearan 'nan suidhe faisg orm. Bha bloighean Beurla aig an dàrna fear dhiubh, is cha b' fhada gus an robh sinn le chéile a' strì ri cànainean coigreach. Ged nach do ghabh an t-Suain gnothach ris an dà chogadh mu dheireadh (is tha a bhuil sin air soirbheachadh na rìoghachd aca) chan eil iad gann de shaighdearan idir. Tha aig na balaich òga ri greis de sheirbhis airm a dheanamh, is chì thu iad thall 's abhos air feadh na dùthcha, is iad gu math pròiseil leis.

* .i. *architects* agus *engineers* !

Ri taobh Loch Vattern

'Deich Là anns an t-Suain,' *Gairm* 24 (An Samhradh 1958): 315-319.
Le dealbhan-camara a thog Ruaraidh MacThòmais fhèin.

Cafe fosgailte an teis-meadhon Stockholm

Chan fhaca mi móran de'n dùthaich air slighe na trèana so, oir bha a' choille gu math dlùth; caoban dhith eadar na h-achaidhean, agus uairean gun ach iomaire no dhà de thalamh-àitich còmhla. Bha am bàrr aca car mar a th' againn fhìn, ach gu robh barrachd de sheagal 's de chruithneachd ann. Gus am feur a thiormachadh, tha iad a' cur sreath de bhiorain fhada an sàs anns an talamh, agus a' crochadh an fheòir orra sin. Anns an dòigh so tha e 'ga thioradh nas luaithe. Is dòcha gun tòisich muinntir nan Eileanan air a' chleas so nuair a dh' fhàsas a' choille nach deach a cur fhathast. B' e so am pàirt de'n t-Suain anns a bheil an t-uabhas de mhaitseachan air an dèanamh, is air feadh na Suain gu léir chan fhaic thu bòrd-bidhe an *cafe* no an tigh-òsda gun bocsa-mhaitseachan air, ri do làimh.

Chuir mi dà là seachad ann an Karlsborg, baile beag dùthchadh, nas lugha na Steòrnabhagh theirinn. 'S e deireadh seachdanach a bh' ann, is bha an sluagh saor bho 'n obair, 'gan cluich 's 'gan grianadh fhéin ri taobh an locha, cuid a snàmh is cuid a' seòladh. Air an fheasgar chruinnich móran de'n òigridh gu pàirc mhór air taobh muigh a' bhaile anns a' choille, is abair seinn is dannsa is othail. Nam b' ann an Tolastadh a bha so air tachairt bha ainm an àite air a bhith iomraiteach air feadh an t-saoghail. Tha e 'na chleachdadh cumanta aig na Suainich pàircean móra mar so a chur air leth do'n òigridh, agus tha e glé choltach nach eil srian 'ga cumail orra. Is dòcha nach fheàirrde iad so, ach cha mhotha a b' fheàirrde iad an t-srian a bhith ro theann orra. Tha dlùth-dhàimh aig na Suainich ris na Gearmailtich, is saoilidh mi gu bheil seòrsa de dhàimh aig caitheamh-beatha an òigridh-san ri

— 317 —

an àite air a bhith iomraiteach air feadh an t-saoghail. Tha e na chleachdadh cumanta aig na Suainich pàircean mòra mar seo a chur air leth don òigridh, agus tha e glè choltach nach eil srian ga cumail orra. Is dòcha nach fheàirrde iad seo, ach cha mhotha a b' fheàirrde iad an t-srian a bhith ro theann orra. Tha dlùth dhàimh aig na Suainich ris na Gearmailtich, is saoilidh mi gu bheil seòrsa de dhàimh aig caitheamh-beatha an òigridh-san ri caitheamh-beatha na h-òigridh Gearmailtich ron chogadh mu dheireadh. Tha iad a' dèanamh uaill mhòr à bòidheachd a' chuirp, agus a' strì ri a chumail fallain le lùth-chleasan. Ma 's e 's gu bheil an inntinn cho slàn sin, chan eagal di.

Ach cha do ràinig mi Stockholm fhathast, is tha a thìde bhith tarraing. Thig duine air a' bhaile mhòr seo, bhon iar, mar gum b' ann gun fhios da. Èiridh na togalaichean àrda geala roimhe, os cionn uisgeachan nan caolas, oir tha am baile air a thogail air grunn de dh'eileanan, is tha an t-uisge dlùth ort ge b' e cait an tèid thu. Tha rud math den t-seann bhaile air fhàgail, is chuir mi seachad feasgar a' coiseachd nan seann sràidean caola is nan cidheachan, is an aghaidh air Finland no Suòmi. 'S ann an seo a bha na seòladairean a' fuireach uair, is tha iad ga thathaich fhathast nam mìltean. Ged a chì thu *Tobak Automat* air an t-sràid ('s e sin inneal anns am faigh thu pacaid thoiteanan), tha aosmhorachd nan sràidean gun a mùchadh, is an seann saoghal a' tighinn beò fa chomhair do shùl.

Ach tha mi smaoineachadh gur ann air an oidhche as bòidhche Stockholm buileach, leis na solais neon a' lasadh air na sràidean, is am faileas air chrith ann an uisgeachan nan caolas is nan aibhnichean. Bha an t-sìde blàth - 's e toiseach Lùnastal a bh' ann - is bha sluagh air feadh nan sràidean, à iomadh dùthaich, is gach dath is fasan bu rìomhaiche na chèile air an aodach. Bha brat blàth na h-oidhche, mar gum biodh, a' toirt iasad de shèimheachd do na togalaichean mòra geala a dh'fhàsadh fuar agus cruaidh a-rithist fo ghrèin na maidne.

Far an d'fhuair mi leabaidh a' chiad oidhche cha robh biadh aca ga thoirt seachad idir, is tràth an ath mhadainn chuir an t-acras chun na sràide mi. Bha an t-Suainis agam, a rèir mo bharail fhìn, a' sìor dhol am feabhas, is ged a tha a' Bheurla an ìre mhath pailt ann am bùithtean Stockholm, cha robh mise gu bhith na h-eisimeil. Siud mi steach do thaigh-bìdh, is dh'iarr mi lite is ugh is aran is cofaidh aig a' chunntair. 'S e an t-Suainis air lite *grot*, agus chuir an tè a bha ga riaghladh ceist orm: "*Manna grot?*" Cha b' aithne dhomh 'manna' ach an t-aon, ach fhreagair mi "*Ia*" ann an guth làn misneachd, is sguab mi leam mo thruinnsear is mo mhuga bainne a-null gu bòrd, agus b' e sin brod an truinnseir. Chan fhaca mise a leithid, a thaobh meudachd, bho bha mi aig mòine mu dheireadh, is tha greis bhon uair sin. "Ach nach i tha geal," arsa mise rium fhìn. Bha na h-adhbhair aice. Nuair a bhlais mi oirre, dè bh' agam air mo bheulaibh ach truinnsear mòr semolina - aig ochd uairean sa mhadainn! Agus bha i milis cuideachd. Ach is math an còcaire an t-acras. Cha do dh'fhàg mi gràinean, mìn 's ga robh iad.

Bha banacharaid dhomh, nighean piuthar mo mhàthar, a' fuireach ann an Stocksund, air taobh muigh a' bhaile, is i pòsta aig fear aig a bheil dreuchd àrd ann an Ambasaid Bhreatainn. Bha i air cuireadh coibhneil a thoirt dhomh tadhal aca, agus chuir mi seachad dà là an sin nach tèid as mo chuimhne ann an cabhaig. 'S ann de mhuinntir

Vasterlanggatan ann an seana bhaile Stockholm

caitheamh-beatha na h-òigridh Gearmailtich roimh 'n chogadh mu dheireadh. Tha iad a' deanamh uaill mhór á bòidhchead a' chuirp, agus a' strì ri a chumail fallain le lùth-chleasan. Mas e 's gu bheil an inntinn cho slàn sin, chan eagal di.

Ach cha do ràinig mi Stockholm fhathast, is tha a thìde bhith tarraing. Thig duine air a' bhaile mhór so, bho'n iar, mar gum b' ann gun fhios da. Eiridh na togalaichean àrda geala roimhe, os cionn uisgeachan nan caolas, oir tha am baile air a thogail air grunn de eileanan, is tha an t-uisge dlùth ort ge be càit an téid thu. Tha rud math de'n t-seana bhaile air fhàgail, is chuir mi seachad feasgar a' coiseachd nan seann sràidean caola is nan cidheachan, is an aghaidh air Finland no Suómi. 'S ann an so a bha na seòladairean a' fuireachd uair, is tha iad 'ga thathaich fhathast 'nam mìltean. Ged a chì thu *Tobak Automat* air an t-sràid ('s e sin inneal anns am faigh thu pacaid thoiteanan!), tha aos-mhorachd nan sràidean gun a mùchadh, is an seann saoghal a' tighinn beò fo chomhair do shùl.

Ach tha mi smaoineachadh gur h-ann air an oidhche as bòidhche Stockholm buileach, leis na soluis neon a' lasadh air na sràidean, is am faileas air chrith ann an uisgeachan nan caolas is nan aibhnichean. Bha an t-sìde blàth—'s e toiseach August a bh' ann—is bha sluagh air feadh nan sràidean, á iomadh dùthaich, is gach dath is fasan bu rìomhaiche na chéile air an aodach. Bha brat blàth na h-oidhche, mar gum b' eadh, a' toirt iasad de shèimh-eachd do na togalaichean móra geala a dh fhàsadh fuar agus cruaidh a rithist fo ghréin na maidne.

"Ged nach eil mi 'm Beàrnaraidh Bheag . . . ."

— 318 —

Bheàrnaraigh a tha a h-athair, agus air dhuinn ar biadh feasgair a ghabhail, sheall an duine aice dhuinn film a bha e air a dhèanamh an Leòdhas agus taobh siar na Gàidhealtachd, agus bha clàir Ghàidhlig aicese gan cluich air a' ghramofon fhad 's a bha na deilbh gam foillseachadh. Bha a' Ghàidhlig a' dol, thuige 's bhuaithe oir cha robh mòran aig fear-an-tighe, is bha sinn air ais, car tacain, ann an Eilean an Fhraoich.

An ath là chaidh sinn sgrìob ann an eathar gu Lùchairt Drottningholm (no Eilean na Bàn-righinn), lùchairt a chaidh a dheilbh anns an t-seachdamh linn deug le Nicodemus Tessin, ailtire Suaineach ainmeil. Anns an ochdamh linn deug bha pàirt dheth air a chleachdadh mar *theatre* leis an rìgh Gustavus III, agus tha *theatre* ga cumail an seo fhathast, le modhan is aodaichean is dealbh-chluichean na linne sin. Thog mi dealbh de mo bhanacharaid air beulaibh na *theatre*, is air eagal gun diùltadh i cha do dh'iarr mi cead oirre a chur an clò an seo!

Ged bu mhath a' chuideachd b' fheudar falbh an ath là, oir bha mi airson sgrìob chabhagach a thoirt gu ruig Uppsala, far a bheil an t-Oilthigh as sine anns an t-Suain, an *Universitas Regia Upsaliensis*. Chaidh an t-Oilthigh a stèidheachadh sa bhliadhna 1477, agus bha is tha ainm mòr aige airson sgoilearachd. Bha mi duilich nach b' urrainn dhomh fuireach na b' fhaide anns an t-seann bhaile brèagha, sèimh seo. Ach mus do dh'fhalbh mi, as dèidh cuairt a thoirt chun an Oilthigh, chaidh mi a-steach don Chathair-eaglais a tha làimh ris, is chunnaic mi uaigh an sgoileir mhòir sin Linnaeus, an duine a chuir rian air eòlas nan lus, agus a bhàsaich o chionn dà cheud bliadhna (1757).

Bha agam ri Oslo a ruighinn air madainn Disathairne, is chuir mi romham trèana na h-oidhche a ghabhail. Tha i seo a' toirt ochd no naoi uairean a thìde air an t-slighe eadar na ceanna-bhailtean. Bha dùil agam àite-cadail fhaighinn air an trèana, ach cha robh gin air fhàgail. Mar a thachair, chaidh an oidhche seachad gu luath, eadar còmhradh ri Suaineach aig an robh deagh Bheurla, a' gabhail ealla ri buidheann de Fhinnich a bha air turus gu Oslo, agus a' cumail sùil air an dùthaich. Bha i an ìre mhath soilleir eadhon am marbhan na h-oidhche, is bheirinn oidhche cadail uair sam bith air an t-sealladh ud de Varmland: na raointean arbhair ag abachadh, is taighean nan tuathanach a' faire orra, is an sin a' ghrian a' sgaoileadh a gathan tarsainn an speur is a' tairgse solas maoth do na buailtean is do na lochan. 'S e seo a b' fheàrr na solais neon Stockholm. Thuirt mi rium fhìn gum feumainn a bhith air chois na bu trice ri èirigh na grèine. Chan eil bliadhna ann bhon uair sin, is nì mi fhathast e.

Gairm 24 (An Samhradh 1958): 315-319.

O Chanada

Tha e gòrach breith, no uaireannan beachd fhèin, a thoirt air àite tha duine air ùr fhaicinn, ach dh'fhaodadh nach dèan e cron tarraing a thoirt air rud no dhà a thachair rium anns a' cheàrnaidh den dùthaich mhòir seo anns an do thadhail mi air an t-samhradh seo chaidh. 'S e Co-chruinneachadh nam Fineachan a thug ann mi, ann an cuideachd nam bàrd eile, Iain Mac a' Ghobhainn, Somhairle MacGill-Eain agus Dòmhnall MacAmhlaigh. Co-dhiù 's ann fo sgàil a' Cho-chruinneachaidh a bha sinn, ged as e Fèis Litreachais Albannach-Canèidianach ris an robh ar gnothach.

Bha e neònach a bhith a' faicinn dùthaich a tha cho làn de dh'ainmean Albannach, is Gàidhealach, agus àiteachan air an do chuir mi eòlas o chionn fhada tre bhith a' leughadh bàrdachd is sgeulachdan Gàidhlig à Albainn Nuaidh: Abhainn Bharney a chuir Bàrd Thighearna Cholla am bàrdachd o chionn còrr is ceud gu leth bliadhna. Mabou is Margaree, Loch a' Bhras d'Or, Antigonish is Sydney is Halifax. Agus bha e inntinneach a bhith a' cluinntinn na Gàidhlig, glè thric le blas nan dual-chainntean Albannach, bho dhaoine nach fhaca Alba a-riamh, agus uaireannan feadhainn a thàinig a sean-seanairean 's a sean-sean-seanairean as an t-seann dùthaich.

Bha tè air an robh Catrìona NicDhòmhnaill ag obair ann am Baddeck, ann an Aitreabh nan Seann Daoine: tè bhrèagha dhreachail dhen t-seòrsa chitheadh tu fo chliabh mònach nam òige, agus bha beachd aice gur ann à Leòdhas a thàinig pàirt de a cuideachd. "Cò às," dh'fhaighnich

Mi fhìn air an aiseag aig Baile nan Sasannach an Ceap Bhreatainn. Tha bratach Alba Nuadh glè choltach ri bratach na h-Albann: crann (no Saltire) le leòmhann dearg na theis meadhon

agus a' cuimhneachadh nan inneasan a bhiodh aig balaich Leòdhais air na ceàrnaidhean sin. 'Se baile mòr brèagh a th'ann a Halifax, agus tha iad ag ath-nuadhachadh an t-seana-bhaile gu sgoinneil. Bha taisbeanadh de ealdhain Albannach a' dol ann an gaileiridh an sin.

'Sann ann a Halifax a tha Oilthigh Dhalhousie, agus tha cruinneachadh de làmh-sgrìobhainnean Gàidhlig aca ann an Tasg-lann Poblachail Albainn Nuaidh an sin. Chunnaic mi làmh-sgrìobhainn Bàrd Thighearna Cholla ann, is an làmh-sgrìobhainn a dh'fhàg an Lighiche Eachann MacGhillEathain as a dhèidh (an Lighiche sin air an deach Johnson is Boswell a shealltainn am Muile ann an 1773). Tha grunn de làmh-sgrìobhainnean ann cuideachd a rinn an t-Urr. Donnchadh Blàr, agus thug mi an t-òran seo a aonan dhiubh.

'O Chanada,' *Gairm* 108 (Am Foghar 1979): 301-310.

Le dealbhan-camara a thog Ruaraidh MacThòmais fhèin.

A' gabhail na grèine ann am Baddeck: Dòmhnall MacAmhlaigh is Iain Mac a' Ghobhainn

Iain Mac a' Ghobhainn is Somhairle MacGhill-Eathain a' còmhradh; Al Purdy na sheasamh faisg orra, 's am pathadh air

305

Dòmhnall MacAmhlaigh, "bha do sheanmhair?" Thug i an t-sùil ud air, agus dh'èirich a guth mar bradan a' leum as an uisge: "A Thighearna, dè fios a th' agamsa!," agus chluinneadh tu ceòl Gàidhlig Leòdhais anns a h-uile lide.

Agus bha bodach ann air an robh Eachann MacGuaire, le deagh Ghàidhlig, ach cha robh beachd aige co às a dh'fhalbh na daoine aige no cuin. Eadhon nuair a chuir sinn Muile is Ulbha na chuimhne cha tàinig an eachdraidh air ais thuige.

Tha na bailtean-mòra air a bhith tarraing dhaoine as an dùthaich thall an sin mar a tha iad an seo fhèin, agus is iomadh baile beag, le sgoil is eaglais, a chaidh bàn. Ach an uair a thèid baile bàn an siud, sluigidh a' choille e: a' choille ghruamach, a' choille dhosrach, a' choille a tha a' fàs seachd troighean ann an àirde gach bliadhna, a' sabaid ri obair an duine, ròidean is feansaichean is taighean. Is beag an t-iongnadh ged a dheigheadh rud de eachdraidh nan daoine à fianais cuideachd. Chuala mi fear ag ràdh nach robh muinntir Alba Nuaidh a' dèanamh mòran gearain idir air mar a chaidh an athraichean an cur as an fhearann ann an Alba. Is dòcha gu bheil iad ro eòlach air slugadh, 's gur e an t-àm tha làthair tha cunntadh. Ach air an làimh eile, shaoil mi gun robh sluagh an àite anabarrach moiteil as an dàimh a bh' aca ri Alba, agus bàidheil ris a' Ghàidhlig, ged a shaoileas iad gu bheil Gàidhlig aig Albannaich ge bith an ann Gàidhealach no Gallda a tha iad.

Tha muinntir Chanada glè eòlach a-nis air an strì a tha ag èirigh eadar dà chànan. Bha Frangaich ann an Ceap Bhreatainn o shean, agus bha iad pailt ann an Ontario is an Quebec. Bha fear à Quebec a' leughadh còmhla rium fhìn an am Baddeck, fear Ronald Sutherland a tha na Phroifeasair anns an Universite de Sherbrooke, agus a tha air mòran a sgrìobhadh mun dà-chànanas sin, Beurla-Fraingis. Tha e ag obair an-dràsta air dealbh-chluich mun Leòdhasach sin air an robh am 'Megantic Outlaw,' fear Dòmhnall Moireasdan. Ach chuir Sutherland seachad bliadhna an Oilthigh Ghlaschu, agus dh'ionnsaich e mòran mu chluiche na pìoba bho bhràthair-athar Sheumais MhicNèill. Chì sibh an seo e a' chluiche na pìoba. Bha fear mòr eile sa chuideachd, Al Purdy, deagh bhàrd, agus thuirt e rium gun robh Sutharlan a' toirt na chuimhne octopus aig a robh dùil ri leasachadh teaghlaich. 'S ann ann an dòigh glè chàirdeil a thuirt e seo – bha iad mòr aig a chèile.

Cho fad 's a chithinn, 's a chluinninn, chan eil mòran Gàidhlig ga cleachdadh gu follaiseach an Ceap Breatainn, agus chanainn nach eil i glè làidir aig daoine fo aois leth-cheud, ach is iongantach mur eil àiteachan ann air a' chaochladh.

Abair iasg anns an dùthaich sin, agus fèill air anns na taighean-bidhe. Bha an giomach gu math saor, is glè phailt, teth no fuar. Agus dh'fheuch mi iasg nach do dh'fheuch mi roimhe: am brod-iasg no *swordfish*. Tha blas glè mhath air, mar tuna, is coltas turbaid air an fheòil aige. Ann an taigh-bidhe ann an Halifax bha tanca-ghiomach aca am meadhan an ùrlair, agus bha tè dhe na bha ag obair ann a' cur seachad na tìde dhi fhèin le bhith togail nan giomach, fear an dèidh fir, as an uisge 's a' toirt cead dannsa dhaibh.

Tha mi cinnteach gu bheil deoch gu leòr aca cuideachd, ach chan fhaic thu cus dhith gu follaiseach. Chan eil taighean-seinnse pailt, agus an àiteachan chan eil ann ach *liquor-store* far am faod thu deoch-làidir a cheannach.

Chunna mi fear leis an deoch ann an Sydney, ach cha robh a leithid pailt. Rud eile a mhothaich mi: chan eil sex ga sparradh air daoine anns na pàipearan-naidheachd 's anns na sanasan-reice mar a tha tachairt an seo. Tha stuamachd fhollaiseach ann, ge bith dè tha dol an cùiltean.

Is iomadh balach Gàidhealach a tha 's a bha eòlach air bailtean mar Sydney is Halifax, le an calaidhean seasgair. Chuir mi cuairt air còrnair ann an Sydney 's cò bha sin air mo bheulaibh ach Iain MacRath, an seinneadair, 's Mairead a bhean, 's iad air ùr ruighinn à Quebec, far an robh iad a' cur cuairt air na seann bhailtean anns an robh Gàidhlig mus do mhùch an Fhraingis i. Cha do thachair eòlach rium ann an Halifax, ach bha mi a' toirt sùil air bàtaichean-mòra na Nèibhidh (Canèidianaich) agus a' cuimhneachadh nan inneasan a bhiodh aig balaich Leòdhais air na ceàrnaidhean sin. 'S e baile mòr brèagha a th' ann an Halifax, agus tha iad ag ath-nuadhachadh an t-seana-bhaile gu sgoinneil. Bha taisbeanadh de dh' ealain Albannach a' dol ann an gaileiridh an sin.

'S ann ann an Halifax a tha Oilthigh Dhalhousie, agus tha cruinneachadh de làmh-sgrìobhainnean Gàidhlig aca ann an Tasglann Poblachail Alba Nuaidh an sin. Chunnaic mi làmh-sgrìobhainn Bàrd Thighearna Cholla ann, is an làmh-sgrìobhainn a dh'fhàg an Lighiche Eachann MacIllEathain as a dhèidh (an Lighiche sin air an deach Johnson is Boswell a shealltainn am Muile an 1773). Tha grunn de làmh-sgrìobhainnean ann cuideachd a rinn an t-Urr. Donnchadh Blàr, agus thug mi an t-òran seo à aonan dhiubh.

‘Losgadh Tombaca’

(An deicheamh cuspair ann an Leabhar 10 [D. B. Blair] ann an Cruinneachadh nan Làmh-Sgrìobhainnean Gàidhlig an Taigh-tasgaidh Poblachail Albainn Nuaidh, Oilthigh Dhalhousie, Halifax)

EARANN 1. LE NEACH EILE [is dòcha Blàr?]

Tha ’n lus o India, nis ruadh,
San latha gorm, san oidhche buaint’,
’G ràdh thèid thu eug;
Gach feòil is feur.
Sin smaoinich, ’s loisg tombaca.

Tha phìob seo, lag mar lili bàn,
A’ cur an cèill gum faigh thu bàs.
Mar sin do chruth,
Ma bheanar riut.
Sin smaoinich, ’s loisg tombaca.

Nuair thèid an deatach suas gu h-àrd,
’N sin chì thu dìomhanas gun stà
Gach saidhbhreis saoghalt’
Air falbh le gaoith.
Sin smaoinich, ’s loisg tombaca.

Nuair bhios a’ phìob neoghlan a-steach,
’N sin chì thu d’ anam breun le peac’,
Oir feumar teas
Ga dèanamh deas.
Sin smaoinich, ’s loisg tombaca.

Nuair thilgear leat an luath air falbh
'N sin canaidh tu riut fhèin gu dearbh
Gur duslach thu,
'S gum pill gu h-ùir.
Sin smaoinich, 's loisg tombaca.

'N do ghearradh 'm meangan seo gu d'fheum?
Mar sin bha 'm Meangan Cliùiteach treun:
Thig trocair uaith
Gu crìch as uaisl'.
Sin smaoinich, 's loisg tombaca.

Ma thig sùgh iocshlainteach a-mach
À lus tìr chèin co searbh am blas,
Feuch ciod an neart
Tha 'm faillean less'?
Sin smaoinich, 's loisg tombaca.

Tha 'n gealladh dùnadh staigh, mar phìob,
'S le beul a' chreidimh toirt gu d' chrìdh
Gar fear slàinte
Tha 'n Ròs Shàroin.
Sin smaoinich, 's loisg tombaca.

Is faoin bhith tarraing pìob neo-laist',
Mar sin gach meadhon on taobh mach
Gun tein' o nèamh
Gu d' chridhe ghleus'.
Sin smaoinich, 's loisg tombaca.

Tha 'n smùid, mar thùis, a' dol an-àird,
Mar 's còir do d' chridhe, 'n ùrnaigh ghnàth,
Le h-èigheach dhèin
Dol chun nan speur.
Sin smaoinich, 's loisg tombaca.

Tha leabharlann eireachdail aca ann an Oilthigh an Naoimh Frannsaidh Xavier ann an Antigonish, is gu leòr de leabhraichean Albannach is Gàidhealach ann. Chaidh Dòmhnall MacAmhlaigh is mi fhìn a shealltainn air a' Phiuthar Mairead NicDhòmhnaill an sin. Tha Maureen Lonergan, a bha na h-oileanach agam an Glaschu, a' teagasg cuideachd anns an Roinn Cheiltis an Antigonish, 's i air pòsadh am-bliadhna fhèin. Chuir sinn grunn uairean a thìde seachad cuideachd le Iona, Bantrach Chaluim Iain MhicLeòid, a dh'fhàg mu mhìle leabhar Gàidhlig is Gàidhealach is Canèidianach aig an Roinn Cheiltis an Oilthigh Glaschu. Thug ise cuairt sinn anns a' chàr tron dùthaich timcheall air a' bhaile. 'S e baile beag brèagha agus fìor cholaiste eireachdail a th' aca an sin.

Ann an Sydney cuideachd tha taigh-tasgaidh aca, fo stiùireadh an Dr Bob Morgan, far a bheil mòran aca mu eachdraidh Cheap Breatainn. 'S ann an sin a tha Tormod Dòmhnallach, às an Eilean Sgitheanach, ag obair cuideachd. Sheall an Dr Morgan dhuinn beagan de na bh' aca, eadar leabhraichean is pàipearan is teipichean ciùil is sgeulachd. Agus thug Ceann-suidhe na Colaiste, an t-Athair Dòmhnall Caimbeul, air chuairt sinn seachad air Abhainn Mhira, gu ruig Daingneachd Louisbourg, a chaidh a cur ris an làr sa bhliadhna 1758, nuair a bhriseadh cumhachd nam Frangach anns a' chearnaidh sin. Ach chuir a' chuibhle car, agus tha an daingneachd a-nis ga togail as ùr, mar a bha i anns an linn sin, agus tha Fraingis agus Beurla taobh ri taobh, air pàipear 's air film 's air teip.

Tha Frangais is Beurla taobh ri taobh cuideachd air gach pacaid is canastair is crogan bidhe a chì thu. Abair dòigh mhath air dà chànan a chumail a' dol còmhla. Tha thìde againn a leithid a dhèanamh leis a' Ghàidhlig - agus dhèanadh, nam biodh Riaghaltas againn aig an robh bàidh ris a' Ghàidhlig.

Tha cuid de na seann tùsanaich fhathast rim faicinn anns an tìr, na daoine leis an robh i mus tàinig na Sasannaich is na h-Albannaich is na Frangaich. Tha an cànan beò fhathast ('s e tùsanaich den treubh Micmac as pailte an Albainn Nuaidh). Mus do dh'fhàg mi an dùthaich chuir mi an dàn seo ri chèile, ann an Halifax:

Tha aodannan leathainn
nam Micmac 's nan Eskimo
duilich am mùchadh:
chì mi ban-Innseanach
air chùl nan grìogagan
am bùth an Halifax;
chuala mi mu bhan-Eskimo
am Montreal -
cha bu dùraig dhi
an cuireadh a dhiùltadh
a dhol a laighe
le fear nach b' fhiù leath'- ;
's ged a tha aodannan
nan Ameireaganach plaomach
chan ionnan an gaol

ris an dùthaich dhùir seo:
chan eil a blonaig air an gruaidh.
Uime sin
cuiridh mi m' aghaidh
air mo dhùthaich fhìn,
air a bheil an aghaidh-choimheach,
gun fhios nach gabh i
uair no uaireigin
suathadh dhan a' bhlonaig.

Gairm 108 (Am Foghar 1979): 301-310.

Sùil air Suòmi

Bidh na Lappaich (no na Sàmi) ann an Suòmi a' tional nan dearcagan beaga, feadhainn aca coltach ris na corra-mhitheagan a bhiodh againn ann an Leòdhas, 's a' tighinn leotha gu ruige Turku, ann an ceann-a-deas na dùthcha, far am bi iad a' dèanamh licear air a bheil an t-ainm *Lapponia*. 'S e *lingon*, *lakka* agus *mesimarja* pàirt de na h-ainmean a th' air na dearcagan. An oidhche mu dheireadh a bha sinn ann an Suòmi (ann an Helsinki a bh' ann) ghabh mi rein-fhiadh le sùgh nan dearcagan sin, 's cha robh e dona, ach 's e am mìlsean a bh' agam às a dhèidh a b' annasaiche buileach: càis Camembert air a ròstadh is taosgadh an truinnseir de shilidh air sùbhan-làir. Smaoinich mi air fear a b' aithne dhomh nach iarradh dad ithe ach sgadan saillte (seo ann an Glaschu) agus rinn mi gàire rium fhìn a' smaoineachadh air an dreun a bhiodh air aodann.

Tha e furasta aithneachadh gu bheil thu air choigreach ann an Suòmi. Tha prìomh chànan na dùthcha tur eadar-dhealaichte bho na cànanan Eòrpach (ach a-mhàin gu bheil càirdeas eadar Suòmais agus Ungairis), agus ged a tha mi glè eòlach air tricead na *y* ann an Cuimris, chuir e fìor iongantas orm nuair a chunnaic mi facal mòr fada ann an uinneig bùtha: mu chòig litir fichead ann agus *y* anns na *ceithir* mu dheireadh. Cha d'fhuair mi duine fhathast a dhèanadh lìbhrigeadh dhomh air seo. Ach tha cainnt nan Suaineach air a bruidhinn le beagan is 6% de shluagh Suòmi, agus mar sin glè thric tha an dà chànan rim faicinn taobh ri taobh, abair ann am port-adhair no ann an stèisean-trèana. Tha e coltach gu bheil na laghan Suòmach an ìre mhath coibhneil a thaobh Suainis, ged nach eil iad cho bàidheil ri cainnt nan Lapp (air a bruidhinn le nas lugha na 0.1% den t-sluagh).

Bhuineadh Suòmi don t-Suain eadar 1154 agus 1809; bha i an uair sin ceangailte ris an Ruis, mar Dhiùcachd, agus ghabh i a saorsa ann an 1917.

'S e gnothaichean nam mion-chànanan (nam *minority languages)* a thug gu Suòmi sinn. Bha Còmhdhail Eadar-nàiseanta ann a' dèiligeadh ris na cuspairean sin, oir a tha iad a' buntainn ri mion-chànanan na Roinn Eòrpa. B' e seo an dara còmhdhail den t-seòrsa seo; bha a' chiad tè air a cumail an Oilthigh Ghlaschu ann an 1980 (faic an leabhar *Minority Languages Today*, deas. Haugen, McClure, agus Thomson, Edinburgh University Press, 1981). Tha e an-còmhnaidh na ùrachadh inntinn is spioraid a bhith ann an cuideachd sgoilearan a tha domhainn an sàs anns na cuspairean anns a bheil sgil aca, agus bha a' chòmhdhail seo air leth inntinneach. Agus bha seann chàirdean ann cuideachd, leithid Magne Oftedal agus a bhean Eli. A measg nan cuspairean air an do rinneadh iomradh bha iad seo: 'What constitutes a minority language?' le Erik Allardt à Helsinki (òraid chumhachdach); 'Preservation and development of minority languages: sociological and educational perspectives,' le Els Oksaar, Hamburg; 'Swedish in Finland,' le Mikael Reuter, Helsinki; 'Lexicography and minority status,' le Einar Haugen. 'Learning through the medium of Welsh in the secondary school and university sectors in Wales,' le Gareth Edwards. Aberystwyth; 'The position and use of the Lappish language: historical,

Kabel, anns an Archipelago.

eathraichean 's a leithid sin. Fhuair sinn cothrom cuairt a ghabhail troimhn fhraoch air fear de na h-eileanan fad a-mach.

Air ar rathad dhachaigh, nuair a bha sinn a' tighinn na b'fhaisge air tìr, thàinig sinn às a' bhàta *(river-bus)* agus chaidh sinn ann am bus, oir

Jurmo, fear de na h-eileanan as fhaide mach; cha do ràinig sinn am fear seo.

'Sùil air Suòmi,' *Gairm* 124 (Am Foghar 1983): 321-328.

Le dealbhan-camara a thog Ruaraidh MacThòmais fhèin.

contemporary and future perspectives,' le Marjut Aikio, Rovaniemi. Chan eil sin ach taghadh, agus is mòr na bha de dh'fhiosrachadh cruinn anns a' chòmhlan sin gu lèir.

Chuir an tè a bha a' còmhradh mu na Lappaich fìor iongantas air a' bhean agam. Bha Carol a' còmhradh rithe an oidhche mus tug i an òraid seachad, is bha beagan iomagain air Marjut, oir, ars ise, 's ann am Beurla a bha aice ri bruidhinn, agus cha b' e an dara no an treas cànan aice a bh' anns a' Bheurla, ach an *siathamh* fear. Is gann gun aithnichte sin oirre, ged a bha i rud beag lapach a' freagairt cheistean. 'S e nighean gu math òg a bha seo (is dòcha seachd air fhichead) agus bu chòir dha a leithid fìor smaoineachadh a chur oirnne anns an dùthaich seo, far a bheil eagal air daoine dà chànan a bhruidhinn, is ro thric eagal air na sgoiltean an cothrom a thoirt dhaibh.

Gu dearbh chan ionnan ann an Suòmi. Bha mise air mo nàrachadh leis cho gann 's a bha an t-Suòmais agam. Bha mi còmhradh ri caileig ann an taigh-bidh ann an Turku, anns a' Bheurla, agus dh'fhaighnich mi dhi an ann às a' bhaile sin a bha i. "Yes," arsa ise, "I am part of the landscape." Nam feuchainn-sa ri sin a chur ann Suòmais cha tigeadh càil thugam ach sreath de na litrichean y.

'S ann air 'Foillseachadh leabhraichean Gàidhlig ann an Albainn' a bha am pàipear a thug mise seachad agus fhuair mi cothrom suas ri leth-cheud leabhar Gàidhlig a chur cruinn còmhla far an tugadh muinntir na Còmhdhail deagh shùil orra, is rinn iad sin, fad na seachdain. Air an oidhche mu dheireadh bha fàilte romhainn anns a' Mhuseum a tha air ainmeachadh air Sibelius, museum ciùil a bhuineas do Åbo Academi, anns an robh a' Chòmhdhail air a suidheachadh. ('S e Åbo an t-ainm

Suaineach air Turku, agus 's e Åbo Academi a their iad ris an Oilthigh Shuaineach ann an Turku.) Bha mi a' fàgail nan leabhraichean sin uile (le beannachdan bho Ghairm agus bhon Chomann Leabhraichean) ann an Leabharlann an Academi, agus bhathas a' gabhail sealbh orra an oidhche sin.

Cho luath 's a chaidh mi steach dhan aitreabh sin chunnaic mi deilbh, agus ìomhaigh cinn agus guaillean, den duine a chuir am museum seo air bhonn, fear Otto Andersson a bha na ollamh-ciùil anns an Academi, agus b' urrainn dhomh innse do Rector an Academi gun do choinnich mi ris an duine seo ann an taigh m' athar ann an Leòdhas, ann an 1938. Bha Andersson air chuairt a' bhliadhna sin ann am Breatainn agus an Èirinn, agus an dèidh dha tadhal anns a' Chuimrigh agus am Baile Atha Cliath, rinn e air Leòdhas. Mar a tha e fhèin ag ràdh: "I have chosen the Isle of Lewis in the Outer Hebrides as my centre of research, for all the available information pointed to the fact that on that island the old Scandinavian musical traditions were probably better preserved than in any other Gaelic speaking area." Bha m' athair, còmhla ri Donnchadh MacDhòmhnaill, Nandag NicLeòid, agus Myra NicIomhair, air an leabhar *Eilean Fraoich* a chur an clò goirid roimhe sin: "Just at that time the completed edition of the attractive collection, *Eilean Fraoich*, Lewis Gaelic Songs and Melodies, has reached Stornoway. Mr Thomson very kindly presented me with a copy, and Mrs Thomson sang a song from the collection." Bha mi toilichte gun robh lethbhreac den dara clò-bhualadh de *Eilean Fraoich* a measg nan leabhraichean a dh'fhàg mi anns an Academi.

B' ann deagh ghreis an dèidh dha tilleadh gu Suòmi

a chuir Otto Andersson a-mach an leabhran beag aige *On Gaelic Folk Music from the Isle of Lewis* (Abo, 1953), agus tha an copaidh dheth a chuir e gu m' athair air mo bheulaibh an-dràsta. Tha 23 òrain ann, nam measg 'Craobh nan Ubhal,' 'Im èile hòg-i-o,' 'Hèman dubh,' 'Iomair thusa Choinnich chridhe,' 'Òran Chaluim Sgàire,' 'Iàrach do thacaidean' etc., agus iomradh aige air cruth is dèanamh an òrain 's a' chiùil.

'S e duine àrd cumhachdach a bh' ann an Andersson, agus bha mi toilichte sealladh fhaighinn air an ìomhaigh aige a-rithist, an dèidh dà fhichead bliadhna 's a còig.

'S e baile brèagha a th' ann an Turku. Tha e mu mheudachd Obar Dheathain, le sràidean leathainn is togalaichean dreachmhor. Tha a h-uile àite cho glan: sràidean, taighean-bidhe, bùithtean, pàircean. Chan fhaic thu sprùilleach na laighe an àite sam bith. Shaoil mi gun robh na bùithtean glè làn de bhathar de gach seòrsa, agus tha coltas dòigheil air na daoine. Ged a tha Suòmi air crìochan Ruisia tha e coltach nach eil buaidh ro mhòr aig Ruisia oirre. Tha an eaconamaidh aice measgaichte mar a tha againn am Breatainn, agus tha Pàrlamaid aca is grunn de phàrtaidhean, ach 's e poblachd a th' ann agus 's e ceann-suidhe a th' aca (chaidh Mauno Koivisto a thaghadh ann an 1982 ged is e fear eile a bha an Ruis an dòchas a gheibheadh an t-àite sin). Ach tha mòran ceannach eadar an dà dhùthaich agus tha fios gu bheil buaidh aig an Ruis air an dòigh-beatha cuideachd. Chuala mi gun robh e na àbhaist o chionn leth-cheud bliadhna Ruisis a bhruidhinn aig teatha feasgair nuair a chruinnicheadh na mnathan-uaisle ann an Turku (coltach ri Beurla ann an Steòrnabhagh?).

Tha taighean-bidhe Ruiseanach aca anns a' bhaile, agus bha sinn ann am fear dhiubh sin far an d'fhuair sinn breac (neo bànag 's e bu dòcha) a bha fìor mhath. Bha sinn an oidhche sin ann an deagh chuideachd, le dithis à Slobhinia, fear Touissant Hocevar a bha na ollamh ann ann Eaconamachd ann an New Orleans, USA, agus fear eile Alessio Lokar a bha ris an dearbh dhreuchd ann an Trieste. Bhruidhneadh iad Slòbhainis ri chèile, ged as e Eadailtis a bh' aig Lokar 's a bha e a' teagasg. Bha bean Fhrangach aig Hocevar agus 's e Fraingis a bh' aca le chèile, ach bha esan a dol a chur trì mìosan seachad ann an oilthigh Gearmailteach, 's a' dol a theagasg tron Ghearmailt. Gu fortanach, 's e Beurla a bh' aca rinne, ach thuirt Lokar rium gun robh e dol a dh'ionnsachadh Gàidhlig, is chreid mi e. Ma thèid sinn fada gu leòr air ais, bha Ceiltich ann an Slovenia cuideachd, 's cha mhòr nach canainn gur e Siarach mòr tiugh a bh' ann an Lokar.

Ann am meadhan seachdain na Còmhdhail fhuair sinn uile cothrom a dhol air cuairt-là tron Archipelago mhòr mhòr a tha mu choinneamh Turku anns a' Bhaltaig (no an Gulf of Bothnia). Tha na mìltean de dh'eileanan beaga is mòra an seo, eadar costa Suòmi agus an t-Suain, agus tha Suainis làidir anns na h-eileanan seo, ged is ann tearc a tha an sluagh ann am mòran dhiubh. Tha iad ri iasgach 's ri obair turasachd, agus ann an tè de na h-eileanan as motha, Pargas (no Parainen ann an Suòmais) tha cuaraidh mhòr eagalach - an toll as motha anns an Roinn Eòrpa bha iad ag ràdh - far am bi iad a' cladhach na creige 's a' dèanamh saimeant, leacan, crèadh-leacan is iomadh rud eile.

Tha na h-eileanan as fhaisge air tìr nas motha, agus tha tuathanachas a' dol an sin, is tha iad craobhach, feurach,

ach nuair a thèid thu fada a-mach tha iad a' fàs lom is creagach, le fraoch air na cnuic ìosal. Thug sinn an là fada a' siubhal nan eileanan sin, a' dol air tìr an-dràsta 's a-rithist a shealltainn air seann eaglais no a dh'fhaicinn taigh-càraidh eathraichean 's a leithid sin. Fhuair sinn cothrom cuairt a ghabhail tro fhraoch air fear de na h-eileanan fad a-mach.

Air ar rathad dhachaigh, nuair a bha sinn a' tighinn na b' fhaisge air tìr, thàinig sinn air bàta (river-bus) agus chaidh sinn ann am bus, oir tha aiseagan is drochaidean eadar na h-eileanan as motha, agus an uair a ràinig sinn Pargas fhuair sinn fàilte bho mhuinntir na factaraidh mòr ann an sin, chunnaic sinn air film an obair a bha iad a' dèanamh, is thug iad deagh shuipear dhuinn. Is ràinig sinn dhachaigh mu dheich uairean, an dèidh falbh aig naoi sa mhadainn.

Chan fhaca mi ach aon duine leis an deoch air ann an Suòmi. Tha e coltach gu bheil iad trom air daoine a tha gu follaiseach fo bhuaidh na dibhe, agus chuala mi bho bharrachd air aon duine gum bi na Suòmaich a' toirt sgrìob a Leningrad ma tha iad ag iarraidh tè mhòr mhòr a ghabhail. Aig an taigh tha iad dualtach dha no trì uairean a thìde fhaighinn ann am prangas ma ghlacar iad leis an deoch air an t-sràid, agus chunnaic sinn seo a' tachairt anns an stèisean ann an Turku. Aon uair 's gu fuaraich duine thathas ga leigeil ma sgaoil, ach a' cur càin peanais air (mu £30 a chuala mi, mas fìor).

Cha dèan duine a chuir seachdain seachad ann an dùthaich tha ùr dha càil ach ruith air uachdar na cùise. Chan fhaca sinne ach mìrean beaga den dùthaich fharsaing seo, a tha gu math nas motha na Breatainn, 's cha d'fhuair sinn, sa cheann-a-deas, ach boillsgeadh den choille mhòir a tha mu thuath, agus dìreach iomradh air na fàsaichean a tha tuath air sin. Ach shaoil mi, nuair a thill mi às an dùthaich sin anns nach eil ach 4.8 millean de shluagh, gum faodadh sinn gu leòr fhoghlam bhuapa nan robh sinn umhail gu leòr. Tha iad a' toirt cothrom ceart don bheag-chainnt (Suainis) a tha aca, agus na h-uiread de chothrom do Sàmi (cainnt nan Lapp). Tha sgoiltean agus àrd-fhòghlam aca (a-rithist a' cumail taice ris a' mhion-chànan). Tha 94 de phàipearan làitheil aca, agus 12 dhiubh ann an Suainis. Tha iad math air obair 's chan eil iad a' smaoineachadh le sin gur e tràillean a th' annta. Tha coltas fallain orra, co-dhiù bhon taobh a-muigh. Agus fàgaidh sinn aig sin iad an-dràsta!

Gairm 124 (Am Foghar 1983): 321-328

Lèirmheasan

LITREACHAS NA GÀIDHLIG

Somhairle MacGill-Eain: *Dàin do Eimhir*

Tha faisg air deich bliadhna fichead bho chuireadh a-mach an leabhar aig Somhairle MacGill-Eain, *Dàin do Eimhir agus Dàin Eile,* leabhar a tha air a bhith iomraiteach o chionn iomadh bliadhna, agus bha làn thìde ann eadar-theangachadh a dhèanamh air. Tha grunn bhliadhnachan bho theirig leth-bhreacan den leabhar fhèin, agus tha thìde a chur an clò a-rithist, slàn iomlan mar a bha e, leis gach dàn agus dealbh ann.

Tha mi fhìn den bheachd gun robh còir gach dàn a bha ann an *Dàin do Eimhir* eadar-theangachadh anns an leabhran ùr seo. Chan eil na *Dàin Eile* ann, ach chan eil an sin ach rud eile. Ach shaoilinn gun robh còir aig an eadar-theangair na dàin uile a chur còmhla, gus sealladh iomlan a thoirt do dhaoine air obair a' bhàird. Tha e ag ràdh gun do dh'fhàg e feadhainn às air sgàth cho duilich 's a bha e eadar-theangachadh a dhèanamh a chòrdadh ris, gun do dh'fhàg e feadhainn eile às 's e den bheachd nach robh iad a' cur dad às ùr ris an leabhar nach robh ann cheana, agus gun robh fear no dhà ann nach robh am bàrd fhèin ag iarraidh a chur an clò a-rithist.

Chan eil e furasta a thuigsinn carson a dh'fhàgadh fear no dhà de na dàin às. Shaoilinn gun robh LI a cheart cho airidh ar a chur ann ri L, agus tha pìos de bhlas an leabhair a dhìth air le XIII fhàgail às. B' e seo an dàn 'Do m' shùilean-sa bu tu Deirdre.' Is dòcha nach biodh e furasta pàirt de na h-ainmean a mhìneachadh, ach tha e iomchaidh gum biodh Eimhir air a cuairteachadh le luchd-gaoil den t-seòrsa a tha air an ainmeachadh anns an dàn seo. An àite no dhà eile, tha mar gum biodh eagal air Mac a' Ghobhainn na rudan as Gàidhealaiche fhàgail ann: ann an XXIII is gann gun tuigeadh duine gur e Pàdraig Mòr MacCruimein agus an ceòl-mòr 'Cumha na Cloinne' a tha gan coimeas ri Beethoven 's a cheòl, agus 's e call tha sin. Tha Clann Mhic Cruimein gan cur gu cùl na còmhla cuideachd ann an LVII.

'S e obair chugallach a tha anns an eadar- theangachadh, gu h-àraidh ann an eadar-theangachadh ann am meadair. A bheil thu dol a leantainn modh na meadarachd, no a' dol air tòir suathalas a bheir beachd nas fheàrr don t-srainnsear. Mar as trice tha mi a' creidsinn gur e an dara dòigh as fheàrr, agus saoilidh mi gu bheil Mac a' Ghobhainn ceart ann a bhith a' taghadh 'half-rhyme' sa Bheurla gu comhardadh na Gàidhlig a nochdadh don leughadair (Spain: win; slave: love; tall: hell; 's mar sin air adhart). Chan e seo a th' aige an-còmhnaidh, ach 's e th' ann mar as trice. Chanadh cuid gum feum thu dhol gu math nas fhaide na sin, agus suathalas a chur an àite a' chruaidh eadar-theangachaidh, ach an tuig do luchd-leughaidh, bhon fhèin-fhiosrachadh aca fhèin, cò air a tha thu a-mach. Bhon fhèin-fhiosrachadh aca fhèin! Ach tha seo a' tighinn faisg air cnag na cùise, oir tha fèin-fhiosrachadh air leth aig gach sluagh – ann an tomhas co-dhiù – agus is cinnteach gur e seo pàirt de na tha sinn a' lorg nuair a leughas sinn eadar-theangachadh bho bhàrdachd ann an cànain tha coimheach dhuinn. Mar sin, chan eil e ceart Pàdraig Mòr, 's an ceòl-mòr, fhàgail às a' bhàrdachd:

Thachd an fhiabhras iomadh truagh
's dh'fhàg i iomadh athair breòite,
ach dh'fhàg ceòl cumha Phàdraig Mhòir
àmhghar a chloinne glòrmhor.

(Fever has throttled many a hero,
leaving his descendants bare -
but the music of his elegy
transformed his flesh to a blazing star.)

Dh'fhaodadh tu, is dòcha, a ràdh nach fhiach fhàgail ann mura cuir thu mìneachadh na chois, agus is dòcha teip de Chumha na Cloinne air a chluich le sàr phìobaire. Ach tha aon rud cinnteach: tha milleadh an cois fhàgail às.

Tha cuid dhe na dàin anns an leabhar seo a tha fìor mhath. Air aon dhiubh sin tha 'Ùrnaigh' (XVIII), agus mar eisimpleir na sreathan seo:

Mine is a hopeless death alive
because I did not force my love
out of my splendid private grove,
because when History strode by
I loved a woman in my secret sky.
I saw blood beating like a pulse,
the spirit's lightning on the hills
the poor world shedding all its ills,
I understood with a heart impure
the language of the wounded deer.

He whose heart is cleansed and pure
will walk unswerving through the fire,
will climb huge hills and never tire,
but mine is not the hero's part,
who live with a corrupted heart.
And this, the prayer you hear me pray,
is vain and blasphemous and dry
corrupt and crooked and awry,
a prayer to pray and nothing more,
the shadow of a false fire.

Tha sìmplidheachd anns an dàn agus anns an eadar-theangachadh, agus ged a tha iomadh car is camadh aig an eadar-theangair, tha an dàn gu h-iomlan ceart. Tha eisimpleir an seo cuideachd air mar a tha 'blas na dùthcha' ga mhùchadh:

Cha ruigear a leas ceistear no sgrùdair
a dh'fhaicinn nach eil nam ùrnaigh
a' Ghairm Èifeachdach no 'n Dùrachd,
's ged tha mi soilleir anns an fhìrinn
nach eil mo spiorad aon-fhillte

(There's no need for a catechist
to tell my prayer is but a ghost,
a shadowy figure in the mist,
to show me that my spirit is not
as hard and lucid as my thought.)

Tha a' Ghairm Èifeachdach[10] ro dhlùth ri cridhe na h-ùrnaigh airson a fàgail às. Ach, ga ghabhail thar a chèile, tha an t-eadar-theangachadh seo fìor mhath.

10 Iomradh air Ceist 31 ann an Leabhar Aithghearr nan Ceist ('Effectual Calling' anns a' Bheurla). [nòta an deasaiche]

Dh'fhaodamaid an dearbh nì a ràdh mu chuid eile: leithid IV, XXII, XXIX, XXXII, XLII, XLV, XLVIII agus feadhainn eile. Glè thric 's e na dàin as sìmplidh 's as liricich a tha seo. An-dràsta 's a-rithist tha e a' cur ris a' bhàrdachd 's ga dhèanamh nas fheàrr is dòcha. Leithid:

's an fhairge neo-aoibhneach a' tarraing
nan ulbhag is gan tilgeil tharainn

(where the huge joyless sea is coughing
stones and boulders from its throat)

Ann an grunn math de na dàin, air an làimh eile, tha Mac a' Ghobhainn a' dol fodha anns an t-suil-chruthaich a tha ceithir-thimcheall air an eadar-theangair an-còmhnaidh. Tha an comhardadh ga shlugadh, 's a' slugadh na prìomh bhàrdachd, uair is uair. Ann an XXIII, gheibh sinn

geal, àlainn, socair le uaill chiùin
an nighean ùr na bòidhchead

air eadar-theangachadh

White and brilliant your beauty
seated at my left hand.

air sgàth seòrsa de chomhardadh fhaighinn eadar 'hand' agus 'mind' ann an sreath eile. Ach mur eil mi air mo mhealladh, bha Eimhir aig an àm seo a' cluich anns an orcastra, is bha am bàrd ga coimhead a' cluich – cha b' ann idir a' toirt caramels dhi a bha e 's i na suidhe ri thaobh. Tha a leithid seo a' tachairt an ìre mhath tric, is tha an t-adhbhar nas fhasa fhaicinn na tha e pàirt de na h-atharraichidhean eile a thuigsinn. Ann an XXX, seo an t-eadar-theangachadh a th' aige air:

> Alba co-shìnte ri ar gaol
> Alba gheal bheadarach fhaoil:

eadhon,

> *Scotland extended lovingly*
> *in the bed of hospitality.*

Bha i air cùl nan cùrtairean anns an dàn aig Somhairle, 's chan fheàirrd i bhith air a stobadh air an àrd-ùrlar mar seo. A-rithist, ann an LVII, anns an dara rann air d. 61, saoilidh mi gu bheil fada cus aig Mac a' Ghobhainn ga chur ris an dàn, eadar 'idiot Styx' agus 'diagram' agus 'metaphor.' Tha e a' fàgail a bhlas fhèin air an dàn - nì nach eil buileach mì-iomchaidh - ach ann an tomhas ro mhòr. Tha e cuideachd a' toirt dhuinn an siud 's an seo mìneachadh an àite eadar-theangachadh - bu chòir am mìneachadh fhàgail aig an leughadair.

Ach ged a tha iomadh rud beag ann mun do rinn mi casaid, tha mi a' smaoineachadh gur geal a b' fhiach an t-eadar-theangachadh a dhèanamh, agus a thuilleadh air sin, nach eil duine beò an-diugh a dhèanadh e cho math 's a rinn Iain Mac a' Ghobhainn.

Somhairle MacGill-Eain. *Poems to Eimhir.* Eadar-theangachadh le Iain Mac a' Ghobhainn. Newcastle upon Tyne: Northern House, 1971.

Gairm 76 (Am Foghar 1971): 379-384.

Tormod Caimbeul: *Deireadh an Fhoghair*

Deireadh an Fhoghair. Toiseach a' Gheamhraidh. A' ghaoth air an doras. Sileadh is fuachd. A' chuimhne a' cumail connadh riutha. Ailean (an Sgudalair) 's a bhean Nellie, agus Coinneach mu leth-mhìle air falbh, air an cuairteachadh le daoine a bhàsaich is sgeulachdan a dh'fhuirich beò. A' smaoineachadh air feuman an corp agus air an oidhche tha tighinn, 's air na daoine a bh' ann, 's air na seann innealan is ainmean-àite, an t-iasgach a bhiodh iad a' dèanamh, corra thrup dhan bhaile, Glaschu nan òige, an athair 's am màthair 's a seanair, is càirdeas, is na beathaichean, 's am bàs, is truinnsear math lite.

Tha an leabhar seo a' ruighinn teas-meadhan na beatha sin, a' togail nan gluasadan beaga cuirp is inntinn a tha fhathast a' smuaisleachadh innte, 's gan tionndadh uair is uair air bois. Tha dealbh ann air an t-seann chaitheamh-beatha, no pàirt dhith, ann an Nis ('s an iomadh àite eile anns na h-Eileanan) cho math 's a th' againn, nàdar *documentary*, agus dealbh de chuingead na h-aoise. Tha mòran de ruith ann air na h-aon phuirt, agus tha seo nàdarrach anns a leithid de sgeul. Tha an sgeulachd nas aotruime far a bheil dithis, no an triùir, còmhla air an duilleig, ach cha ghabh i a h-innse gun a bhith a' sìor dhol air ais ann an smuain 's ann am bruadar. Is dòcha, ged tha, gu bheil an sgeulachd, goirid 's ga bheil i, a' leantainn ro fhada leis a' chumadh a th' aice, oir thug mi 'n aire nach robh tàladh cho mòr anns na trì caibideilean mu dheireadh.

Tha an dòigh-sgrìobhadh air leth freagarrach do sgeulachd den t-seòrsa seo, agus tha seo gu h-àraidh fìor mu na ceithir caibideilean toisich anns an leabhar. Tha teinnead annta sin a tha tighinn glè fhaisg air teinnead deagh bhàrdachd.

Tormod Caimbeul. *Deireadh an Fhoghair*. Dùn Èideann: Chambers, 1979.

Gairm 114 (An t-Earrach 1981): 187.

LITREACHAS NA H-ALBA SA BHEURLA
AGUS ANN AN ALBAIS

Iain Mac a' Ghobhainn: *Consider the Lilies*

Is tric a chuir e iongantas orm cho beag de tharraing 's a thug luchd-sgrìobhaidh Gàidhlig air Fuadach nan Gàidheal, air an ioma-ruagadh mar a their muinntir Chataibh. Rinneadh bàrdachd thiamhaidh mu dheidhinn gun teagamh, agus bha cuid de na sgeulachdan tric gu leòr air bilean an t-sluaigh, ach a thaobh ath-chumadh a' mhic-meanmain is gann gun do bhuin an luchd-sgrìobhaidh dhan chuspair idir. Is dòcha gun robh an cràdh ro fhaisg air uachdar na h-inntinn. Is dòcha cuideachd gun robh an luchd-sgrìobhaidh cho mòr fo bhuaidh nan uirsgeul 's nach rachadh aca air nobhail a chumadh ach air èiginn.

Tha e nas fhasa a-nis, ann an dòigh no dhà. Ged a tha gu leòr a' fàgail na Gàidhealtachd chan eil cha mhòr duine ga sgiùrsadh aiste. Agus tha an t-uirsgeul a' sìoladh air falbh, gun ach glè bheag de bhuaidh aige air mac-meanmain luchd-sgrìobhaidh an là an-diugh. Cuideachd, tha eachdraidh an ioma-ruagaidh, no pàirt dhith, ri ar làimh, ann an leabhraichean mar *The Trial of Patrick Sellar* le Iain Grimble, agus *The Highland Clearances*, le Iain Prebble. Is dòcha gum faigh sinn nobhail Gàidhlig air a' chuspair seo a dh'aithghearr. Fhuair sinn feadhainn Bheurla – cuid dhiubh fìor mhath – leithid *Butcher's Broom* le Niall Gunn agus *And the Cock Crew* le Fionn MacColla, mar thà.

'S ann am Beurla a sgrìobh Iain Mac a' Ghobhainn an nobhail ghoirid a tha fo ar comhair air a' chuspair seo, ged a bha mòran a bharrachd de chuid na sgeulachd seo na inntinn nuair a sgrìobh e 'Am Maor' (An Dubh is an Gorm) o chionn grunn bhliadhnachan, ach rinn e leudachadh mòr air san leabhair-sa – inntinn agus faireachdainnean seann bhoireannaich – tha sin ann an smior a sgeulachdan-goirid agus a bhàrdachd o chionn fhada. Thug e tarraing eile air an dà chuspair seo anns an dealbh-chluich A' Chùirt.

Bidh cuid a' gearain gu bheil beagan de dh'fhiaradh eachdraidh anns an leabhar seo: dealbh de Dòmhnall Sage nach do thoill e, dungarees ro linn nan dungarees. A' chuid sin a thug orm an sgeulachd fhaicinn 's a thuigsinn mar rud a dh'fhaodadh tachairt an-dràsta fhèin, cha do rinn sin dragh sam bith dhomh. Oir ged is e cuspair an leabhair seachdain ann am beatha seann bhoireannaich, is dòcha mun bhliadhna 1814, cha chreid mi gu bheil tìm a' cuingealachadh fìor bhrìgh an sgeòil.

Ma tha teagamh agam às an leabhar seo chan ann idir a thaobh corra dhungaree a bhith às àite, no corra thachartas a bhith às a thìm. 'S e nach eil mi cinnteach a bheil fìor liut an nobhaileir aig Mac a' Ghobhainn. Chan eil mi cinnteach nach e sgeulachd ghoirid air a leudachadh a tha seo. Tha an dealbh a th' againn de Mrs Scott gu math coileanta, ach chan eil an còrr dha-rìribh beò anns an t-seagh sin: chan eil iad a' greimeachadh air m' inntinn, saoilidh mi nach b' ann buileach mar sin a bha iad. Dh'fhairich mi seo mu Bheitidh Mhòir: tha beachd agam dè seòrsa tè a th' innte, ach cha chreid mi gur ann às a beul fhèin a thàinig na facail seo:

"Ay, he's a trusdae right enough. I wouldn't trust him with me scarf in a gale. I like people who tell you straight what they think of you. And he doesn't look after his children all that well. He should clean their noses. And they're little pests too. I told one of them to clear off or I'd give him a good skelping." (d. 70)

Tha pàirt dhen chòmhradh a tha gu math nas fheàrr na sin, abair anns an ochdamh caibideil, far a bheil a' chailleach ag ath-nuadhachadh na cuimhne an còmhradh a bh' aice ri a mac, Iain, mus do dh'fhalbh e. Tha seo nas fhaisge air modh-sgrìobhaidh nan sgeulachdan-goirid aig Mac a' Ghobhainn, agus nas fhaisge air fhaireachadh mar bhàrd. Is dòcha gur e sin fhìor fhaireachadh. Bidh beachd nas fheàrr againn nuair a chì sinn an ath nobhail bhuaithe. Tha mi 'n dòchas nach fhada gus am faic.

Iain Mac a' Ghobhainn. *Consider the Lilies*. Lunnainn: Gollancz, 1968.

Gairm 63 (An Samhradh 1968): 285-286.

Edwin Muir: *One Foot in Eden*

Cha b' ann le bhith leantainn fasanan an là againn a ràinig Edwin Muir an inbhe a tha aige mar bhàrd Beurla. Ann an còrr agus deich bliadhna fichead thàinig iomadh caochladh air bàrdachd na Beurla, ach tha Muir fhathast an sàs anns na seann chuspairean a bha aige fhèin, agus a tha do-sgarte bhon chinne-daonna - beatha is bàs, na chaidh romhpa is na thig nan dèidh. Is tha e an sàs annta anns an aon dòigh, ach a-mhàin gu bheil a bhriathran is a smuaintean a' fàs nas sìmplidhe mar a tha a bhreithneachadh a' fàs nas làidire, a chreideamh a' fàs nas doimhne, agus a mhodh-sgrìobhaidh a' fàs nas cinntiche.

'S e a chuspair beatha an duine, air a cuartachadh le teagamhan, le cuimhne ga thàladh is le ciont is aineolas mun chrìoch ga bhuaireadh:

Such is the country of this clan,
Haunted by guilt and innocence.

Ged a tha a' bheatha sin làn duilgheadais tha sochairean innte cuideachd:

- This is a difficult country, and our home,

agus tha sochairean tìmeil agus sìorraidh suainte na smuain. Air uairean tha e duilich dèanamh cinnteach an ann air a bheatha fhèin, agus Arcaibh 'òige, a tha e a' labhairt, no air beatha an duine anns an t-saoghal, agus is dòcha gu bheil e do-dhèante do bhàrd an dà nì sin a sgaradh gu tur. Gun teagamh tha cor an t-saoghail a' dèanamh dragh dha:

One foot in Eden still, I stand
And look across the other land.
The world's great day is growing late,
Yet strange these fields that we have planted
So long with crops of love and hate –

Ach aig an aon àm tha e air sàmhchair a lorg na inntinn is na chridhe fhèin, is tha e a-nis a' feuchainn ris an t-sàmhchair sin a chur an cèill.

Ann a bhith a' dèanamh na h-oidhirp sin tha a mhac-meanmain a' triall fada is farsaing, do dhùthchannan is do thìmean fad às, agus tha e ag aideachadh, mar ri iomadh duine smaoineachail anns an linn seo, gu bheil e a' lorg fois da inntinn ann a bhith a' beachdachadh air na linntean a dh'fhalbh:

Into thirty centuries born,
At home in them all but the very last –

Tha cuairt an t-saoghail, ann an seagh, air a h-ath-riochdachadh ann am beatha gach duine, agus tha co-chomann aig Muir ri Wordsworth ann a bhith a' lorg ionracas an duine ann am fìor thoiseach a bheatha:

And yet sometimes
We still, as through a dream that comes and goes,
Know what we are, remembering what we were.

Ach chan eil e ceart feuchainn ri bhith beò anns an t-saoghal òg sin:

A man now, gone with time so long -
My youth to myself grown fabulous
Like an old land's memories, a song
To trouble or to pleasure us -
I try to fit that world to this,
The hidden to the visible play.
Would have them both, would nothing miss,
Learn from the shepherd of the dark,
here in the light, the paths to know
That thread the labyrinthine park,
And the great Roman roads that go
Striding across the untrodden sky.

Saoilidh mi gun cluinn mi corra uair buille na bàrdachd aig an t-seann Yeats a' tighinn an uachdair. Ach chan eil rùm againn an seo gu sgrìobhadh mun mhòr-chuid den bhàrdachd dhomhainn, shìobhalta seo aig Muir, a dhealbhadaireachd eagnaidh is a rannaigheachd fhìnealta. Duine sam bith a gheibh an leabhar seo tha cnuasachadh iomadh là ann dha. Chan eil duine againn leithid Muir a' sgrìobhadh bàrdachd an Albainn an-diugh.

Edwin Muir. *One Foot in Eden*. Lunnainn: Faber and Faber, 1956.

Gairm 17 (Am Foghar 1956): 88-89.

Duncan Glen: *Hugh MacDiarmid and the Scottish Renaissance*

Tha mi creidsinn nach robh duine ann an Albainn anns an linn seo a thog uiread de chonnspaid ri Ùisdean MacDhiarmaid. Ged a tha e nis na leth-sheann duine, seachad air an trì fichead 's a deich, is toigh leis còmhstri fhathast, mar a chunnaic sinn aig an Taghadh Pàrlamaid mu dheireadh, nuair a sheas e an aghaidh an Ridire Douglas Home. Ach thog e a' chonnspaid, agus rinn e an obair, a sgrìobh ainm air duilleagan na h-eachdraidh, eadar an dà chogadh, nuair a bha e a' strì ri beatha ùr a chur ann an litreachas agus ann an caitheamh-beatha Alba.

'S ann anns an deichead 1920-30 a leag e stèidh na h-obrach sin. Bha e an uair sin na sgrìobhadair do na pàipearan-naidheachd, agus bha a bheachdan a' tighinn am follais ann am pàipearan beaga is mòra air fad 's air leud na dùthcha, 's e a-mach air litreachas, air poilitigs, air ceòl, air cor an t-sluaigh, air gnothaichean an t-saoghail, agus e fad an t-siubhail a' strì ri cothrom a thoirt do dhaoine an làn chumhachd fhèin a shealbhachadh is a mhealadh. Bha e den bheachd nach robh an sgoil 's an oideachadh a bha daoine a' faighinn a' fosgladh an sùilean do an comasan fhèin agus do chomasan a' chinne-daonna, agus bhiodh e duilich cur na aghaidh anns a' phuing sin. Agus bha e den bheachd gun robh na h-Albannaich gu h-àraidh air am mealladh, agus air an saobhadh bho thuigse choileanta, agus gum feumte na seann diathan a sgiùrsadh às na h-ionadan adhraidh. Bha iomadh seòrsa dia ann: Burns, is Airgead, is Subhailcean na Bùirdeasachd, is Moladh air Dòighean Sasannach, gun ach beagan diubh àireamh. Duine sam bith a thogas a ghuth an aghaidh nan diathan sin, lorgaidh e nàimhdean, is rinn MacDhiarmaid sin. Ach cha bhi duine den t-seòrsa seo beò gun nàimhdean, agus mar sin cha leig sinn a leas truas a bhith againn ris.

Chan eil teagamh nach do rinn e feum leis an obair seo. Bhrosnaich e daoine gu uaill às ùr a ghabhail nan dùthaich fhèin - uaill, 's cha b' e pròis fhaoin - uaill nan eachdraidh, nan cànain, nan litreachas fhèin. Bha e an sàs ann an iomadh seòrsa obrach, cuid dhiubh, mar a tha nàdarrach, nach deach leis gu h-iomlan, mar an obair a rinn e air sgàth Social Credit agus air sgàth Pàirtidh Nàiseanta na h-Albann. Chuir e ràitheachain is pàipearan-naidheachd air bhonn, bha e a' clò-bhualadh 's a' reic leabhraichean. Agus fad na h-ùine bha e a' sgrìobhadh bàrdachd, an toiseach ann am Beurla, an sin an Albais, agus a-rithist am Beurla, agus ged nach eil sinn a' buntainn rithe an seo, b' i seo a phrìomh obair. Thog cuspair na cànain mòran còmhstri cuideachd, ach gun teagamh sam bith b' e a' bhuil gun do sgrìobhadh mòran ann an Albais anns na bliadhnachan 1925-55, agus tha pàirt den sgrìobhadh sin luachmhor.

Eu-coltach ri iomadh Gall, bha ùidh mhòr aig MacDhiarmaid ann an Gàidhlig cuideachd. Cha chreid mu gun do dh'ionnsaich e riamh i, agus bha beachdan neònach aige air a' cheangal a tha eadar i 's Albais, ach bha e ag iarraidh gum biodh àite inbheil aice ann an Albainn. Ann an 1938 bha dhìth air gum faigheamaid "freedom and facilitation for our Scots Gaelic and Scots vernacular languages," agus le cuideachadh bho Ghàidheil rinn e eadar-theangachadh air bàrdachd Ghàidhlig, mar a tha 'Birlinn Chlann Raghnaill.' Chuir e a leithid seo an clò anns an leabhar aige *The Golden Treasury of Scottish Poetry*, agus mura biodh e cha bhiodh an-diugh na fhasan aig cruinnichidhean de bhàrdachd, agus aig ràitheachain, an Albainn, Gàidhlig a chlò-bhualadh cho math ri Albais is Beurla.

Tha an leabhar seo aig Duncan Glen feumail ann a bhith a' toirt dealbh dhuinn air eachdraidh beatha MhicDhiarmaid agus cuid de na daoine a bha ag obair còmhla ris agus na aghaidh. Tha e rudeigin diùid uaireannan nuair a tha e a' buntainn ri poilitigs MhicDhiarmaid, mar gum biodh eagal air conas a chur air; chan eil e ro fhiosrach air gnothaichean Gàidhlig; is dòcha nach fhaigh duine mòran togail às a' bhreithneachadh a tha e a' toirt air bàrdachd MhicDhiarmaid. Ach rinn e sgrùdadh farsaing air obair, agus tha mòran de dh'fhiosrachadh aige air a chruinneachadh. Bidh fèill air an leabhar anns na bliadhnachan ri teachd.

Duncan Glen. *Hugh MacDiarmid and the Scottish Renaissance*. Dùn Èideann: Chambers, 1964.

Gairm 52 (Am Foghar 1965): 375-379.

EACHDRAIDH IS POILITIGS NA H-ALBA

John Prebble: *The Highland Clearances*

Cluinnidh tu fhathast corra dhuine le còmhradh rudeigin mar seo: "Tha thìde againn sgur a bhruidhinn air fàsachadh na Gàidhealtachd; tha na làithean grànda sin seachad, 's tha an aon chothrom aig gach duine an-diugh, Gàidheal no Gall, croitear no uachdaran." Bidh na daoine sin a' cur coltas tròcaireach, breithneachail air an guth 's air an gnùis. Tha na smuaintean aca fad air falbh: air obair nam Foreign Missions, no ann am Pàrlamaid Lunnainn, no air an rud bho dheireadh a chunnaic iad air an telebhisean. Ach chan fhaca mi fhathast duine aig a bheil ùidh cheart anns a' Ghàidhealtachd nach tig an fhearg an uachdar nuair a bheachdaicheas e air fàsachadh na dùthcha againn.

Fearg. Is dòcha nach ann le feirg a sgrìobhar eachdraidh. Cha mhotha sgrìobhar i le cion-diù.

Tha fearg anns an eachdraidh seo aig John Prebble. Ach chan e idir fearg Dhòmhnaill MhicLeòid, a fhuair a riasladh fada mun do chuir e *Gloomy Memories* an clò. Tha an fhearg seo air a lasadh ann an cridhe duine a rugadh am Middlesex, agus a thogadh an Canada. Dh'fhaodadh e bhith air geur-leanmhainn nan Iùdhach a thaghadh mar chuspair leabhair, no braighdeanas nan daoine dubha ann an Ameireaga, ach mar a thachair, 's ann air a' Ghàidhealtachd a laigh a shùil. Is dòcha gun cuala e beagan mun chuspair seo ann an Canada, ged nach cluinneadh e lideag am Middlesex. Chuala mi o chionn là no dhà gun robh iongnadh am beatha air muinntir Secker & Warburg gun robh leithid de dh'iarraidh air an leabhar seo ann an Canada! Tha seo mar gun cuireadh e iongnadh ormsa gum biodh ùidh aig a' Chabinet Bhreatannach ann an eachdraidh Eton.

'S ann air na bliadhnachan eadar 1782 agus 1856 as motha tha Prebble a' tighinn anns an leabhar seo. Seo an t-àm anns an do chuir a' chaora iomadh baile is sgìre fàs air feadh na Gàidhealtachd 's nan eileanan. Chan eil an sin ach facal. 'S e rinn am fàsachadh ach daoine: daoine air na rinn miann an airgid, miann cumhachd, miann uaille, grèim làidir teann a bha a' mùchadh gach tròcair is uaisleachd a tha ann an gnè an duine, agus gach dìlseachd cuideachd, oir bha cuid de na daoine sin de shliochd nan Gàidheal, ged nach robh iad de an gnè. Feumaidh sinn a dhol gu math nas fhaide air ais am Bliadhna nan Caorach (1792) mus lorg sinn freumh na neo-dhìlseachd a rinneadh anns a' chùis seo, ged is math na thug e dhuinn.

Gun teagamh, cuideachd, bha feum aig a' Ghàidhealtachd air dòighean ùra agus air obair is ionmhas ùr. Bha feum aice air na caoraich. Nam b' ann fo stiùireadh leithid an Ridire Iain Sinclair a bha a' chaora air grèim a ghabhail air fearann na Gàidhealtachd is dòcha gum biodh sgeul eile againn an-diugh, agus nach biodh a leithid a dh'iarraidh air leabhar Phrebble ann an Canada. Is dòcha nach robh beartas na dùthcha air a chruinneachadh ann an dòrlach chaistealan mar a tha Dun-robain agus dùintean eile, neo air a sgapadh ann an òl 's an strìopachas 's an ceàrrachas mar a chaidh a sgapadh.

Tha cunntas Phrebble làn feirge, ach chan eil an fhearg a' mùchadh na fìrinne. Fhuair sinn mar thà sgeulachd na muinntir a bhuannaich: Loch is Pàdraig Sellar, agus uaislean ag innse cho math 's a bha an t-sealg a measg nam beanntan fàsail, agus tha blas nam breugan air am briathran. Tha blas na fìrinne air leabhar Phrebble, ged a tha an fhìrinn seo searbh.

Tha e ag innse mar a dh'fhalbh cuid de luchd nan tacannan às a' Ghàidhealtachd fichead bliadhna ro Bhliadhna nan Caorach, agus iad a' faicinn faileas na truaighe bha ri teachd; tha e ag innse mar a chaidh daoine fhuadach bho oighreachd Ghlinn Gharaidh, à Cnòideart, à Cataibh, à Srath Ghlais, à Srath Nabhair, à Ros, à Glinn Eilg, à Uibhist is Barraigh is às an Eilean Sgìtheanach. Tha eachdraidh nan uachdaran an seo, is eachdraidh nam bàillidh 's nam fear-lagha 's nam ministearan. Chan ann bho leabhraichean Loch is Phàdraig Sellar no bho phàipearan nan ceann-cinnidh a tha an eachdraidh seo air a tarraing, ach bho phàipearan-naidheachd 's bho irisean, bho phàipearan cùirte is Pàrlamaid, agus bho bhàrdachd is bho bheul-aithris nan Gàidheal. B' fheàirrde an t-ùghdar gu mòr an cuideachadh a fhuair e bhon dithis Ghàidheal, Somhairle MacGill-Eain agus Ruaraidh MacAoidh. Nuair a leughas tu *The Highland Clearances*, leugh cuideachd na th' aig Somhairle ri ràdh mun bhàrdachd ann an Leabhar

38 aig Comunn Gàidhlig Inbhir-Nis, agus na th' aig Ruaraidh ri ràdh ann an *Scottish Gaelic Studies*, Leabhar X.

John Prebble. *The Highland Clearances*. Lunnainn: Secker & Warburg, 1963.

Gairm 45 (An Geamhradh 1963): 92-93.

H. J. Hanham: *Scottish Nationalism*

Cha mhiste sinn gur e duine à New Zealand, a bha na Phroifeasair ann am Poilitigs an Oilthigh Dhùn Èideann, agus a tha nis na Phroifeasair Eachdraidh ann an Oilthigh Harvard, a tha toirt dhuinn a' chiad iomradh iomlan air eachdraidh Nàiseantachd ann an Albainn. Bho nach Albannach no Sasannach e cha leig sinn a leas a chreidsinn gun robh inntinn dùinte taobh seach taobh, agus tha na dreuchdan a bh' aige agus a th' aige nan comharradh air ealantachd ann an eachdraidh poilitigs.

Chunnaic mi fear-sgrìobhaidh anns a' *Ghlasgow Herald* ag ràdh nach tug an t-Ollamh Hanham ach trì mìosan ris an leabhar, 's e feuchainn, tha mi creidsinn, ri beum a thoirt dha, ach le m' fhiosrachadh fhìn bha Hanham ag obair air a' chuspair seo o chionn còig bliadhna, agus chan eil duine a leughas an leabhar le cùram nach tuig gu bheil obair mhòr air a chùl. Agus obair mhionaideach. Cha deach e seachad air gun robh dlùth-cheangal eadar dùsgadh na Gàidhlig 's na Gàidhealtachd agus dùsgadh Nàiseantachd, agus thuig e, mar is dòcha nach tuigeadh Sasannach no Albannach anns na h-oilthighean againn, gum bu chòir sgrùdadh a dhèanamh air irisean Gàidhlig, leithid *Guth na Bliadhna*. Tha e nas fhasa, cuideachd, don t-srainnsear na rudan a tha ag aonadh sluaigh a thoirt fa-near, mar a tha e nas fhasa do luchd na dùthcha na rudan sin fhaicinn a tha gan roinn.

A thuilleadh air na buadhan sin, tha buaidh eile aig an Ollamh Hanham; tha e math air sgrìobhadh. Eadar gach nì a th' ann, 's e seo leabhar cho inntinneach 's a leugh mi o chionn fhada air cuspair Albannach.

Tha beagan ann mu eachdraidh na h-ochdamh linn deug. Bha luchd-Pàrlamaid ann an uair sin a bha math gu bhith ag imlich tòin nan Sasannach, dìreach mar a th' againn an-diugh; 's ann a bha iad na b' fheàrr air an obair sin, cleas R. K. Hepburn, a thuirt ann an 1783: "We are only fit to supply England with inhabitants, and very few of those that can help it will ever return except for a visit." Ged a dh'fheumas sluagh mòr Alba fhàgail gach bliadhna fhathast, 's ann tha nàire an-diugh air ar luchd-Pàrlamaid ag innse na h-eachdraidh seo. Ach 's ann mun naoidheamh linn deug 's mun fhicheadamh linn a tha a' mhòr-chuid den leabhar a' dèiligeadh, agus tha Mgr. Hanham ag innse mar a bha Alba ga riaghladh, an toiseach fo na 'managers' Albannach, a-rithist (bho 1828) fo Whitehall, agus bho dheireadh na naoidheamh linn deug, fon Scottish Office, gus am b' fheudar sin fhèin a thoirt a dh'Alba ann an 1939. Tha Mgr. Hanham den bheachd nach biodh mòran duilgheadais ann air na Roinnean a th' againn mar thà ann an St. Andrew's House, agus gum biodh an t-Seirbheis sin na b' fhaisge air an t-sluagh, na b' fhasa dèiligeadh rithe, na Seirbheis Riaghlaidh Bhreatainn.

Nuair a chì sinn eachdraidh Nàiseantachd ann an Albainn sgaoilte romhainn le fear eòlach, mar a chì sin anns an leabhar seo, tha e furasta fhaicinn mar a tha cumhachd nan Nàiseantach a' sìor fhàs. Ged a chaidh iad air ais corra uair, dh'èirich iad a-rithist na bu treasa na bha iad a-riamh. O chionn ceithir fichead bliadhna no mar sin, bha na Nàiseantaich ann am pàrtaidhean eile. Leithid

Keir Hardie: "I am of those old-fashioned people who place considerable value on National life, customs, and language. These are all the growths of the ages, and as such are a part of our very being, and not to be lightly regarded or set aside. No better means has yet been devised than that of a National Parliament, through which National sentiment finds expression and embodiment in the laws of the land."

Ach ged a bha Buill Labour a' creidsinn ann am fèin-riaghladh, cha do rinneadh adhartas sam bith leis; bha e soilleir nach b' ann an rathad seo a thigeadh adhartas.

Tha Mgr. Hanham ag innse gu mionaideach mar a chuireadh air bhonn an National Party of Scotland ann an 1928. (Bha Gàidheil is luchd-Gàidhlig an sàs an seo cuideachd.) Tha cunntas aige air mar a thugadh an National Party agus an Scottish Party gu chèile ann an 1934, le sgil Iain MhicCarmaig, agus mar a sgaoil an comann ri tìde, is mar a chaill MacCarmaig a ghrèim air a' Phàrtaidh. B' e sin an spreadhadh mòr mu dheireadh, agus cha bhiodh e cho furasta a-nis sgaradh den t-seòrsa seo a dhèanamh.

Tha iomradh cuideachd air a' chonnspaid a bha eadar Edwin Muir is Hugh MacDiarmid. "The Kailyard rejoiced, safe in the employment of the daily papers," tha Mgr. Hanham ag ràdh, "and applauded Muir. MacDiarmid could now be excommunicated with a good conscience." Cha robh dùil agam gun robh a' chùis cho buileach sìmplidh ri sin, ach tha pàirt den fhìrinn aige nuair a tha e ag ràdh: "John MacCormick and Edwin Muir alike preferred to opt for a purely provincial Scotland managed by local politicians without any sense of a higher national purpose. Celtic Scotland was not to follow Celtic Ireland into independence, but was to opt for second-class status within the United Kingdom, with its literary standards set by the *Glasgow Herald* and *The Scotsman* or by the English press, rather than by the national poets."

Chan eil Hanham a' smaoineachadh gun robh no gu bheil an SNP gun chron, gun smal, ach tha e soilleir gu bheil e den bheachd gu bheil barrachd dòchais ann an do dh'Alba ma leanas iad an rathad acasan na ròidean chàich: "But it would be a bold man who would say that many people in Scotland, other than members of the Scottish National Party, have been willing to do anything positive to put Scotland back on the map of Europe as a nation with a distinctive culture and a distinctive economy."

Tha roinnean eile anns an leabhar a tha a' dèiligeadh ri beartas na dùthcha, agus ri fàs an SNP anns na bliadhnachan mu dheireadh. Is fhiach aon smuain a thogail às an earrainn seo: "If sacrifice is to be called for; sacrifice in order to build a new nation, in order to release the energies of the pople, is much more meaningful than sacrifice in order to save the pound. In this sense nationalism is not just an irrelevant sentiment, as Labour speakers so often regard it, but an important economic incentive."

Tha na Tòraidhean a' faighinn slàraigeadh anns an aon dòigh, agus gu dearbh 's ann a tha iad fada nas airidhe air. Aig a' cheann thall, tha e soilleir nach eil feum ann a bhith a' bruidhinn air 'deas' no 'clì,' gus an tèid a' cheist mhòr a chur an dàrna taobh. Chan eil duine a leughas an leabhar seo nach tuig nas fheàrr eachdraidh na dùthcha, is nach tuig nas fheàrr an dà roghainn a tha roimpe.

H. J. Hanham. *Scottish Nationalism*. Lunnainn: Faber & Faber, 1969.

Gairm 68 (Am Foghair 1969): 377-381.

Litreachas

Bàrdachd a' Chianalais
Taghadh de rannan

'S fhad tha mi 'm ònaran,
'S fhad tha mi 's mi leam fhìn,
Is cian o thìr m' eòlais mi,
'S fhad tha mi 'm ònaran.

'S mi gun fhidheall, gun chlàrsach,
'G èisdeachd bàirich nam bòthannan.

Ann am bothan beag barraich,
Cha tig caraid gam fheòrach ann.

Ach nam bithinn san Apuinn
Gheibhinn caraid 's fear eòlais ann,

Far am bi na mnathan brèidgheal
Là-fèille 's gur bòidheach iad.

Bha bràthair màthar agam a chuir seachad a' mhòr-chuid de a bheatha an Lunnainn. Bha e suas ri dà fhichead bliadhna gun a thighinn dhachaigh idir, ach aon uair chaidh piuthar dha a shealltainn air ann an Lunnainn, agus bha i ag innse nuair a thàinig i dhachaigh mar a thogadh e am pàiste beag na uchd 's mar a ghabhadh e an t-òran sin ''S fhad tha mi 'm ònaran.' Ged is ann às an Apainn a thàinig an t-òran tha fhios gun cuireadh esan a dhreach fhèin air tìr eòlais, mar a tha sinn uile a' dèanamh. Oir chan eil an t-òran ach letheach dèante nuair a dh'fhàgas am bàrd e, agus tha an leughadair, an seinneadair, am fear-aithris a' cur a dhreach fhèin air, a' toirt a' chiall fhèin às.

Nis, bha ainm aig bràthair mo mhàthar a bhith na dhuine air leth suigeartach, èibhinn, làn de dhibhearsain 's de rabhdaireachd, ach ged a bhà, bha freumh a' chianalais ann, mar a tha sa mhòr-chuid againn. 'S e droch rud a th' anns a' chianalas ma tha e faighinn làmh-an-uachdair ort, ach chan eil mi smaoineachadh gur e droch rud a th' ann ma chumar smachd air, oir 's fheàirrde duine sam bith smuaintean maotha bhith air a shiubhail o àm gu àm. 'S ann a thaobh na dachaigh, a thaobh chàirdean, a thaobh na h-òige, as trice tha cianalas a' bualadh inntinn duine. An Dotair Urramach Iain MacLeòid, às a' Mhorbhairne, a' cuimhneachadh Caol Muile:

Air dà thaobh a' Chaoil
Càit an-diugh bheil mo dhaoin'?
Càit comann mo ghaoil agus m' òig'?

Tha mo chaoimh-sa nan suain
Fo na tulaichean uain',
Far nach cluinn iad gàir cuain nas mò.

Ach tha 'n caol seo mar bhà
'S mar a bhitheas a ghnàth,
A' lìonadh 's a tràghadh gach lò.

Niall MacLeòid, a' cuimhneachadh saorsa na h-òige anns an Eilean Sgitheanach:

... Cha robh uisge, muir no mòinteach
Air an còmhdach fo ar bonn;
Ach an-diugh tha maor is lann
Air gach alltan agus òb...

Uaireannan, tha fearg a' dol an àite a' chianalais. B' ann mar sin a thachair do Mhàiri Mhòr nan Òran nuair a thill ise dhan Eilean Sgitheanach, 's chunnaic i mar a bha e air fhàsachadh:

Ach thàinig caochladh air na neòil,
Air na cnuic is air na lòin;
Far an robh na daoine còir'
'S e th' ann caoraich-mhòr' is uain.

Nuair a nochd mi ris an àit
Far an robh mo shluagh a' tàmh,
Coin a' comhartaich ri m' shàil
Cur na fàilt' orm cho fuar.

Nuair a ràinig mi na dùin,
Taigh mo sheanmhar sìos na smùr,
Toman rainich fàs sa chùil
Far an robh mi mùirneach uair.

'S ràinig mi Tobar-a-mhàil
Far an tric a dh'òl mi sàth,
Sligean eisirean na mhàs,
'S tha e 'n-diugh cho làn de dhruaip.

Mar as trice, faodaidh sinn a ràdh, tha an cianalas a' cinntinn nuair a tha duine fad air falbh, a thaobh tìm no a thaobh astair, bhon rud air a bheil e a' beachdachadh. Tha sgleò air choreigin air a shùil, is dòcha, nach leig a-steach ach an nì tha e ag iarraidh fhaicinn, no is dòcha gun do ghlèidh e a' chiad dealbh a bh' aige gu tèarainte na inntinn. 'S ann fìor ainneamh, ma tha e a' tachairt idir, a chì duine an dealbh sin a-rithist leis an t-sùil chorporra. Tha na cnuic a' fàs beag, is na h-uillt a' fàs staoin, is na daoine fhèin a' caochladh. Tha comhartaich nan con na do chluasan, ach tha d' inntinn fhèin air atharrachadh cuideachd, air cruadhachadh, air reothadh.

Tha bàrdachd a' chianalais làn den dà shealladh sin – an rud a bh' ann 's an rud a th' ann. Tha sin aig Uilleam Dhòmhnaill 'ic Coinnich anns an òran 'Nan ceadaicheadh an tìde dhomh':

Mo chridhe gheall e mòran dhomh
Nuair bha mi òg is faoin,
Gheall e iomadh seòrsa dhomh
De shòlasan an t-saoghail...

Agus a-rithist:

Ach tha mo là dol seachad
Mar tha sgàil is faileas luath,
'S na sòlasan chan fhaigh mi iad,
tha iad ri teannadh bhuam.

Bha eadhon an gaol fhèin, 's e cho neo-chaochlaideach, a' dèanamh de bhuaireadh dhà 's gun lùigeadh e nach robh e air tighinn na bhad:

'S truagh nach d' rugadh dall mi,
Is lann air mo dhà shùil,
Mo chluasan bhith gun tuill annt'
'S mo cheann gun robh e dùint',
Chan aithnichinn gaol bho ghamhlas
'S cha tuiginn bròn bho aoibhneas,
'S cha bhithinn na mo bhanntraich
'S air clann cha bhiodh mo rùn.

Tha caochlaideachd an fhortain gu tric a' dùsgadh a' chianalais. Uilleam Dhòmhnaill 'ic Coinnich ann an Canada a' cuimhneachadh air mar a bhiodh iad a' biathadh nan lìon an Siadair, rud a dhùisgeas cianalas fhathast ann am broilleach no dhà:

Bho chionn ochd bliadhna bu brèagh' an sealladh
Aig meadhon Shiadair air crìochan m' athar,
Bha aona mhac deug ann de ghillean ciatach,
Iad tric a' biathadh mo lìon gu adaig.

Air oidhche gheamhraidh bhiodh camp dhiubh
agam,
Bhiodh fear a' càradh 's bhiodh snàth ga thachras,
Fear sgileadh fheusgan 's bhiodh fear a' biathadh
'S a' cur mo lìon ann an cliabh nan laighe.

Aonghas MacRob, ann an Glaschu, a' cuimhneachadh air rèis na bliadhna anns an Eilean Sgitheanach, anns an dàn fhada sin 'Cnoc an Fhradhairc':

Cha b' àm bu mhiosa, gearradh feòir -
Bu bhiadh is ceòl bhith gabhail aig'-
Bhiodh cuasgan meala 'n siud nan tòrr...

no,

Bhiodh srann aig speal a' fosgladh stàibh;
Is tè ri shàil a' bannachadh.

Aig na cèilidhean,

... nìghneagan nam bilean binn
a' togail fuinn nan luinneagan.

Donnchadh Bàn ann an Dùn Èideann, is lapachd na h-aoise air trian na h-analach a thoirt bhuaithe:

'S togarrach a dh'fhalbhainn
Gu sealgaireachd nam bealaichean,
Dol moch a dhìreadh garbhlaich
'S gum b' anmoch tighinn gu baile mi.

Agus a-rithist:

Fhuair mi greis am àrach
Air àirighean a b' aithne dhomh,
Ri cluiche 's mire 's mànran
'S bhith 'n coibhneas blàth nan caileagan.

Bha Donnchadh Bàn a' sreap ris na ceithir fichead nuair a rinn e 'n t-òran sin, ach bha e na bhraisiche nuair a rinn e leisgeul do Mhàiri Bhàn Òg air cho gann 's a bha e de stòras:

'S e 'm fàth mum biodh tu talach orm
Gur ra-bheag leat mo stòras;
Bha dà rud dheug a' tarraing uam
Na theanail mi de phòrsan:
Bhiodh òl is fèist is banais ann,
Bha ceòl is beus is ceannaichean,
An fhèill 's na gibhte leannanachd
An amaideachd 's an òige.

Chan eil mi 'n dùil gun robh aithreachas sam bith air Donnchadh Bàn airson an ana-caitheamh sin a rinn e air a stòras. 'S ann a bha seòrsa de chianalas air, agus tha mi cinnteach gun do thuig Màiri Bhàn Òg sin glè mhath.

Tha iomadh seòrsa cianalais ann: cianalas mu choinneimh gach toileachais. Sìleas na Ceapaich, is cianalas oirre airson ceòl na clàrsaich, a b' àbhaist dhi bhith cluinntinn bho Lachlann MacFhionghain:

An uair a ghlacadh tu do chlàrsach,
'S a bhiodh tu ga gleusadh làmh rium,
Cha mho tha thuigte le h-ùmaidh
Do chuid chiùil-sa 's mo ghabhail dhàn-sa.
Bu bhinn do mheòir air a cliathaich
An uair a dh'iarrainn 'Cumha an Easbaig,'
'Cumha Ni Mhic Ràghnaill' làmh ris,
'Cumha Màiri' 's 'Cumha Ghill-Easbaig.'

Cha chluinn mi chaoidh Socair Dhàna,
Cumha no Fàilte no Oran,
Nach tig na deòir o mo shùilean
Le trom thùirse o nach beò thu.

Ged a bha iad dall do shùilean
Cha bu dall an cùis no dhà thu,
Cha bu dall do bheul ri sùgradh,
Is cha bu dall air lùths do làmh thu.

Is cruaidh leam do chlàrsach ga rùsgadh,
Is cruaidh leam gach cùis mar thachair;
Is duilich leam nach tig thu 'n dùthaich,
Gun mo dhùil bith chaoidh ri d' fhaicinn.

Iarram air Dia bhith riut iochdmhor
Is do leigeil a measg nan aingeal:
On bha do tlachd sa cheòl san t-saoghal
Ceòl a measg nan naomh do d' anam.

Mac Mhaighstir Alasdair, a' caoidh mar a chaidh dhaibh am Bliadhna Theàrlaich, 's mar a b' fheudar don Phrionnsa Teàrlach teicheadh:

Chaill sinn ar stiùir 's ar buill-bheairte;
Thugadh uainn ar n-acair bàis;
Chaill sinn ar compaist 's ar cairtean,
Ar reul-iùil 's ar beachd gach là.

Bàrd na Leadaige, ag ionndrainn nan càirdean 's ag ionndrainn na Gàidhlig a b' àbhaist dha bhith a' cluinntinn air gach taobh dha:

Is tric a thionndaidh mi air mo chùlaibh
Nuair chluinninn dlùth i air sràid nan Gall,
Mo chridhe dh'èireadh mar aiteal grèine
Thoirt sùil am dhèidh a dh'fheuch cò bhiodh ann.

Giolla Coluim mac an Ollaimh, o chionn faisg air còig ceud bliadhna, a' caoidh mar a chaill Clann Dòmhnaill an inbhe Tighearna nan Eilean. Ged is i an t-seann Ghàidhlig tha seo, chan eil a brìgh duilich a leantainn:

Uaithne àna Alban uaine,
Clann as cruaidhe ghabh baisteadh;
'gà roibh treas gacha tìre,
seabhaig Ile ar ghaisgeadh.

Clann ba mhò is ba mhire,
Clann ba ghrinne 's ba rèidhe;
Clann dob fhairsinge croidhe,
dob dhearr foidhide 's fèile.

Deirdre, is cianalas oirre an dèidh Alba fhàgail. 'S ann às a' Ghàidhlig Èireannach a tha a' bhàrdachd seo, ach a-rithist leanaidh sibh rud math dhith. Ged nach eil a' bhàrdachd seo cho buileach sean, tha an sgeulachd a tha fuaighte rithe còrr math is mìle bliadhna a dh'aois.

Ionmhain tìr an tìr-ùd thoir,
Alba go n-a hiongantaibh;
nocha dtiocfainn aisti i-lè
muna dtìosainn le Naoise.

Gleann Eitche!
ann do thògbhas mo chèidtigh;
àlainn a fhiodh, iar n-èirghe;
buaile grèine Gleann Eitche.

Gleann Da Ruadh!
mo-chean gach fear dàma dual;
is binn guth cuaiche ar chraoibh chruim
ar an druim òs Gleann Da Ruadh.

Agus dh'fhaodamaid a dhol na b' fhaide air ais na sin cuideachd oir tha an cianalas cho aosta ri eachdraidh an duine. Ged nach eil ann ach aon fhreumh den bhàrdachd 's fheudar aideachadh gu bheil e a' dol glè dhomhainn. 'S ann às a tha mòran de bhàrdachd a' deoghal a bheathachaidh, agus ged nach bu chòir dhuinn a bhith riaraichte leis an aon sheòrsa beathachaidh tha seo, bhiodh e a cheart cho faoin dhuinn àite dligheach a dhiùltadh don fhreumh seo.

Chaidh seo a chraobh-sgaoileadh air a' Bh.B.C. ann an 1966.

Gairm 117 (An Geamhradh 1981): 73-79.

Donnchadh MacDhunlèibhe

Chan fhaca mi riamh Donnchadh MacDhunlèibhe ach bha sinn a' sgrìobhadh gu chèile, an-dràsta 's a-rithist, fad deich bliadhna mus do chaochail e, aig aois ceithir fichead 's a seachd, air 26 Cèitean 1964. Feumaidh gun robh e ri bàrdachd an-dràsta 's a-rithist fada ro na bliadhnachan deireannach sin, oir tha dàn goirid leis, 'A' fàgail Aifric,' ann an *Crois Tàra*, Àireamh 12 (An t-Òg-mhìos, 1939) agus trì anns *A' Ghàidheal* (1940-43) air cuspairean a' chogaidh, ach 's ann an dèidh dha aois mhòr a ruighinn (trì fichead 's a còig deug no mar sin) a rinn e a' mhòr-chuid den bhàrdachd aige a tha air sgeula. A rèir litir a fhuair mi bho a dhlùth-charaid Seàn Breanach, sgrìobhte air 11 Samhain 1964, bha a' mhòr-chuid de na dàin aige air an clò-bhualadh ann an *Gairm*. Ars esan:

> "An tromlach des na dànta Gàidhlge bhìodar i gclò cheana agaibh i n*Gairm* ach amhàin fothcheann nò dò, agus raint dànta do chàirde annso s annsùd ar fud an domhain a scrìobhadh ar òcàidì àirithe - ceiliùradh na Nollag 7 là breithe 's mur sin."

'S ann fìor ainneamh a tha a leithid seo a' tachairt. Tha sinn eòlach gu leòr air daoine a bhios a' sgrìobhadh bàrdachd is eile an toiseach an là, nuair a tha an sùilean a' fosgladh do mhaise na cruinne, an cridheachan a' tighinn fo bhuaidh gaoil, no an inntinnean a' greimeachadh air earras is air truaillidheachd dìleab mhic-an-duine. Chì sinn gu tric an dèidh sin uallach an t-saoghail a' mùchadh aighear a' mhic-meanmain; fàsaidh daoine ciallach, agus is dòcha nach dèan duine ciallach mòran bàrdachd. Mar a thuirt W. B. Yeats:

God guard me ---
From all that makes a wise old man
That can be praised of all; O what am I that I should not seem
For the song's sake a fool?

Rugadh Donnchadh MacDhunlèibhe air oighreachd Thoir-loisg, am Muile, ann an 1877, agus fhad 's a bha e fhathast air mhàgaran rinn an teaghlach imrich gu Tobar Mhoire, far an do thogadh e gus an robh e sia bliadhna deug. Chaidh e an uair sin an ceann a chosnaidh a Ghlaschu, agus an dèidh ùine ghoirid a chur seachad mar chlèireach, theann e ri ceàird na snaigheadaireachd a thoirt a-mach. Thog e air a Lunnainn as dèidh sin, agus nuair a thòisich Cogadh Afraga ghabh e dhan Arm gus "Spiolladh a thoirt air feusag Chrùidseir" mar a thuirt e fhèin. Chaidh a leòn, agus thill e a Ghlaschu, agus tha obair snaighidh a rinn e aig an àm sin ri a faicinn fhathast air ursainn doras mòr Eaglais Chaluim Chille air Sràid an Naoimh Vincent.

Ach bha Afraga a Deas ga thàladh, agus thill e ann nuair a bha an Cogadh Afraganach seachad. Phòs e, ann an 1911, Catrìona Dhòmhnallach à Muile, agus chuir iad an còrr de am beatha seachad an sin, esan ag obair ann an seirbheis an Riaghaltais, ann am Pretoria, gu h-àraidh air togalaichean mòra anns a' bhaile sin. Ged a leig e dheth a dhreuchd mu aois trì fichead, bha làmh aige ann an Colaiste an Ealain a thogadh am Pretoria ceithir bliadhna mus do chaochail e. Bha e ceithir fichead 's a trì aig an àm, ach mar a thuirt e ann an litir "tha mi air mo dheagh chlachaireachd," agus gu dearbh bha a choltas air gun robh an deagh chlachaireachd sin air inntinn cuideachd.

'S e na h-irisean bu mhotha a chleachd e gu a sgrìobhaidhean a chur an clò, *Gairm*, agus an dà iris Canèidianach *Teangadòir* agus *Irisleabhar Ceilteach* (eadar 1953 agus 1964). Bha rosg aige anns na trì, mar bu trice pìosan an ìre mhath goirid, air caochladh chuspairean, leithid 'Dealbhagan Thobarmhoire' (*Irisleabhar Ceilteach* II, 1, 2, 3), 'Is aoibhinn an obair an t-sealg' (*Teangadòir* 28, d. 92), 'Nàiseantas Albann agus a' Ghàidhlig' (*Gairm* VI, 145), 'Teagasg na Gàidhlig sna sgoiltean' (*Gairm* X, 35), agus uaireannan sgeulachdan à beul-aithris no mu dhaoine annasach air a robh e eòlach, e.g. 'Robag' (*Gairm* VII, 331), 'Na Speuclairean Oir' (ibid., VIII, 155), 'Daimh an Seòmraichean-cadail' (*Teangadòir* 16, 66-81; 17, 89-98). Saoilidh mi, ged a bha na beachdan aige an-còmhnaidh fallain (abair air staid nan daoine dubha) gur ann anns a' chainnt a tha an tàladh a th' anns na pìosan rosg sin, annas na cainnte a tha cho siùbhlach 's cho glan, ach aig an aon àm car sean-fhasanta, Gàidhlig na naoidheamh linne deug, Gàidhlig òige is beagan air a chur rithe bho ionnsachadh fhèin ann an leabhraichean. Saoilidh mi, ged a tha loinn nàdarrach air na briathran, nach eil loinn na h-ealan air na pìosan rosg gu h-iomlan. Tha e mar nach biodh an t-seòltachd sin air aire a tha a' deachdadh cumadh anns an fharsaingeachd. Is dòcha gu bheil an dòigh a th' aige air rosg a sgrìobhadh a' tighinn nas fheàrr air litrichean, far nach eil an aon dùil ri cumadh.

Mar sin, 's ann anns a' bhàrdachd aige a tha a phrìomh ealain ach mar a chì sinn tha barrachd air aon seòrsa bàrdachd aige, agus tha seo na nì annasach cuideachd, ma chuimhnicheas sinn air an aois a bha e nuair a bha e ga sgrìobhadh.

Faodaidh sinn sreath de dhàin a chur an dàrna taobh, gun mòran tìde a chosg riutha. 'S iad sin na dàin 'a scrìobhadh ar òcàidì àirithe' mar a thuirt Seàn Breanach (tha brìgh an fhacail Bheurla, *occasional verse*, a' freagairt). Anns an stoidhle sin tha leithid 'Aibhril Breanach' (*Teangadòir* 14, 29), òran a rinn e do nighean Sheàin, mar eisimpleir:

Nighean an fhir ruaidh à Èirinn
's tric a chaidh air chuairt na speur leam,
seadhan uasal, am mac-lèighinn,
Fhuair na buadhan inntinneachd.

* * *

Sùilean tha mar speur mo shamhraidh
Deàrrsadh blàth orm am gheamhradh;
Coibhneas bàidheil annta 'dànnsadh;
M' annsachd thu de nìonagan.

Chan eil ciorram air a' mheadarachd, tha an dàn sìmplidh, binn, tlachdmhor, ach chan eil cur thuige mac-meanmain ann, chan eil ann ach coibhneas is modh, dà rud prìseil a ghabhas an liubhairt ann an rosg no ann an còmhradh ach a tha air an togail an-àird gu àite-amhairc sònraichte nuair a chuirear ann an òran iad. 'S ann den ghnè sin a tha 'A' Chaileag chaidh thairis an cuan' (*Teangadòir* 23, 234), 'Do Sheathan Breanach agus a Chèile' (ibid., 31-2, 143) is iad air a dhol turas a dh'Èirinn - 's mar sin tha an dàn làn de rìomhadh-sgeòil na h-Èireann - no 'Do Bhan-diùc Mhontròis' (*Gairm* VIII, 110), no (ann am modh beagan eadar-dhealaichte) 'Cumha Thòmais MhicNeacail' (*Teangadòir* 26, 43) far a bheil am moladh 's dòcha tuilleadh is dian.

Tha a-rithist grunn de dhàin ann far a bheil teas a' mhic-mheanmain, no dèineas smuain, a' tighinn faisg air lasadh, gun a bhith a' lasadh buileach. Tha iad seo mar gum biodh eadar a bhith nan sgrìobhadh òcàidì agus nan dàin cumte laiste, agus tha fhios gu bheil pàirt de shaothair gach bàird anns an t-sreath seo. Tha 'Caochlaidhean' (*Teangadòir* 19, 154, agus an comharradh 'Pretoria, Aibrean, 1956' air an dàn) den ghnè seo, agus is fhiach dhuinn a thoirt am follais air fad:

Caochlaidhean

Chunnacas òganach sgairteil, lasgaire dealbhach,
Bu treun am fear-gleachd e, an dòrn-chleas
neo-charbhach,
Lùth-chleasaiche reachdmhor, beachdaidh, dalma,
An rogha fear-feachd e cleachdte ri armachd.

Feuch e na bhodach, bochd agus breòite,
Anfhann gu cosnadh, suainte an cleòca,
Gearanach, osnach, dòlumach, brònach,
Gun urram gun omhaill an còmhdhail nan òigear.

Chunnaic mi lompaireachd aigeannach, làidir,
Le sgiathaibh sìnte, rìgh-bhean an t-sàile,
Coimhdheas air sìon a luingeas nan àrd-chrann,
Gach rìoghachd a' strìocadh 's a' dìoladh càin-dhi.

Chì mi nis cailleach, glaiste na seòmar,
Gun uaill, gun aighear, gun alladh, gun mhòrchuis,
Gun usgar, gun earradh, gun fhallaing ga còmhdach,
Gun aice ach aisling air là a mòrachd.

Tha a' chuibheall a' cearcladh, dall gun daonnachd,
Clach-lìonain a' bith-bhleith 's a' caochladh an
  t-saoghail,
An t-aos a bha beairteach bochd air faondradh,
An t-aos a bha creachte air bhàinidh le saorsa.
Seallaibh an-àird air clàr na speura:
A' cearcladh a ghnàth an rian na grèine,
mar chearc le a h-àl, a' ghrian 's a reultan
An tiota a-mhàin an-àird na speur-chrios.

'S ann nuair a ghabh Ceylon (Eilean Sailon mar a th' aig MacDhunlèibhe air) inbhe co-fhlaitheas a rinn e an dàn seo, a' meòrachadh air mar a chaill Breatainn a h-ìompaireachd. Beagan mhìosan an dèidh seo bha beag-chogadh Suez ann. A-nis tha 1982 againn 's tha a' chailleach a' gluasad fhathast, ach chì sinn cho biorach 's a bha sùil a' bhàird ann an 1956. Chì sinn e cuideachd ag iarraidh chun an t-seòrsa bàrdachd anns am fàsadh e na bu sgileil ri tìde. Chan e nach eil sgil anns an dàn seo, ach 's e sgil eadar-dhà-leann a tha sinn a' faicinn. Tha e airson cumadh is gluasad is magaidean na seann bhàrdachd a ghlèidheil (e.g. leis na buadhairean gearanach, osnach, dòlumach, brònach). Tha an dealbh ag atharrachadh bhon chleasaiche/bodach gu rìgh-bhean/cailleach, gu cuibheall, gu clach-lìonain (chlach-lianraidh?), gu faondradh/saorsa, gu cearcall na grèine, gu cearc etc., is tha an dàn a' call teinneid, tha e a' sgaoileadh beagan as a chèile. Ach tha an smuain soilleir, agus an guth aithnichte ged nach eil e buileach fo smachd fhathast.

Tha dàn snasail eile aige far a bheil e ga choimeas fhèin ri each aigeannach òg na òige ach a-nis a' call 's ag ionndrainn an dealais sin. Bhon a tha Irisleabhar Ceilteach tearc san dùthaich seo cuiridh mi sìos air fad e (Leabhar 1, Àireamh 3, d. 81):

Am Bioraiche

O! 's uallach am bioraiche, is uaibhreach gu fìreach e,
Is uallach am bioraiche 'tilgeil a shàiltean
O! 's uallach am bioraiche, is uaibhreach gu fìreach e,
'S an sean each cha sir e seach doras an stàbaill.

Saor na h-eich òga 's cha chuimhne leoth' fòghlam,
Nan cruinn leum thar mòintich 's an sròn ris na
    h-àirdibh;
Tha aoibhneas nan cridhe 's an aigne air mhire
Gun sùil aca tilleadh gu iomairt nan sràidean.

Tha an saoghal làn sòlais, gun darainn, gun dòlas: -
Tha saorsa is dòchas an-còmhnaidh san fhàsaich,
An ùr ghrian ag èirigh ag òradh nan slèibhtean,
'S nach grinn an ioc-lèirsinne leugan nam blàthan?

Tha òirfeid nan geugan a' seinn dhaibh gu spèiseil,
'S an uiseag gu gleusda 's na speuraibh as àirde,
Na sruthain a' cannt'reachd air leargan nam
  beanntan
'S gu cridheil a' dànnsadh is srann ac' a' gàirich.

Ach faic na h-eich aosta, chan iarr iad ach saothair,
Ged thugte dhaibh saorsa 's i 'n daorsa as àill leo,
An aigne gun togail, an cridhe gun athail,
Cha sir iad ach obair 's cha togair iad àbhachd.

Bha uair ann am shaoghal nach leiginn le saothair
mo chumail an daorsa, b' i 'n t-saorsa a b' àill leam,
Làn mùirn agus mire, le òran nam chridhe,
Bu shunndach a ruithinn gu fireach nan
  àrd-bheann.

Ach tha m' aigne nis naisgte an geimhleachdan
  glaiste,
Tha m' iarrtas an tasgadh aig cleachdainn na
  h-àbhaist,
Agus cuibhreach na teanntachd a' cumail sam àm
  seo
Mo shròin, leis an t-seann each, an doras an
  stàbaill.

San fhireach tha cluaintean agus lèanagan uaine,
'S tha biolair is fuarain an uaigneas na fàsaich.
O! bhioraiche ghuanaich, mo chion is mo luaidh ort
'S tu dhomhsa mar bhruadar air uair a bha àillidh.

O! 's uallach am bioraiche, is uaibhreach gu fìreach e,
Is uallach am bioraiche 'tilgeil a shàiltean
O! 's uallach am bioraiche, is uaibhreach gu fìreach e,
'S an seann each cha sir e seach doras an stàbaill.

Chì sinn a-rithist an seo snas na cainnte is snas na meadarachd: tha liut aig a' bhàrd air dealbh soilleir a chur far comhair gun chus bhriathran a chosg: "nan cruinn leum thar mòintich 's an sròn ris na h-àirdibh; Na sruthain a' cannt'reachd air leargan nam beanntan." Agus tha a' dol leis glè mhath ann a bhith a' coimeas a staid fhèin san àm ri staid an t-seann eich, ged nach do chaill e a bhruadar.

Agus ann an dàn 'Aisling' (*Irisleabhar Ceilteach* II: 3, 60) far a bheil e a' bruadar air tilleadh a Mhuile, tha rann ann far a bheil a smuain a' lorg saorsa, agus far a bheil e a' faighinn làmh-an-uachdair air a' chianalas a chionn 's gu bheil inntinn a' gluasad gu cruaidh 's an cruas sin a' dèanamh a' chùis air buige sam bith a tha na chridhe:

Thig an uair 's an crom mo ghrian-sa a dhol siar
　　don dachaigh bhuan;
Tha mi coma, bidh mi riaraicht' ma bheir Dia
　　dhomh mar mo dhuais,
Seach bhith 'g itealaich air sgiathaibh tro na
　　h-iarmailt gu nèamh shuas,
Cead do m' anam a bhith 'g iadhadh thar Caol
　　Muile, caol mo luadh.

Is toigh leam gu h-àraidh *Tha mi coma* agus an treas sreath.

Tha is dòcha an dàn as maisiche a sgrìobh MacDhunlèibhe a' tilleadh gu Muile, ach a' cumail grèim bàis air Afraga-a-deas cuideachd: 's e sin an dàn 'Cràdh' a rinn e an dèidh bàs a mhnaoi. Tha dà dhàn eile aige a tha ceangailte ris a' chuspair sin cuideachd, 'Cianalas' (*Gairm* VII, 114) agus 'Meòmhrachadh' (*Gairm* VI, 151), is tha iad le chèile drùidhteach. Anns na sreathan mu dheireadh de 'Chianalas' 's e 'baile nan ròs' a th' aige air Pretoria, agus tha an ìomhaigh seo ann an teis-meadhan 'Cràdh':

Cràdh

Mo chòir a bhith èibhinn an dùthaich na grèine
As liath-ghuirme speura, as uaine a rèidhlein,
As ciùine a h-àile;
Dùthaich nan sochair, is dùthaich an t-socair,
Dùthaich gun bhochdainn as luachmhoire cosnadh,
'S gach nì gu ar n-àilgheas.

Ach bliadhna 'n dèidh bliadhna tha meudachadh
iargain,
Le smeurachadh cianail, is truimeid an iarrtais
Gam phianadh 's gam chràdh-sa.
Fa chomhair mo shùilean tha blàthan is flùran;
B' e mo chòir a bhith sùnndach le bòidhchead na
dùthcha,
Gun dùrachd a fàgail.

Ach cian anns an tuascairt tha aisling gam
bhuaireadh:
Muile nam fuar-bheann, san d'fhuair mi mo
luaidh-sa,
Ròs uasal a' ghàrraidh.

Tha cuimhneachain lurach gam thàladh do Mhuile,
Far am b' àill leam bhith fuireach, le m' eudail is m' ulaidh;
Ach dh'euradh an dàn sin.

'S a dh'aindeoin gach tàladh is cuimhneachain àlainn
Cha togair mi fàgail tìr fhlùrail nam blàthan;
Dachaigh mo ghràidh-sa.
Anns an ùir seo tha naisgte mo ùr-ròs-sa 'n tasgadh;
O, luaidh, 's do dhà bhas ghil air t-uchd uasal am pasgadh
Anns an t-suaimhneas a chràidh mi.

Mo luaidh-sa bha flathail, nis suaint ann ad anairt
Fo sgàil nan crann dathail, 's na blàthan fàs tharad,
Is d' uaigh mar an gàrradh
Mo choibhneag, mo chaomhag, nuair b' fheudar do chaomhnadh,
Is a laigh thu nad aonar, rinn thu 'n dùthaich seo naomhadh,
Is naomhaich thu h-àilleachd.

Dh'aindeoin agairt is cuireadh, dh'aindeoin fàilte is furan
O chàirdean 's o uile, gam thàladh do Mhuile,
Tha m' fhuireach an sàmhchair
A' feitheamh na h-uaire am faigh m' anam fuasgladh,
'S an laigh mi ri d' ghualainn, anns a' chadal bhith-bhuan sin
Bheir suaimhneas on chràdh seo.

Bha na càirdean a' fàs tearc, bha e na aonar agus a' smaoineachadh is dòcha gun robh càirdeas ri lorg ann an dùthaich òige; bha an aois a' laighe air (1958 a bha seo). Tha eileamaidean an dàin sìmplidh agus glè fhaisg air cridhe a smuain, cridhe smuain an t-seann duine as a' chumantas is dòcha. Agus tha e a' cumail nan eileamaidean sin fo shrian na h-ealain.

Tha e a' tilleadh gu cuspair na h-aoise a-rithist anns an dàn 'Atàim' a sgrìobhadh ann an 1962 as dèidh dha bhith gu math tinn. Ged a tha e a' leantainn ri cumadh nan ochd sreathan anns an rann, tha e a' toirt saorsainn dhà fhèin a thaobh ruitheim, agus tha na sreathan fada anns an dàrna rann a tha mi a' cur sìos an seo a' freagairt air an smuain (seo a' chiad rann 's an ceathramh rann):

Atàim

Atàim, is eadh, atàim, tha mise am bith
measg greadhnachas, is uaill, is maoin a' bhaile
  mhòir
le ceudan agus mìltean tha nan ruith
mar sheangain shiùbhlach do-chlaoidhte cur ri an
  stòr.
San aitreabh seo tha sruthan shean is òg
gach là a' sruthadh mar an abhainn dhian,
ach fhathast - measg nam mìltean slòigh -
tha mise an dìthreabh - mar am fàsach chian.

* * *

Ach tha mi am bith, an cuimhneachan na dh'fhalbh,
na cuimhneachain as mìlse is tric iad searbh
is geur, mar threaghad trom anam, treaghad, och,
  a ghaoil.
Tha mise am bith, tha an cuimhneachan gaoil,
an cuimhneachan tha ag iadhadh mall gun tàmh,
ag iadhadh, toinneamh, measgachadh mar cheò air
  slios na beinne mhaoil
a' snàmh tro chèile, is mise meilichte,
sith-fhannaichte, gam chnàmh.

Agus anns an dà rann mu dheireadh tha e a' tilleadh aon uair eile gu cuspair a ghaoil.

Ach 's ann anns na bliadhnachan deireannach aonranach seo a sgrìobh e air cuspairean a bha tur ùr dha, agus ùr do bhàrdachd na Gàidhlig, 's e sin an gluasad a bha a' tilleadh nan dùthchannan Afraganach chun nan daoine leis am bu leis iad. Gun teagamh, chì sinn freumh an smuain is dòcha anns an dàn 'Alba gu bràth' a bh' aige ann an *Gairm* IV, 137 (ann an 1955):

Is feuch an-diugh do ghlinn 's do chluain
Nan dìthreibh fàs; is thall thar chuain
An dùthch'naibh cèin tha sliochd do thuaith
Nam buadhan àigh.
Nach iomchaidh stad chur anns an ruaig
Alba gu bràth!

Is iompachadh on cheangal chlaon
A' chuibhreach a chuir sinn an daors',
an sgleò air inntinnean ar daoin',
an rìbe sàs.

Ma mhaireas e chan fhaic thu saors',
Alba gu bràth!

Anns an dàn 'An Deaghaidh "Accra"' (*Gairm* VIII, 17 - 1959) tha e a' toirt luaidh air 'an doineann o'n tuascairt' agus 'gàir na gaoithe tuatha,' air an tug Harold MacMhaoilein, greis an dèidh sin, an t-ainm 'wind of change,' agus tha e a' faicinn cho cunnartach 's a tha a' ghaoth sin do na daoine geala air feadh Afraga:

Luchd dubh bha an treubhan nis toinnte ri chèile
is gathan na grèine ag èirigh thar fàir;
Luchd geal 's iad nan èiginn, an dòchas gan
  trèigsinn
le eagal na h-èirig a dh'èighear le càch.

Tha an Afrag-mu-dheas seo ag at leis an deasgainn,
is sinne nar breislich mu bheirbheadh na taois;
tha nis ar luchd-freasdail ag agradh an deas-cheart
is sinne gam freagradh le peileir is gaorr.

Na h-Afracandaraich bhàna le eagal air bhàinidh
A' càrnadh gach àmhghair air tràillean ar tìr;
Le blas-bheumachd ghràineil a' guidhe an
  t-Slànaighear
E chumail àr bràithrean gu bràth fo ar cìs.

Tha an doineann on tuascairt a' teàrnadh a-nuas
  oirnn,
ar saoghal a' gluasad 's a' luasgadh na thuinn,
tha gàir na gaoithe tuatha mar rabhadh nar
  cluasaibh
A' gealltainn an uair dhuinn nuair bhuaileas i sinn.

Tha an guth seo a' fàs nas treasa, agus an dìteadh nas cruaidhe, ann am 'Feasgar an duine ghil' (*Gairm* IX, 69 - 1960). Tha e a' cuimhneachadh mar a fhuair na daoine geala, agus gu h-àraidh dùthchannan na Roinn Eòrpa an Iar, làmh-an-uachdair air sluaigh eile is mar a spùinn iad am beairteas. Ach tha a' chùis ag atharrachadh. Seo mar a tha an dàn a' crìochnachadh:

> Tha an saoghal gu iomlan a-nis fo dhaorsa an duine
> ghil - ach èist an fhuaim:
> Na fir dhathte 'n geall air saorsa, is sgìth de
> dhaorsairean thar chuain.
> Tha Breatann mhòr an èis a cutadh; earball
> a' pheucaig is e spìont;
> Ameireaga 's i air a putadh gu tur 's gu buileach as
> an t-Sìn;
> An Fhraing uaibhreach is i a' tuisleadh; a daorsan
> ceannairceach gun rian
> A' tulgadh mar an fhairge chuisleach; an Olaind
> rùisgte gu a bian;
> Cuprus, Ailgear, is Formòsa mar neacaidean thar
> sgil an lèigh;
> Lebanon 's Iòrdan 's iad a' sòradh ìoc o chumhachd
> ach iad fhèin;
> Na h-Afracandaraich air bhàinidh, mar rìgh Cnut
> air oir na tràgh'd,
>
> Don t-sruth-lìonaidh a' toirt àithne - ach a'
> teicheadh on tonn bhàtht.
> Co-fhlaitheas a-nis na h-Innsean; Burma saor,
> is fòs Sailon;

Ghàna nis air iùil do-innseadh; na h-Arabaich
aonaichte am bann.
An saoghal air udal is a' luasgadh mar
bheinn-theine ro an àm
Anns an sgàin i oirnn a h-uabhas: aibhnean
teinteach ruith nan deann.
Aibhnean nach bac cumhachd dhaoine; nach bac
rocaid 's nach bac bom;
Tha ar cumhachdan nas faoine an aghaidh sin na
borb fhear lom.
A dhuine ghil, is e do dheasgainn a chur
atmhoireachd san taois;
Dh'fhalbh do là, chiar ort feasgar; an oidhche
dùnadh nis air d' aois.

Ann an 1960 cuideachd thugadh am follais an dàn 'Bean dubh a' caoidh a fir a chaidh a mharbhadh leis a' Phoilis' (*Gairm* IX, 141), a tha toirt nar cuimhne nimh Iain Luim, ged a tha beagan de bhlas na rannaigheachd aig Deòrsa Caimbeul Hay air cuideachd. Seo an leth deireannach den dàn:

Tha an luchd bàn an-diugh làn aighear
'S tha mo phàistean-sa gun athair.

Is tha mo bheatha-sa nis falamh –
Ach ceadaich dhomh mum fàg mi 'n talamh,

air m' fhear-cèile an sin na shìneadh,
Nuair a thig mo mhic gu ìre

An èirig dhuinn airson ar dòrainn
Là rèidh a ghearradh sgòrnan;

Ghearradh sgòrnan nam fear fuileach,
Fuil mu m' dhòrnaibh suas gu uilinn.

A bhith gan reubadh is gam pianadh
Is deagh fhaobhar air mo sgian-sa.

Thoir là dhuinn gu saor a' pàigheadh
Fhir is mhnathan agus phàistean.

An luchd ghil a bhuail ar daoine;
Cuairt mun amhaichean de an caolain.

Cuairt de an caolain an àite cneapan,
Is siridh mi 'n sin taobh do leapach.

'S ann aig deireadh a là, ma thà, a lorg Donnchadh MacDhunlèibhe an guth cruaidh sgaiteach aige ann an da-rìribh, ged a tha e soilleir gur e an guth aige fhèin a bh' ann. Tha e glè iongantach gu sgrìobhadh duine bàrdachd cho glan lìomhte an dèidh aois ceithir fichead bliadhna, agus bu mhòr am beud nach do bhuail e an teud seo na bu tràithe. Tha mi a' smaoineachadh gun tug e misneachd as ùr dha ann an deireadh a là gun robh a' Ghàidhlig ga cleachdadh cho mòr air cuspairean ar là fhìn, agus thug *Gairm* toileachas anabarrach dha anns an rathad seo. Bha e fosgailte cuideachd do bhuaidh na bàrdachd ùir anns a' Ghàidhlig, mar nach robh iomadh duine na b' òige na e aig an taigh, agus is dòcha gun tug seo misneachd dha cuideachd.

Bha dàn fada, 'Ar Feasda,' aige ann an *Gairm* X, 24 (1961), anns a bheil e a-rithist a' beachdachadh air mar a tha an duine 'Ag itealaich air sgiathaibh sgaoilt, / a' cuartachadh a' chruinne-chè,' agus aig an deireadh tha e a' tionndadh gu ùmhlachd do Dhia: 'Tiodhlac an Chruithich aig do dheachd, / na sòr a uile a chur gu feum.' Tha beagan dhe seo cuideachd anns an dàn 'Am Fireach' (*Gairm* XII, III - 1964) ged is e obair Nàdair a th' aige san dealachadh:

> Tha a' chas a bha luaineach nis naisgte am
> buaraich,
> Chan urrainn dhomh gluasad gun am bata am
> dhòrn;
> Ach tha maise nam frìthean clò-bhuailte am
> inntinn;
> Maise nam frìthean 's mi gan dìreadh 's mi òg.
>
> O, àilleachd gun chrìoch a tha sìneadh gu fàire
> dh'arfuntaicht' le aois thu tur às mo shealbh;
> Ach dh'aindeoin gach caochladh nì aois orm ri m'
> mhaireann
> Ciod eile a chaochlas cha chaochail do dhealbh-s'.

'S ann mu dhà mhìos an dèidh don dàn seo nochdadh a chaochail e.

Gairm 119 (An Samhradh 1982): 257-268.

Seumas Mac a' Phearsain

Cha robh cus de Ghàidheil a rinn ainm cho mòr dhaibh fhèin nan là ri Seumas Mac a' Phearsain. Chan e gun robh an cliù uaireannan cho mòr ris an ainm, agus lean am moladh 's an càineadh e eadhon gus an là-an-diugh. Seo an duine a thuirt gun do dh'eadar-theangaich e a' bhàrdachd aig Oisean 's gun deach a' bhàrdachd sin a dhèanamh anns an treas linn A.D. Chaidh an obair aige eadar-theangachadh gun dàil gu Eadailtis is an ùine ghoirid gu cànanan Eòrpach eile, is bha fear dhe na leabhraichean sin aig Napoleon ri a làimh mus deigheadh e gu blàr. Tha fhios gur e seo a thug air Napoleon Acadamaidh Ceilteach a stèidheachadh ann am Paris. Cha chreid mi gun cuala mi dad mu dheidhinn Mhic a' Phearsain anns an sgoil, ach dh'innis Gearmailtich dhomh gum biodh iadsan ga leughadh anns an sgoil anns an linn seo fhèin.

Rugadh Seumas Mac a' Phearsain ann an Inbhir Tromaidh, ann am Bàideanach, ann a 1763. Bha e càirdeach don bhàrd Lachlann Mac a' Phearsain à Srath Mhathaisidh. Bha e na oileanach anns an dà Oilthigh a bha an uair sin ann an Obar Dheathain (King's agus Marischal), agus bha e na fhear-teagaisg, ann an sgoil 's ann an teaghlaichean, airson grunnan bhliadhnachan. Bha e anns an dreuchd seo an Dùn Èideann an 1758, agus thàinig duan fada, *The Highlander*, on chlò bhuaithe anns a' bhliadhna sin, agus bha dàin eile leis a' nochdadh anns an *Scots Magazine*. Chì sinn mar sin gun robh e, uidh air n-uidh, a' stiùireadh chun na h-obrach a sgaoil ainm air feadh an t-saoghail.

Balach a chaidh a thogail faisg air gearastan Ruadhainn ann am Bàideanach, far an deach an t-arm Seumasach ma sgaoil an dèidh Blàr Chùil-lodair, chan eil rian nach biodh e eòlach air a' chreich 's air a' bhriseadh dùil a dh'fhuiling na Gàidheil an dèidh Bliadhna Theàrlaich. A rèir coltais, chuir e roimhe, airson beagan bhliadhnachan co-dhiù, cliù nan Gàidheal a thogail às ùr tro a sgrìobhadh. Tha fhios gun robh buaidh cuideachd aig teagasg Thomas Blackwell air, nuair a bha e na oileanach an Obar Dheathain. Bha Blackwell air leabhar a chur a-mach ann an 1735 air beatha is bàrdachd Hòmair, agus a rèir coltais chuir Mac a' Phearsain roimhe epic a dhèanamh do na Gàidheil mar a rinn Hòmair do na Greugaich. Cha do ghlac *The Highlander* aire an t-sluaigh, ach chunnaic e rathad eile a' fosgladh.

Aig toiseach na bliadhna 1756 chuir fear Jerome Stone, maighstir-sgoile ann an Dùn Chailleann, an clò eadar-theangachadh bho laoidh 'Oiseanach' anns an Scots Magazine. 'S e 'Laoidh Fhraoich' a bha seo. Chan e eadar-theangachadh litireil a th' ann idir, 's chan e sin a bhiodh Stone a' feuchainn ri dhèanamh. Tha blas na h-ochdaimh linn deug air, ged a tha sgeulachd Fhraoich air a h-innse. 'S tha cha mhòr an aon bhlas air mòran den eadar-theangachadh a thàinig bho Mhac a' Phearsain. Tha fhios againn gun robh e fhèin a' teagasg greiseag am Baile a' Ghobhainn, faisg air Dùn Chailleann. Bha seo an dèidh do Stone bàsachadh, ach tha fhios againn gun deach e a shealltainn air ministear Lag an Rait ann an 1759. B' e seo athair Adhamh Fearghastan, a chuir Mac a' Phearsain ann an lùib John Home ann an 1759. Chuir Home ceistean air mu bhàrdachd Oisein, agus ann an dà là thill Mac a' Phearsain le eadar-theangachadh air cuid de na dàin sin. As dèidh sin chuir Home an lùib Ùisdein Blair e. Bha Blair ag obair anns an Oilthigh an Dùn Èideann, mar ollamh Rhetoric, agus is iongantach mur robh buaidh aige air pàirt de na sgrìobh Mac a' Phearsain. Chuir Blair fhèin a-mach *Critical Dissertation on the Poems of Ossian* ann an 1763 (ged nach robh Gàidhlig idir aige). Ach faisg air toiseach a' chàirdeis eadar Blair is Mac a' Phearsain, thàinig leabhran beag bhon chlò ann an 1760: *The Fragments of Ancient Poetry, Collected in the Highlands of Scotland, and Translated from the Galic or Erse Language*. Thog seo ùidh luchd-litreachais, agus cha b' fhada gus an deach airgead a chruinneachadh ach an deigheadh Mac a' Phearsain air feadh na Gàidhealtachd a chruinneachadh tuilleadh den t-seann bheartais litreachais seo.

Bha e air cagair mun cuairt gun robh epic fada ann an Gàidhlig, a thuilleadh air na laoidhean. Co-dhiù, fhuair e airgead a thug cothrom dha siubhal gu math farsaing a dhèanamh, air siorrachdan Pheairt, Earra-Ghàidheil is Inbhir Nis, air Muile is Uibhist is Beinn na Fadhla is an t-Eilean Sgitheanach. Tha fios againn bho Sheumas MacLàgain an Siorrachd Pheairt, agus tha e coltach gun do thog e làmh-sgrìobhainnean Gàidhlig an siud 's an seo: is dòcha pàirt de LSS Chloinn Mhuirich agus cuideachd Leabhar Deadhan Lios Mòir. Is dòcha gun shaoil e an toiseach gur e *epic* a bh' ann an leabhar an Deadhain, oir cha dèanadh e mòran adhartais air an leabhar annasach seo a leughadh, leis an litreachadh neònach a bh' aig an Deadhan.

Co-dhiù, le cuideachadh bho leithid Fear Srath Mhathaisidh, thòisich e a' cur ri chèile 'eadar-theangachadh,' agus ri tìde bha e fhèin is Ùisdean Blair an sàs còmhla (ann an Dùn Èideann) anns an sgioblachadh 's anns a' chur-ri-chèile a thàinig on chlò aig deireadh 1761 fon ainm *Fingal*. Cha b' fhada gus an do thòisich còmhstri: moladh is càineadh. Sgaoil seo a Shasainn gu luath, agus ann am bliadhna no dhà dhan Fhraing, 's dhan Eadailt 's dhan Ghearmailt. Thog Mac a' Phearsain a pheann a-rithist, is thàinig 'epic' eile, *Temora*, on chlò ann an 1763. Ach cha do chòrd seo idir cho math ri daoine, agus cha robh e idir cho dlùth ri dualchas nan seann laoidhean.

'S e an dlùths seo, na am fad, a dhùisg còmhstri a tha a' dol fhathast. Do dhuine aig a bheil eòlas air litreachas na Gàidhlig tha e soilleir gun robh eòlas aig Mac a' Phearsain air grùnn math de na laoidhean Oiseanach. Ann am *Fingal* tha cruth an 'epic' air a stèidheachadh air na laoidhean mu Gharbh mac Stàirn agus mu Mhànus, agus tha trì laoidhean eile air an cleachdadh gu deagh ìre: 'Turas Fhinn a Lochlainn,' 'Duan na h-Inghinn' agus 'Suirghe Oisein.' Tha grunn de laoidhean eile air an cleachdadh anns an dol seachad, agus ann am pìosan a chaidh fhoillseachadh air leth bhon *epic Fingal*. Uaireannan tha a' Bheurla meadhanach faisg air a' Ghàidhlig, ach gu tric chan eil iad ach a' suathadh ri chèile. Agus chuir Mac a' Phearsain mòran de rudan eadar-dhealaichte an taice ri na bloighean eadar-theangachaidh: nìghneagan ainglidh, ceò is stoirm, glinn is beanntan, tursachan is uamhan. Chòrd am measgachadh seo gu mòr ri luchd-litreachais a bha air an tarraing gu cuspairean romansach, agus bha gu leòr dhiubh coma co às a thàinig na duain seo: b' e an rud bu mhotha prìs gun robh iad ann, 's gun dùisgeadh iad sgrìobhaidhean ùra. Bha bàird Ghearmailteach mar Goethe is Herder den fheadhainn sin, Byron is Gray gu ìre, is ri tìde W. B. Yeats. Agus ghluais obair Mhic a' Phearsain mac-meanmain luchd-ciùil mar a bha Brahms agus Mendelssohn, is dealbhadairean leithid Alexander Runciman. Chan eil teagamh ann gun tug an obair 's an leudachadh farsaing seo inbhe às ùr do dh'Albainn, 's gu h-àraidh don Ghàidhealtachd, ann am beachd an t-saoghail.

Chan eil an ùidh sin air sìoladh air falbh eadhon anns an là a th' againn. Chan eil cho fada bho chaidh eadar-theangachadh Seapanais a dhèanamh (1971), agus eadar-theangachadh Ruiseanais (1983), agus reiceadh mìltean mòra dhe na dhà sin.

Ann an Albainn, chan eil teagamh nach do dhùisg obair Mhic a' Phearsain iomadh seòrsa saothair. Bha feadhainn ann a dheigheadh air a mionnan gur ann bhon Ghàidhlig a thàinig a h-uile lide a sgrìobh e, ach bha feadhainn eile ann a bha na bu chiallaiche na sin, ach a chuir romhpa gun cruinnicheadh iad na b' urrainn dhaibh de bhàrdachd Ghàidhlig, uaireannan ga chur an clò agus uaireannan ga fhàgail mar dhìleab againn. Bha Seumas MacLàgain iomraiteach anns an dòigh seo, agus gu leòr eile mar a bha Dòmhnall MacNeacail (a bha na mhinistear ann an Lios Mòr), Iain Mac a' Ghobhainn à Gleann Urchaidh, Alasdair Irvine agus Donnchadh Ceanadach. Uaireannan eile lean Iain Mac a' Ghobhainn fasan Mhic a' Phearsain ann a bhith a' cur Sean Dàna ri chèile (1787), le measgachadh de dhualchas 's de mhac-meanmain. Agus thàinig bàrdachd eile am follais, leithid 'Miann a' Bhàird Aosda' agus 'Mòrdubh,' a bha a' leigeil oirre a bhith sean. Ach tha aon nì cinnteach: dhùisg an ùpraid a bh' ann daoine gu bhith a' cruinneachadh 's a' beachdachadh air dualchas ar litreachais, agus chaidh mòran a shàbhaladh a bha air a dhol a dhìth mura b' e gun tàinig an dùsgadh sin.

A thaobh Mhic a' Phearsain fhèin, dh'fhàs e sgìth den chòmhstri, agus le na càirdean 's na h-eòlaich a lorg e, chaidh e an sàs ann an obraichean eile: obair gnothaich is obair stàit, eadar-theangachadh den *Iliad* (1773), eachdraidh Bhreatainn (1775), agus cruinneachadh a tha fhathast luachmhor aig luchd-eachdraidh, *Original Papers, Containing the Secret History of Great Britain* (1775). Bha e na bhall-Pàrlamaid, is rinn e fortan, is thog e taigh-mòr faisg air Cinn a' Ghiùthsaich, agus chaochail e anns a' bhliadhna 1796.

Mar eisimpleir air eadar-theangachadh meadhanach dlùth a bh' aige, faisg air toiseach *Fingal*, seo earrann ghoirid, air a leantainn le dà rann à seann laoidh:

> *(1): 'Rise,' said the youth, 'Cuchullin, rise: I see the ships of Swaran. Cuchullin, many are the foe: many the heroes of the dark-rolling sea.'*
>
> *'Moran!' replied the blue-eyed chief, 'thou ever tremblest, son of Fithil: thy fears have much increased the foe. Perhaps it is the king of the lonely hills coming to aid me on green Ullin's plains.'*
>
> (2): Eirich, a Chù na Teimhridh,
Chì mi luingeise do-labhradh,
Loma-làn nan cuan clannach
Do Luingeise nan allmharach.

Breugach thu, dhorsair gu muadh,
Breugach thu 'n-diugh 's gach aon uair,
'S e th' ann luingeis mhòr nam Maogh
'S iad teachd chugainne gar cobhair.

Breug is fìrinn an achlaisean a chèile: sin an seòrsa saoghal anns an robh Mac a' Phearsain beò.

Ainmeil an Eachdraidh. Deas. Ruaraidh MacThòmais (Glaschu: *Gairm*, 1997): 88-93.

Gàidhlig agus Poilitigs

Tìr na Gàidhlig ann an Linn na h-Ola

Tha sinn ann an suidheachadh annasach an-dràsta a thaobh staid na Gàidhlig ann an Albainn. Tha a' Ghàidhlig, mar gum biodh, a' fàs 's a' crìonadh aig an aon àm, agus a rèir 's dè an t-sùil a bheir sinn oirre gheibh sinn dà shealladh dhi a tha glè eu-coltach ri chèile. Gheibh duine an dà shealladh sin ann an Èirinn cuideachd, far a bheil Gaeilge a' crìonadh air taobh an iar na dùthcha agus nas trice air beul an t-sluaigh na shaoileadh tu an iomadh àite, oir thug na h-Èireannaich rud math de dh'urram dhi nan obair riaghlaidh, anns na pàipearan 's mar sin. Cha robh iad ga cumail a dh'aon ghnothaich airson Là an Naoimh Pàdraig, ach ga cur rid aghaidh gach uair a thadhladh tu Oifis Puist no àros-bus.

Ach ged nach do rinn sinn an t-adhartas sin tha an aon seòrsa spioraid beò ann an Albainn. Tha e dhìth oirnn ar gnè nàiseanta fhìn a ghlèidheil 's a dhìon, agus 's e an rud as motha tha toirt de dhòchas dhòmhsa an-diugh gu bheil mi faicinn an dìth agus an iarraidh seo air sluagh na dùthcha againn. Tha mòran ann an Albainn den bheachd nach fhaod sinn a' Ghàidhlig a leigeil bàs, air eagal 's gu leig sinn Alba bàs. Bu chòir dhuinn a bhith a' gabhail cothrom air a' chothrom sin.

Tha fios agam gu bheil mòran dhaoine air Ghalldachd an-diugh a tha ag iarraidh a' Ghàidhlig a ghlèidheil. Tha seirbhisich catharra ann an Taigh an Naoimh Anndrais an Dùn Èideann a tha deònach cuideachadh leinn; Goill a dh'iarradh tuilleadh Gàidhlig nar sgoiltean (agus seall an taice làidir a tha maighstirean-sgoile Gallda a' toirt don Ghàidhlig an Steòrnabhagh agus anns an Òban); luchd-sgrìobhaidh agus luchd-sgrùdaidh a tha a' cur fàilte air an litreachas ùr againn. Tha dùil agam gur ann nas motha bhios an gean seo a' fàs mar a bhios modhan riaghlaidh ag atharrachadh ann an Albainn.

Ach air an làimh eile tha an luchd-teagaisg (cus dhiubh) a chanas nach fhiach e an t-saothair tuilleadh, na pàrantan a tha cho dèidheil air foghlam anns nach bi lide de Ghàidhlig, na daoine air an cuireadh e masladh nan cluinnte a' bruidhinn Gàidhlig iad is daoine spaideil Beurla san èisteachd. Na comhairlichean-siorrachd an Inbhir Nis a sheas cho daingeann an aghaidh na Gàidhlig (agus is mise rinn an toileachas nuair a chuala mi gun d'fhuair paidhir dhiubh cùl na còmhla).

Mar as trice, chan eil mise a' coireachadh nan daoine a tha ag obair an aghaidh ar cànain mar seo. Tha fios agam gur ann tha a' choire air an rian a th' againn, an rian anns a bheil sinn beò ann an tìr na Gàidhlig. 'S e an rian tha ceàrr, chan e na daoine. Agus ma chuireas tu daoine ann an lùib galair, chan eil math bhith searmonachadh riutha 's gan càineadh a chionn 's gun do ghabh iad an galar. Mas e an rian tha ceàrr, chan eil air ach an rian atharrachadh.

Mus toir mi sùil air an rian sin, ge-tà, tha mi airson beagan a ràdh mun ghleac a th' againn uaireannan eadar glèidheadh agus leasachadh no fàs. Chan eil mi a' smaoineachadh an-dràsta air a' ghlèidheadh air am bi luchd nam pàipearan 's an T.Bh. a' bruidhinn cho tric: air a' ghlèidheadh sin a tha a' cumail obair air falbh, a' cumail dhaoine bho bhith dèanamh rudan anns an dùthaich aca fhèin, glèidheadh Ratharsair don Dotair Uaine, no taobh siar Rois do Wills, no taobh siar Chataibh do Vestey.[11] Tha feum againn air sùil gu math biorach 's gu math aognaidh a chumail air a' ghlèidheadh sin, ach 's e slaiceadh poilitigeach tha na daoine sin a' feumachdainn. Ach 's e th' agam an-dràsta glèidheadh de sheòrsa eile. 'S e sin glèidheadh a tha gu leòr a' smaoineachadh a tha ceart is deatamach a thaobh ar dualchais. Tha iad ann a dh'iarradh gach nì ann am beatha nan Gàidheal a bhith mar a bha e riamh, daoine a chumadh a' Ghàidhlig mar nàdar Clachain ann an Exhibition Ghlaschu, 1938.[12] Tha iad ag iarraidh na h-aon òrain a bhith againn a-chaoidh, gun sgàile-tionndaidh tighinn air a' bhàrdachd againn, daoine a bhith ag obair gun sgur air na seann sheanfhacail 's na tòimhseachain, ag innse nan aon sgeulachdan, a' caitheamh an aon aodaich, ag adhradh an aon iodhal-adhraidh 's a bh' aca riamh. Tha glèidheadh glè mhath do dhaoine sgìthe, ach 's suarach cho math 's a tha e mar phrionnsapal do dhuine a tha airson a bhith beò anns an t-saoghal mhòr. Tha glèidheadh math mar dhìon ach cha dèan e cosnadh dhuinn.

'S e rud cudromach tha seo a thaobh foghlaim. Bu chòir dhuinn a bhith air ar n-aire le rian foghlaim a tha a' leigeil a thaic ro mhòr air glèidheadh, air an t-seann nòs. Tha barrachd feum againn air òrain ùra na th' againn air seann òrain, math 's gu bheil iad. Tha barrachd feum againn air faclan airson 'oil rig' agus 'compressor' na airson 'cas-chrom' agus 'crùisgean.' Tha barrachd feum againn air

11 Uachdaran neo-làthaireach co-cheangailte ris na sgìrean seo: Dr John Green (Ratharsair), teaghlach Wills (Siar Rois), teaghlach Vestey (Cataibh). [nòta an deasaiche]

12 Mar phàirt den taisbeanadh, chaidh 'An Clachan,' baile Gàidhealach le taighean traidiseanta a thogail ann am Pàirc Bhaile Ùisdean an Glaschu. [nòta an deasaiche]

sgrìobhadh fa chomhair an là, no *journalism*, na air seann sgeulachdan. Chan e gu bheil mise cur an aghaidh ùidh a bhith againn ann an eachdraidh 's ann an sgoilearachd, ach aon uair 's gu stad cànan is litreachas a dh'fhàs tha iad a' tòiseachadh a' breothadh 's a' crìonadh.

Tha mi deimhinnte gun dèan sinn feum nach beag don Ghàidhlig le bhith ga leigeil ma sgaoil bhon t-seann saoghal, agus gu h-àraidh le bhith leigeil le daoine òga crathadh math thoirt dhi, le bhith dèanamh feum dhith son rudan a th' air an aire is faisg air an cridhe.

Tha seo fìor cuideachd a thaobh ar n-obair, 's ar caitheamh-beatha làitheil. Le linn na h-ola, tha leasachadh mòr a' dol a thighinn air a' Ghàidhealtachd: an taobh siar cho math ris an taobh an ear, Innse Gall cho math ri Sealtainn. Tha daoine ann fhathast a chuireadh an aghaidh seo, ach faodaidh tu bhith cinnteach nach eil obair a dhìth orra-san, no air an teaghlaichean. Co-dhiù, saoilidh mi nach gabhadh an obair ùr seo a mùchadh. Is dòcha gun gabh i srian is rian a chumail oirre. Ach is cinnteach gum bu chòir dhuinn a bhith a' cur fàilte air an obair ùir seo, leis a' chothrom fàis a thig na lùib, leis a' gheallltanas a th' aice air cothrom a thoirt don òigridh fuireach nan dùthaich fhèin mas e sin tha iad ag iarraidh. Mur cuir sinn fàilte air a' bheatha sin chan eil againn ach a bhith a' cumha os cionn na ciste.

Ach ma thig obair na h-ola, is tuilleadh dhith, dè seòrsa smachd bu chòir dhuinn a bhith againn oirre. Ma thèid sin fhàgail an urra ri companaidhean na h-ola, bheir iad luchd-obrach a-steach, togaidh iad bothain dhaibh, bidh òl is cearrachd is siùrsachd gu leòr ann, bheirear an ola gu tìr, reicear i, agus reicidh iad gu àite eile, a' fàgail lom-sgrios is daoine brùite às an dèidh. 'S e sin as ciall do dh'obair na h-ola mur bi smachd oirre, as bith an tig a' phrothaid gu companaidhean na h-ola no don Riaghaltas. 'S e tha dhìth oirnn obair a leanas, ola nach teirig ann am fichead bliadhna, agus gu seachd àraidh, an seòrsa riaghlaidh – riaghladh ionadail no nàiseanta, no riaghladh a dh'aon ghnothaich, riaghladh *ad hoc* – a nì planaichean le feuman na coimhearsnachd, uile fheuman na coimhearsnachd, san amharc. Chan eil e an comas companaidh ola seo a dhèanamh: tha iad a' smaoineachadh air am feuman fhèin, feuman an luchd-roinnean a tha ag iarraidh aon rud is aon rud a-mhàin, tuilleadh airgid.

'S e an rian 's am plana bu chòir dhuinne bhith lorg, plana air a dhèanamh le daoine tha faicinn gu bheil caochladh sheòrsachan coimhearsnachd sa Ghàidhealtachd, agus cuid dhiubh air an comharrachadh a thaobh cànain, agus gum bu chòir sin a chuimhneachadh, agus a thuigse. Bu chòir an obair a thoirt air aghaidh ann an dòigh rianail. Bu chòir taighean, is làraich thaighean a chur an tairgse dhaoine leis a' chiad chothrom ga thoirt do mhuinntir an àite. Bu chòir gum biodh obair na h-ola air a tairgse an-còmhnaidh anns na ceàrnan Gàidhlig do luchd na Gàidhlig, far an gabh seo dèanamh idir, an Sealtainn do na Sealtainnich, air a' chosta an ear do na Searaich. Anns a' chumantas co-dhiù – chan eil mi ag ràdh gu feumte an-còmhnaidh cead a dhiùltadh do Shealtainneach a bha ag iarraidh tighinn a dh'obair san Eilean Sgitheanach. Ma tha a leithid seo de phlana a' dol an aghaidh Achd nan Cinneach, bu chòir an t-Achd sin atharrachadh.

Agus bu chòir gun tugadh an ola na cois leasachaidhean mòra do shluagh dùthchail na Gàidhealtachd. 'S fhada bho chuala sinn mu linn an àigh a bha an Riaghaltas (seadh, an ath Riaghaltas) a' dol a thoirt chun na Gàidhealtachd. Chan e dìreach raon-cluiche do Phort-rìgh, no Dachaigh do na Seann Daoine air an Tairbeart. Chan eil mi ciallachadh dìreach rathad math bho depot na h-ola chun a' bhaile as fhaisge, seirbheis-adhair do dh'urracha mòra na h-ola, sgoil don cuid cloinne. 'S e tha dhìth orm coltas feabhais uile-thimcheall: ròidean mònach nas fheàrr do na bailtean, meadhanan cur-seachad, leabharlannan, sgoiltean nas fheàrr, colaistean son tuilleadh foghlaim le cùrsaichean an teicnic na h-ola agus teicnic an iasgaich, agus anns na sgilean tha feumach do luchd-obrach eile, meadhanan airson ealain na Gàidhlig, cothrom nas fheàrr air iasgach is a leithid (far a bheil cus bhàillidhean is gheamairean a' cur bacadh air daoine), meadhan son beachdan nan Calbhanaich a sgrùdadh, agus meadhanan son sgrùdadh beachdan nan Caitligeach agus creideamhan eile, meadhan son leabhraichean Gàidhlig a chlò-bhualadh 's fhoillseachadh, museum caitheamh-beatha an t-sluaigh, colaiste pìobaireachd 's a leithid sin.

Duine sam bith a chuireas air adhart beachdan den t-seòrsa sin, tha e dualtach gun tionndaidh daoine eile air 's gun can iad nach eil an sin ach rudan gun seagh, rudan 'sgìreachail,' gu feum sinn a bhith faiceallach nach cuir sinn an t-eagal air na companaidhean ola bhochda a tha a' caitheamh an uile mhaoin a' toirt na h-ola às a' chuan do Bhreatainn, no is dòcha gun cluinn thu feadhainn ag ràdh nach fhaod sinn 'meigh nam pàighidhean' a chur air uideal. Meigh nam pàidhidhean – abair iodhal-adhraidh. Ach feumaidh sinne leantainn ris na beachdan againn fhìn, agus an craobh-sgaoileadh. 'S ann againne as fheàrr fios dè tha dhìth oirnn, is dè bhiodh iomchaidh, agus ma bhios sinn duineil gu leòr thèid an là leinn.

Mar a thuirt mi mar thà, 's e an rian riaghlaidh tha ceàrr, chan e na daoine tha beò fon rian sin. Tha an rian riaghlaidh sin air a riochdachadh dhuinn ann an grunn dhòighean: (a' chiad dòigh) tron Riaghaltas, a tha fad air falbh, a' dèanamh nan laghan gun a bhith a' tuigsinn gur e àite air leth a th' ann an tìr na Gàidhlig, le feuman air leth; a-rithist tha an rian riaghlaidh ag obair tro sheirbheis na Stàit, tro na cùirtean, tron lagh; agus a-rithist, tro sheirbheisean foghlaim. Agus 's e sin na rudan a dh'fheumas sinn atharrachadh. Ma tha duine ann a tha ag obair le uile chridhe anns na riantan sin, chan eil fhios agam a bheil mòran feum ann do luchd na Gàidhlig. Ach tha gu leòr a tha ag obair annta, agus a' làn thuigsinn ciamar a tha iad ag obair, agus faodaidh iad sin feum mhòr a dhèanamh dhuinn. Agus tha feum againn air daoine a thuigeas ciamar a ghabhas an rian atharrachadh, agus ciamar a ghabhas rian nas freagarraiche a dheilbh.

Bu chòir dhuinn tòiseachadh gun dàil a' dèanamh nam poileasaidhean ùra a tha gu bhith freagarrach do shluagh na Gàidhlig. Poileasaidh airson luchd-obrach a tha siubhal bho àite gu àite, gus dìon a thoirt don choimhearsnachd, 's do chànan na coimhearsnachd, anns am bi iad ùine gheàrr; poileasaidh son sgoiltean a tha a cheart cho bàigheil don bhaile bheag 's do rian na tuatha 's a tha e don àrd-sgoil; poileasaidh air mar a bu chòir Gàidhlig a chleachdadh gu follaiseach, air postairean, air togalaichean, an ainmean shràidean is ròidean, air litrichean 's mar sin air adhart. Agus an uair a tha gach poileasaidh deiseil againn, bu chòir dhuinn a dhol a-mach air an t-sràid leotha, agus a-steach do chomhairlean sgìreachd is fo-chomhairlean nam mòr-roinn, bu chòir dhuinn an cur an cèill tre gach meadhan a th' ann. Agus bu chòir dhuinn comharradh a chur air duine sam bith a tha a' cur an aghaidh ar cainnt 's ar dualchas air a' Ghàidhealtachd. Ma tha taighean-òsta aca, rachamaid a dh'fheadhainn eile, ma tha garaids aca theirigeamaid don ath bhaile. Ma nì iad mothar nan guthan coimheach air na comhairlean againn bu chòir dhuinn am freagairt nar cainnt fhìn, agus cogais na dùthcha, cogais Albainn, a stuigeadh annta. Oir feumaidh cuimhne bhith againn gu bheil cogais Albainn leinn anns a' chùis seo, agus nas motha leinn mar a tha gach là ùr a' tighinn. Agus tha sin fìor cuideachd ann an còmhstri sam bith a tha 'g èirigh eadar an croitear Gàidhealach agus an t-uachdaran coimheach, no an t-uachdaran a dh'ionnsaich modhan is cainnt choimheach. Bu chòir dhuinn a bhith ag iarraidh barrachd smachd air fearann na Gàidhealtachd, mòran a bharrachd air na th' againn, ged a bha Riaghaltasan againn fad bhliadhnachan a bha a' leigeil orra gun robh cogais aca a thaobh còirichean fearainn is còirichean nan uachdaran.

Agus mur cuir sinn às don rian riaghlaidh a tha air a bhith againn, cuiridh e às dhuinne, mar a tha e air a bhith dèanamh fad ghinealaichean.

Dh'iarrainn Roinn an Leasachaidh an Dùn Èideann fhaicinn a' cur air bhonn buidheann-obrach a dhèanadh sgrùdadh air na cùisean sin, agus a bheireadh stiùireadh, oir tha na gnothaichean sin a' dol os cionn nan roinnean ionadail. Is gann gun do leig Bòrd Leasachaidh na Gàidhealtachd air idir gu bheil tìr na Gàidhlig ann, 's cha mhotha thug Riaghaltas gu cùirt iad ged a rinn iad dearmad air an dleastanas a thaobh dualchais is rian co-chuideachd na tìre sin. Tha beachd agam gu bheil mòran de shluagh Alba air ar taobh anns a' phuing seo, agus 's ann mar sin a tha mi ag iarraidh oidhirp Albannach.

Dh'fhaodadh a' bhuidheann-obrach sgrùdadh a dhèanamh air fìor fheuman nan coimhearsnachdan Gàidhlig ann an linn na h-ola. Ciamar a bhuineadh an leasachadh a thig bhon ola ri gnè nan roinnean Gàidhlig sin? Dè a' ghnè foghlaim a bhiodh iomchaidh dhaibh, dè an t-àite bhiodh aig a' Ghàidhlig ann am beatha an t-sluaigh, agus dè an t-àite bhiodh aice ann an Albainn gu h-iomlan? Agus dh'fhaodadh a' bhuidheann-obrach buidhnean beaga a chur air ghleus an siud 's an seo, gus sgrùdadh a dhèanamh air cuspairean sònraichte.

Chan e gum fàgainn gnothaichean an urra ri comataidh no buidheann sam bith. 'S ann aig daoine fa leth tha beachdan ùra is beachdan annasach, chan ann aig comataidh. B' ann mar sin a rinn sinn iomadh adhartas ann an saoghal na Gàidhlig anns an fhichead bliadhna chaidh seachad, 's anns na ficheadan roimhe sin. Is urrainn dhuinn, nar dòighean fhìn, rudan a spreòdadh air Buill Pàrlamaid, air comhairlean, air buidheann sam bith aig a bheil ùghdarras. Mar sin tha mi dol a thoirt tarraing air rud no dhà a dh'fhaodadh aon duine, no còmhlan beag, a dhèanamh, an siud 's an seo air feadh na dùthcha.

Tha rud math de dh'obair a dh'fhaodamaid a dhèanamh air a' Ghàidhlig fhèin, abair air na faclan a ghabhadh cleachdadh timcheall obair na h-ola. Chan eil sinn buileach falamh idir, nuair a smaoinicheas tu air na bha de Ghàidheil ag obair ann an gàrraidhean shoithichean agus mar innleadairean ann am bàtaichean agus ann an iomadh seòrsa obair eile. Cha b' fhuilear dhuinn cleachdadh na bu shuidhichte a bhith againn a thaobh coinneamhan a chumail tro mheadhan na Gàidhlig, agus cothrom a-nis aig feadhainn de na comhairlean againn barrachd Gàidhlig a bhith aca. A-rithist, cha bu mhiste ar luchd-turais barrachd Gàidhlig fhaicinn 's a leughadh, gun luaidh air a cluinntinn, agus tha beagan sgioblachaidh ri dhèanamh mus cuir sinn gach cairt menu an òrdugh, 's mun deilbh sinn postairean is sanasan a bhios freagarrach. Cha b' fhuilear dhuinn stiùireadh a thoirt seachad anns na cùisean seo do Ghoill 's do choigrich a tha feumach air. B' fheàirrde sinn cuideachd barrachd de shanasan-reice Gàidhlig fhaicinn am pàipearan 's air ballachan, agus eadhon air filmichean 's ann an taighean-dealbh. Cha bhiodh e às an rathad nan dèanadh na leabharlannan air a' Ghàidhealtachd barrachd feum de Ghàidhlig air postairean agus tro bhith a' cur air adhart leughadh bàrdachd agus deasbad mu sgrìobhadh. Agus cha b' fhuilear do na leabharlannan air feadh Alba barrachd de leabhraichean Gàidhlig a bhith aca. Bhiodh iad aca nan iarradh daoine sin orra.

Faodaidh sinn mòran a dhèanamh gus barrachd Gàidhlig a chur an cleachdadh timcheall oirnn, air soidhnichean, abair, no ann am formaichean leithid clàr nan subsadaidh. Is cinnteach gum biodh e na b' fhasa tuilleadh subsadaidh fhaighinn tro Ghàidhlig na tro Bheurla. Am bu chòir dhuinn cead T.Bh. a phàigheadh mura faigh sinn prògraman Gàidhlig? Ach ged a phàigheadh, nach eil còir againn an cead fhaighinn sgrìobhte an Gàidhlig, ma 's e Gàidhlig as cainnt dhuinn? Agus tha obair gu leòr ri dhèanamh cuideachd ann a bhith a' cur ri chèile thagraidhean no ath-chuingean, abair air staid is inbhe na Gàidhlig ann an sgoiltean 's an eaglaisean, 's an cùirtean lagha.

A measg rudan eile a dh'iarrainn fhaicinn a' tighinn gu buil a dh'aithghearr tha companaidh dràma. 'S e còmhlan beag a tha na mo bheachd le daoine a shealladh ri gnothaichean oifis is gnothaichean teichniceach, agus grunnan a bhiodh an sàs anns an dràma, eadar dealbhan-cluiche is revue, is pantomime, is leughadh bàrdachd, is iad a' siubhal air feadh na dùthcha, a thuilleadh air a bhith ag obair air T.Bh., no a' dol a dh'Èirinn is dòcha corra uair. Dh'fhaodadh còmhlan den t-seòrsa seo cuideachd airgid fhaighinn bhon Bh.B.C., bho Roinnean Ionadail (son obair anns na sgoiltean) agus bho Chomhairle nan Ealain an Albainn, no eadhon bhon Bhòrd Leasachaidh fhèin. Ach bu chòir dha bhith air leth bhuapa sin uile. Dh'iarrainn gum biodh àite aig a' chòmhlan dhaibh fhèin, is dòcha am Beinn na Fadhla, bus ri bus ris an Arm.

Chan eil an sin ach taghadh de rudan a dh'fhaodadh sinn a bhith a' dèanamh, no a' strì ri thoirt gu bith. Tha feadhainn dhiubh a dh'fhaodadh An Comunn Gàidhealach a ghabhail os làimh, agus feadhainn a bhiodh na b' fheàrr an làmhan eile, is dòcha an làmhan chòmhlanan glè bheag. Tha mi 'n dòchas gun tog duine an siud 's an seo feadhainn de na puingean sin, 's gu faic sinn air sgàth sin adhartas a' sìor thighinn air staid ar dùthcha. Chan eil mi fhìn gun dòchas, agus tha mi dol a chrìochnachadh le sreathan a chuir mi ri chèile as t-Earrach:

Tha crathadh de dh'aol anns an Earrach seo
air an talamh donn,
com na dùthcha sgìth
le mùchadh sneachda,

'caistealan liath' air a stormadh le iarann,'
ach crathadh aoil a-nis.
Ged tha toinneamh anns an fheur,
marbh-bhrat na bliadhna 'n-uiridh,
tha 'm beò anns an ùir,
beò-aol a bheir fhathast crathadh oirnn.

'S e giorrachadh tha seo air òraid a thugadh seachad aig Còmhdhail Bhliadhnail a' Chomuinn Ghàidhealaich an Dùn Dèagh, air 10. 5. 1974. Chaidh a chraobh-sgaoileadh air a' Bh.B.C. an dèidh sin.

Gairm 87 (An Samhradh 1974): 209-216.

Òrdugh Puist an Gàidhlig

Air an teirm seo chaidh, anns an dàrna clas no an dàrna ceum de Ghàidhlig (Gaelic Higher), bha sinn a' dèanamh rannsachadh air Gàidhlig an là-an-diugh, agus gu h-àraidh air mar a ghabhadh a' Ghàidhlig a cleachdadh ann an gnothaichean oifigeil. Bha còignear oileanach anns a' chlas, Catrìona NicLeòid à Barraigh, Mòr NicSuain à Glaschu, Mòrag Stiùbhart à Griomasaigh, Daniel MacFhionghain à Leòdhas agus Dòmhnall MacIllEathain à Taobh-siar Rois. Agus thàinig bileag bho Fhear-gun-ainm, ged a thog sinn gur ann taobh Gheàrrloch a fhuair e 'm bainne. Bha iad gu lèir den bheachd gun gabhadh mòran a bharrachd de dh'fheum a dhèanamh den Ghàidhlig, 's bha iad glè dheònach an inntinnean a chur an sàs anns an rannsachadh.

Thòisich sinn le bhith a' toirt breith air sanasan mòra a nochd anns na pàipearan nuair a bha taghadh luchd comhairle aca anns na h-Eileanan Siar. Bha sinn den bheachd nach biodh e furasta don t-sluagh tuigse dè bhathas ag ràdh anns na sanasan Gàidhlig sin, agus gur h-ann a ruaigeadh seo daoine gu na sanasan Beurla. Shaoil sinn mar sin gum biodh e glè fheumail nam biodh grunn dhaoine an sàs ann an obair eadar-theangachaidh den t-seòrsa seo, agus gum faigheadh daoine beagan cothrom deasbaid mus deigheadh an rud a chur an dàrna taobh.

Gus sealltainn mar a dh'fhaodadh seo a bhith air obrachadh, chuir sinn romhainn eadar-theangachadh a dhèanamh air Òrdugh Puist,[13] agus nuair a bhiodh e deiseil,

13 Òrdugh puist ('postal order' anns a' Bheurla): dòigh airson airgead a chuir do chuideigin tro phost, coltach ri seic. [nòta an deasaiche]

a chlò-bhualadh, ach an toireadh daoine eile seachad am beachdan air. Shaoil sinn gun robh e cho math an t-òrdugh eadar-theangachadh, ged a bhiodh e na b' fhasa ann an dòigh a sgrìobhadh às ùr, oir cha robh comasan luchd-lagha againn, agus 's e eadar-theangachadh as dòcha bhith air a thairgse dhuinn nuair a thig piseach mar seo air cleachdadh na Gàidhlig.

Fhuair gach fear is tè leth-bhreac de òrdugh puist, is thug iad ionnsaigh air aig an taigh, 's bha làn chothrom aca an comhairle a chur ri càirdean. Thàinig sinn an uair sin gu chèile, agus 's e an rud a b' annasaiche a bhuail thugainn gun robh sia dòighean air cha mhòr gach nì a ràdh. Nan robh dusan againn air a bhith an sàs ann, shaoilinn gum biodh sinn air dòigh no dhà eile a lorg cuideachd.

Chuir sinn co-dhiù dà uair a thìde seachad a' tighinn gu còrdadh, agus chì sibh an còrdadh air na duilleagan tha romhaibh. Ach 's fheàrr dhomh beagan den mhì-chòrdadh a chur air ur beulaibh cuideachd, oir tha gu leòr ri ionnsachadh bhuaithe. 'S e aon rud a tha ri ionnsachadh cho saidhbhir 's a tha comasan na Gàidhlig, agus 's e rud eile gu bheil cnapan-starraidh an-còmhnaidh anns an t-slighe aig an eadar-theangair.

Eisimpleir no dhà, ma thà, den eas-còrdadh:

> Mu choinneamh 'Not Negotiable' bha
> iad seo, (1) Neo-shannta (2) Do shannta
> (3) Chan eil seo malairteach
> (4) Chan fhaod seo a bhith air atharrachadh
> (5) Do-mhalairte (6) Neo-ghnothaicheil. Agus thagh
> sinn do-mhalairteach.

Mu choinneamh 'Received,' bha iad seo, (1) Fhuaireadh (2) Phàigheadh e (3) Pàighte (4) Air fhaighinn le (5) Fhuair mi (6) Fhuair, agus an dèidh beagan conaltraidh thagh sinn 'Air fhaotainn le,' ged nach robh seo aig duine againn air na duilleagan.

Mu choinneamh 'Counterfoil,' bha iad seo, (1) Ath-leithid (2) Ath-dìon (3) Cuidhteas (4) Dearbhadh (5) Frith-bhileag (6) Duilleag malairt. Ach thug sinn an aire gur e comhdhuille a bha na h-Èireannaich a' cleachdadh, agus b' e an aonta gus an tàinig sinn 'Comh-dhuilleag' a chleachdadh.

Tha beagan fealla-dhà ann an obair den t-seòrsa seo, agus thog seo ceann nuair a chuir tè de na caileagan air adhart mar eadar-theangachadh air 'Whether crossed,' 'An robh crosta.'

'S e bha dhìth oirnn gum biodh na facail a thaghadh sinn (a) sìmplidh (b) soilleir. Ach chan fhaodadh iad fiaradh a chur ann an seagh nan riaghailtean etc., agus tha cogadh ag èirigh uaireannan eadar sin agus sìmplidheachd.

Ma tha duine den luchd-leughaidh deònach sgrìobhadh thugainn mun obair seo, bheir sinn am follais am beachdan anns an ath àireamh.

Gairm 99 (An Samhradh 1977): 245-247.

Bile na Gàidhlig

Air Dihaoine an 13mh là den Ghearran, 1981 ('s nach math a thaghadh an là) thug Dòmhnall Stiùbhart P.C., B.P. Bile air beulaibh Taigh nan Cumantan, gu bhith air a leughadh an dàrna turas. Mar tha fhios againn, cha deach leis, oir cha robh buill Pàrlamaid gu leòr an làthair, mar as tric tha tachairt air Dihaoine no air là eile. Ged a chailleadh an oidhirp sin, s fhiach dhuinn sùil a thoirt air a' ghnothach. Dh'fhaodadh gu bheil rud no dhà ri fhoghlam bhuaithe.

An toiseach, cha robh a' Bhile air a chur ri chèile cho cùramach 's a dh'fhaodadh. Tha Dòmhnall Stiùbhart seòlta a thaobh poilitigs, ach chan eil e cho fiosrach sin a thaobh ghnothaichean Gàidhlig, agus is dòcha nach robh an fheadhainn a bha ga chomhairleachadh seòlta gu leòr a thaobh poilitigs co-dhiù.

Cha robh e duilich do na buill a bha làthair an Taigh nan Cumantan rudan cearbach a lorg anns a' Bhile, agus 's e an fheadhainn a bha air a thaobh bu mhotha a lorg ann. Nam measg bha Raibeart MacIllFhinnein, B.P. Chataibh is Ghallaibh, a bha gu math fada air taobh a' Bhile, agus Màrtainn O Nèill (Sruighlea a Sear agus Clach Mhanainn). Bha e gu h-àraidh duilich do mhòran a bha an làthair gabhail ris an roinn den bhile a bha tagradh cead Gàidhlig a chleachdadh ann an cùirt sam bith an Albainn. Bha e air a bhith na bu chiallaiche a leithid sin fhàgail as, oir chan eil e gu mòran feum cus iarraidh 's gun dad idir fhaighinn.

Thog an roinn den bhile a bha a' dèiligeadh ri foghlam còmhstri cuideachd. Cha robh e soilleir anns an roinn (den bhile) an e foghlam Gàidhlig no foghlam tro Ghàidhlig a bha ga iarraidh, agus ann a bhith a' gabhail a-steach àiteachan cho eadar-dhealaichte ri Roinn na Gàidhealtachd agus na h-Eilean Siar, bha e soilleir nach gabhadh an aon rud a dhèanamh gu coileanta anns gach àite. Bha gearan ann nach robh na roinnean-dùthchail air an dèanamh soilleir gu leòr, agus cuideachd cha robh e glè shoilleir ciamar a bha an lagh ùr seo gu bhith dealaichte bhon lagh a th' ann (oir tha cothrom aig daoine *air a' Ghàidhealtachd* mar thà foghlam Gàidhlig iarraidh dhan cuid cloinne, agus tha sin ga thoirt dhaibh anns a' chumantas).

Cha do thogadh mòran còmhstri a thaobh na roinne (sa bhile) a bha ag iarraidh gum biodh Gàidhlig air a cleachdadh ann am formaichean 's a leithid, ged a bha feadhainn a bha an aghaidh a' bhile ag ràdh nach tugadh an roinn seo air Ministear Riaghaltais dad a dhèanamh nach dèanadh e as a h-aonais. Agus cha robh mòran deasbad ann mu chomataidh airson Gàidhlig air Rèidio is TV, agus is dòcha nach robh mòran brìgh anns an roinn seo co-dhiù.

Is dòcha, ma thà, gun robh am Bile rudeigin lag, 's gum b' fheàirrde e mòran smaoineachaidh a dhèanamh mu a leithid. Ach dè mu dheidhinn an smaoin a bha air chùl a thoirt gu Pàrlamaid an Westminster idir?

Tha An Comann Gàidhealach o chionn bliadhna no dhà air a bhith a' dèanamh mòran othail mu na Buill Pàrlamaid a tha air taobh na Gàidhlig. Aig Mòd Pheairt chuir iad bileag a-mach le na h-ainmean aca, agus dè nach dèanadh na seòid sin nam faigheadh iad cothrom. Tha e coltach an dèidh sin nach tàinig ach triùir dhiubh gu coinneamh a chumadh dhaibh am Peairt aig àm a' Mhòid.

Cuiridh sinn sìos an seo ainmean nam Ball Pàrlamaid a bha gu bhith nan curaidhean ann am Blàr na Gàidhlig, agus cuiridh sinn † ('s e sin *Requiescat in pace*) mu choinneamh gach duine nach do thog ceann anns a' bhlàr:

Dòmhnall Stiùbhart
Hamish Gray
John A. Corrie †
Russell Johnston †
Robert MacLennan
John J. Mackay
Alick Buchanan-Smith †
Hector Monro †
Albert McQuarrie
J. A. Stewart †
Alex Pollock
Bruce Millan †
Frank McElhone †
Hugh D. Brown †
Norman Buchan †
Dennis P. Canavan †
David Steel †
Geraint Howells †
David Alton †
Alex Fletcher
Lord James Douglas-Hamilton †
M. Ancram †
William Whitelaw †
Edward Taylor †
Harry Ewing †
Gregor Mackenzie †

John Smith †
J. Dickson Mabon †
J. Maxton †
Alan J. Beith †
Joe Grimond †
Gordon Wilson

Chì sinn mar sin gur e ochdnar den chath-bhuidhinn ainmeil anns an robh dà dhuine dheug ar fichead a ràinig an cath (25%). Bhruidhinn fear dhiubh gu làidir an aghaidh a' bhile ged a thug e bhòta dha (b' e sin Iain MacAoidh, Earra-Ghàidheal).

Faodaidh sinn a-nis an ciadad a chur sìos mu choinneamh nam Pàrtaidhean, ach cha ghabh sinn gnothach ach ri Buill Pàrlamaid do roinnean Albannach anns a' chunntas seo. Bidh cuimhne aig ar luchd-leughaidh gun robh gach Pàrtaidh ann an Albainn a' gealltainn taic a thoirt don Ghàidhlig ron Taghadh mu dheireadh. Seo mar a rinn iad nuair a fhuair iad an cothrom:

	Àireamh an Albainn	An làthair	(%)	Air taobh	An aghaidh
Làbaraich	43	6	(14%)	6	0
Tòraidhich	22	7	(32%)	5	2
Libearalaich	3	0	(0%)	0	0
SNP	2	2	(100%)	2	0

Ach cha robh a' chùis air fhàgail an urra ri Buill Pàrlamaid Albannach. Bha 60 duine an làthair, a' cunntadh luchd-innse nam bhòtaichean, agus cha robh ach 15 dhiubh sin à roinnean Albannach.

Bha e gu math soilleir nach robh a' Bhile seo gu bhith air a leigeil tron Phàrlamaid. Nan robh barrachd air a bhith an làthair, faodaidh sinn a bhith cinnteach gun robh an Riaghaltas air barrachd de Bhuill Pàrlamaid Shasannach a chuipeadh a-steach. Eadar sin agus *filibuster* (rud a rinn iad co-dhiù, gu h-àraidh Alex Fletcher agus Douglas Hogg, mac Hailsham) cha robh an Riaghaltas air am bile seo a leigeil troimhe.

Is dòcha nach cluinn sinn mòran tuilleadh mu dheidhinn "Without support for Gaelic at Westminster the language has no chance of survival" (bileag a' Chomainn Ghàidhealach). Tha dòigh eile air na figearan seo shuas a leughadh.

Gairm 114 (An t-Earrach 1981): 111-114.

Dibhearsan agus Aoir

Theab Mi a Leughadh (1)

(Duilleagan do leughadairean nach eil buileach fileanta)

Cha tèid thu fada ann an Albainn an-diugh gun coinneachadh ri duine a tha ag ionnsachadh Gàidhlig, agus nach eil buileach fileanta fhathast. Bidh an dàrna duine ag ràdh "Chan eil duine agam a bhruidhneas Gàidhlig rium," agus tè eile "Tha mi a' lorg leabhraichean a bhios furasta an leughadh."

Ach cuimhnich: ma tha cù no cat agad, faodaidh thu Gàidhlig a bhruidhinn ris. "Ach," arsa tusa, "am bruidhinn esan Gàidhlig riumsa?" Uill, bruidhnidh e a Ghàidhlig fhèin riut, agus cha bhi e fada gus an tuig e dè tha thu ag ràdh. Agus rud eile: cha bhi eagal ort gun tòisich e a' fanaid, no a' gàireachdainn. Bruidhinn thusa ris a h-uile là airson còig no deich mionaidean. Agus mur eil cù no cat agad, faigh fear, no dealbh de dh'fhear.

Leabhraichean a-nis. Tha e glè fheumail leabhraichean beaga cloinne a leughadh gus am fàs thu fileanta. Leabhraichean le dusan facal air an duilleig an toiseach. Agus an uair sin leabhraichean le leth-cheud facal. Agus an uair sin sgeulachdan cloinne. Agus an uair sin leabhar mar *Bùrn is Aran*, far a bheil a' Ghàidhlig sìmplidh agus na sgeulachdan sgileil.

Fàsaidh an cù sgìth ma bhios tu na do shuidhe ro fhada a' leughadh. Faigh iall (ma tha thu a' fuireach ann am baile-mòr) agus falbh cuairt leis. Nuair a tha thu a' dol sìos an rathad can ris: "Siud an taigh aig Pòl MacFuirich,[14]

14 Paul McStay sa Bheurla, cluicheadair ball-coise ainmeil anns na 1980an. [nòta an deasaiche]

a tha a-nis a' cluich aig Monaco." no "Thèid sinn dhan a' bhùth is ceannaichidh sinn pacaid crisps." Agus faighnich dha, "Dè a' phrìs a tha pacaid crisps?" Mura freagair e, innis dha, "Tha còig-sgillinn-deug" no nuair a thig thu a-mach às a' bhùth can ris "A bheil thu ag iarraidh crisp?" Agus tuigidh tu a fhreagairt glè mhath.

Chan eil an cat math air cuairt a ghabhail. Is fheàrr leis laighe anns a' ghrèin, a' dùnadh a shùilean 's gam fosgladh an-dràsta 's a-rithist. 'S e iasg as fheàrr leis na crisps. Faighnich dha dè an seòrsa as fheàrr leis: adag no sgadan no breac no trosg no sgait. Is iongantach gun can e dad ach "Miaow," ach tha sin a' ciallachadh "Is caomh leam a h-uile iasg a chunnaic mi riamh. Falbh is faigh iasg a-nis agus cha bhi mise fada ga ith."

Nuair a bhios tu a' dèanamh sin, feuch gu seinn thu 'Balaich an iasgaich,' no gun dèan thu dannsa bheag le na facail 'Adagan is sgadan agus breac is trosg is sgait,' no 'Sgait is breac is sgadan agus adagan is trosg.'

Gairm 160 (Am Foghar 1992): 312-313.

Air an Spiris, *Gairm* 53

Sgrìobhte còmhla ri Fionnlagh Iain MacDhòmhnaill

A bheil Ombudsman a dhìth oirnn air a' Ghàidhealtachd? Chan eil sinn idir a' ciallachadh an duine sin a tha Pàrlamaid Lunnainn an dùil a chur an sàs, ach Ombudsman dhuinn fhìn, fear a bheireadh am follais gach cànran a th' againn an aghaidh ar luchd-riaghlaidh 's ar luchd-stiùiridh air a' Ghàidhealtachd, agus ann an àite sam bith far a bheil caitheamh agus ana-caitheamh gan dèanamh air a' Ghàidhlig. Tha sinn an dùil gur e duine feumail a bhiodh ann.

Nach iomadh gearain a dh'fhaodadh e dhèanamh. Dh'fhaodadh e casaid a dhèanamh air sgàth nam pìobairean an aghaidh an t-sluaigh a dol gu èigheach is seanchas cho luath 's a chì iad pìobaire air àrd-ùrlar ann an talla. Mar pheanas dh'fhaodadh e na daoine sin a chur ann an rùm beag le dà accordion dheug a' seirm nan cluasan a là 's a dh'oidhche. Chan eil teagamh cuideachd nach fheumadh e dèiligeadh ris an fheadhainn a bhios a' sgrìobhadh mu ghnothaichean eaglaise ann an *Gasaid Steòrnabhaigh*. Cha bhiodh leigheas orrasan ach an cur cola-deug do dh'eaglais Easbaigeach a dhustadh 's a ghlanadh nan ìomhaighean. Tha rithist ann na daoine nach cùm camara TV còmhnard air Oidhche Dhihaoine a' Mhòid. Dè ghabhas dèanamh riuthasan? Chan eil a' cheist seo duilich a fuasgladh. An cur fad mhìos do Sheòmar nan Naidheachdan anns a' BhBC, a leughadh nan naidheachdan Gàidhlig, fhad 's a bhios Cailean MacCoinnich agus Coinneach MacDhòmhnaill a' leigeil an anail ann am Majorca. Bu mhath leinn cuideachd gun togadh an duine seo gearain an aghaidh nan daoine nach bi a' leughadh *Gairm* - agus gun cuireadh e orrasan mar pheanas *Gairm* a leughadh.

Ach cò thaghadh an duine seo, agus dè an t-ainm a bhiodh air? Nam b' e an Comunn Gàidhealach a thaghadh e cò dhèanadh casaid an aghaidh a' Chomuinn? A thaobh ainm, cha bhiodh sin duilich a lorg. Gheibheadh e ainmean gu leòr aon uair 's gun rachadh e an sàs anns an obair seo air Ghàidhealtachd.

'Air an Spiris,' *Gairm* 53 (An Geamhradh 1965): 9.

Air an Spiris, *Gairm* 182

Tha còmhradh gu leòr a' dol mun Dùn ùr, Dùn nam Mìle Bliadhna, ge bith an e Dòm Mhandelson no Dùn Vandalson a bheir sinn air.

An dùil am bu chòir seachd ceud millean, no 's dòcha mìle millean, a chosg air teanta ann an Lunnainn? Agus a lìonadh an uair sin le Seapanaich is Taiwanaich?

Ma tha mu sheachd millean duine ann an Lunnainn, dè mu dheidhinn £12 an duine a chur ann an teanta dhaibhsan, agus le còig millean ann an Albainn £12 x 5, 's e sin 60 millean a thoirt do Mhac an Deòir ach an tog e bothan aig a' Chrois Naoimh ann an Dùn Èideann?

Agus tha iomadh àite eile a dh'fhaodadh togalach air choreigin fhaighinn, abair ìomhaigh cloiche de Kenny Dalglish anns a' Chaisteal Nuadh ann an ceann a tuath Shasainn, no ìomhaigh de Teddy Taylor ann am Brighton.

Cha bu chòir Leòdhas fhàgail gun a dhòm fhèin, agus cha bhiodh e tuilich taigh-dubh speisealta a thogail le dà mhillean. Ach bhiodh còmhstri ann mu dheidhinn càite am bu chòir a thogail: is dòcha aig Ceann-shuas Gharraboist, le cead Dhòmhnaill Mhic an Deòir. Chan e gun còrdadh seo ro mhath ris na Siaraich agus na Nisich, gun luaidh air muinntir Steòrnabhaigh, agus tha Dùn aca ann an Càrlabhagh mar thà.

Ach nach fhaodadh referendum a bhith aca ann an Leòdhas air a' cheist seo: Taigh-dubh ann an Garrabost (1) Tha (2) Chan eil (3) Tha agus Chan eil.

Agus dh'fhaodadh a phròiseact fhèin a bhith aig gach eilean is sgìre.

Bhiodh sinne toilichte aig *Gairm* litrichean fhaighinn air a' chuspair seo, a' cur air adhart beachdan adhartach airson dùin air feadh na Gàidhealtachd gu lèir. Agus ma tha sibh airson leth-mhillean a chur thugainn togaidh sinn carragh-cuimhne beag air choreigin mu choinneamh an dorais againn air Sràid Bhatairliù, air neo iarraidh sinn air urracha mòra Ghlaschu ainm na sràide atharrachadh gu Sràid Ghairm. Cha chosgadh sin ach cairteal a mhillean, 's bhiodh rud air fhàgail aig na comhairlichean airson trup gu ruig Trinidad no àite bòidheach eile.

Tha sinn an dòchas co-dhiù gun tog an Riaghaltas na puingean cudromach a th' againn an seo, agus gum faic sinn ìomhaighean milleanach / milleananach ag èirigh air feadh na dùthcha, no (nas fheàrr buileach) air feadh nan dùthchannan.

'Air an Spiris,' *Gairm* 182 (An t-Earrach 1998): 105-106.

RUD LAIGH

Bun-sgoil an Siorrachd Phembroke

Làmh-an-uachdar aig a' Chuimris

Bùth bhrògan

Ni sinn a' chùis gun Bheurla

'Rud air na Laigh Sùil,' *Gairm* 81 (An Geamhradh 1972): 46-47.
Le dealbhan-camara a thog Ruaraidh MacThòmais anns a' Chuimrigh.

AIR NA SUIL

le R. McT.

Glé mhath

Obh, obh !

Beurla ri talamh

— 47 —

BODAICH NA FRAINGE

le Ruaraidh MacThòmais

Gun fhios nach saoil cuid gu bheil an Fhraing làn de bhoireannaich eireachdail is caileagan èasgaidh, chuir mi sùil a' chamara air feadhainn de na bodaich aca. Tha iad cho math ri gin a chìtheadh duine aig an taigh. Seo taghadh dhiubh.

Imich air mo chùlaibh a Shàtain (Bordeaux)

34

'Bodaich na Frainge,' *Gairm* 141 (An Geamhradh 1987): 34-35.
Le dealbhan-camara a thog Ruaraidh MacThòmais anns an Fhraing.

Bodaich ann an Cognac

A' Cuimhneachadh Dhaoine

Eachann MacÌomhair

(lèirmheas air Karl Miller [deas.]: *Memoirs of a Modern Scotland*)

Tha còig bliadhna fichead bho choinnich mi an toiseach ri Eachann MacIomhair, agus tha deagh chuimhne agam air an àm 's air an ionad. B' ann aig coinneimh phoilitigich an Talla a' Bhaile an Steòrnabhagh a bh' ann, agus bha mi air mo ghuth a thogail às leth nan Nàiseantach, ged nach robh duine aca a' feuchainn a-steach don Phàrlamaid (anns na h-Eileanan) aig an àm sin. Thàinig Eachann a chòmhradh rium an dèidh na coinneimh, oir bha sinn den aon bheachd anns a' chùis sin. Bha mi air gu leòr a chluinntinn mu dheidhinn: bha e fhathast iomraiteach airson rudan a thubhairt e mu Leòdhas agus mun ghrèim a bha aig an Eaglais air Leòdhas, agus bha gu leòr a' smaoineachadh gur e bleigeard a bh' ann. Cealgaire a chanadh dad a chuireadh sìos air Leòdhas agus air an Eaglais a stèidhicheadh anns an là a leagadh bunaitean an domhain.

Chunna mi uair no dhà e air an t-samhradh sin, is chan fhaca cus tuilleadh gus an deach mi a Dhùn Èideann ann an 1948. Bha fhios agam an uairsin gun robh gràdh Leòdhais gu domhainn na chridhe, is nach robh e gun spèis don Eaglais. Ach bha e air fàs eòlach air a bheachdan a leigeil ma sgaoil gun sùil ro gheur, no co-dhiù ro mheata, a thoirt air a' chuideachd, agus mar sin cha robh e a' tighinn ri càil a h-uile duine. 'S e duine gun gheilt na nàdar a bh' ann, ged a bha e mar bu trice ciùin socair na chòmhradh.

Chuir mi iomadh feasgar seachad na chuideachd ann an Dùn Èideann, ri aighear is fealla-dhà, agus an uairsin a' tionndadh gu poilitigs, is eachdraidh agus gu h-àraidh bàrdachd. Bha e furasta dhomh a chreidsinn - rud a chuala mi tric bho chàch - gur e fear-teagaisg air leth a bh' ann. Ghlacadh e d' aire cho luath 's a thòisicheadh e a' bruidhinn; bha leithid a dh'ùidh 's a thoileachas aige ann am bàrdachd 's gum feumadh tu èisteachd ris agus gabhail ri pàirt dhe na beachdan aige, agus chan eil fhios agam a bheil dòigh eile ann air bàrdachd a theagasg ceart. Tha mi an dùil gur e a las ùidh dhomh ann am bàrdachd Yeats nach deach às an t-sealladh fhathast.

Bàrdachd is Gàidhlig is Leòdhas, no 's dòcha Leòdhas is Gàidhlig is Bàrdachd: cha robh e gu diofar cò aca bha tighinn air thoiseach anns a' chuideachd sin, ged a bha sinn a' dèanamh toibheum, gun fhios duinn, do na h-Uibhistich is na Sgiathanaich!

Bu bheag an t-iongnadh, is dòcha, ged a gheibhinn-sa mar sin e, is sinn mar gum biodh ann an dòigh no dhà air an aon ràmh. Ach chì mi anns an leabhar ùr seo a thàinig am follais mar chuimhneachan air, gun robh an aon bhuaidh, no buaidh a bha coltach rithe, aige air Goill is Sasannaich, air daoine dha là fhèin agus air daoine a bha fada na b' òige na e.

Bhuineadh Eachann MacIomhair do Shiabost. Rugadh e ann an 1910 agus chaochail e ann an 1966. Bha e a' teagasg Beurla ann an Àrd-sgoil Rìoghail Dhùn Èideann.

Tron chogadh bha e anns an Nèibhidh. Bha e math air craobh-sgaoileadh air an rèidio, agus air dealbhan-cluiche a dheasachadh.

Anns an leabhar seo tha grunn de luchd-sgrìobhaidh a dh'aithnicheadh e, agus grunn nach aithnicheadh e idir, a' cur sìos am beachdan air rudan anns an robh ùidh aige, no anns a bheil ùidh aca fhèin. Chan fheàirrde an leabhar an-còmhnaidh an t-saorsa sin a thoirt dhaibh. Tha Alasdair Reid a' cur sìos air Crìochan Shasainn (The Borders), Muriel Spark a' beachdachadh air Dùn Èideann, Karl Miller a' dèanamh leisgeul dha fhèin a chionn e bhith a' fuireach is a' sgrìobhadh ann an Lunnainn, Ùisdean MacDhiarmaid a' sgrìobhadh air Langholm, dùthaich àraich, agus air an ath-bheòthachadh ann an litreachas a chaidh a lasadh an toiseach leis fhèin, Somhairle MacGill-Eain a' sgrìobhadh mu sheann òrain Ghàidhlig. Tha mòran anns an leabhar mu litreachas is mu phoilitigs na h-Alba eadar 1930 agus an là an-diugh, pàirt dheth a tha gu math ceacharra, mar a tha sgrìobhadh Tom Nairn ('Stalin mo rùin-sa is Lenin mo ghràidh,' mar a thuirt am bàrd), agus pàirt eile, mar an rud a sgrìobh Arthur Marwick air poilitigs, a tha a' cur solas às ùr air eachdraidh. Tha blàths cridhe anns na sgrìobh William McIllvaney air 'Growing up in the West' agus togail cridhe anns a' chaibidil 'The Emergence of Scottish Music' le Ronald Stevenson. Ach dhòmhsa co-dhiù cha robh dad anns an leabhar a thigeadh ann an uisge na stiùireach (agus nach ro mhath a chòrdadh na facail ris a' mharaiche) dhe na sgrìobh Robert Taubman, fon ainm 'Strangers.' Tha mi smaoineachadh gun do thuig e rud math de nàdar Eachainn, ged nach biodh dòigh aige air a thuigsinn buileach glan:

"... he had a Celtic regard for nobility, for exceptions; a fellow-feeling for the arrogant Yeats, Cunninghame Graham and Joyce, and he was known to practise the aristocratic art of displeasing, as if enemies and superiors were there for that purpose. There was no natural bourgeois in him between the peasant and aristocrat, which often made him a difficult friend."

Tha mi toilichte gun robh eòlas agam air, agus gu bheil an leabhar seo againn a-nis mar chuimhneachan.

Karl Miler (deas.). *Memoirs of a Modern Scotland.* Lunnainn: Faber & Faber, 1970.

Gairm 71 (An Samhradh 1970): 281-283

An t-Àrd Ollamh Iain Friseal

Tha sia bliadhna fichead bho chaochail Iain Friseal, a bha na Àrd-Ollamh air na Cànanan Ceilteach ann an Oilthigh Oxford. Mura d'fhuair e riamh bho mhuinntir na Gàidhlig an t-urram air an robh e airidh, bha adhbhar no dhà air sin. Ann a bhith a' beachdachadh air a bheatha, agus air an obair a rinn e, faodaidh sinn na h-adhbharan sin a mhìneachadh, agus togaidh sin ceist no dhà as fhiach an cnuasachadh.

Mura d'fhuair e an t-urram sin 's e bu choireach nach deach e ga iarraidh. Bha e coma dheth. Cha b' e bh' air aire. Chan eil mi a' ciallachadh le sin gun robh cliù nan daoine bhon tàinig e ga meas suarach aige, ach ma bha cliù sam bith a dhìth air fhèin cha b' e an t-seòrsa seo a bhith siubhal nan àrd-ùrlaran, no a bhith a' siabhair thall 's a-bhos. Tha a leòr aige ri dhèanamh gu h-uaigneach na leabharlann fhèin.

'S ann an Inbhir Nis a rugadh Iain Friseal, anns a' bhliadhna ochd ceud deug ceithir fichead 's a dhà, ach cha bhuineadh e idir don bhaile. Bha a dhachaigh ann an Lòchleitir, ann an Gleann Urchardan, far a robh athair na gheamair, agus b' ann an sin a chaidh a thogail. Bha làn an cinn aig athair 's aig a mhàthair de Ghàidhlig, agus thàinig an dìleab sin airsan cuideachd.

Is cinnteach nach bu mhiste e an dà chainnt a bhith aige bho làithean òige. Tha e coltach gun robh deagh fhear-teagaisg aige anns a' Ghleann, agus thug an duine seo an aire gu math tràth gun robh comas fada thar an àbhaist aig Iain Friseal, gu h-àraidh a thaobh chànanan. Fhuair e brosnachadh agus oileanachadh bhon mhaighstir-sgoile seo, agus tha e coltach gun robh strì agus cur-leis ann fhèin a thug air adhart e gu cabhagach.

Tha iomradh againn air an t-seòrsa sgoileir a bh' ann nuair nach robh e ach seachd bliadhna deug a dh'aois. 'S e an t-Àrd-Ollamh Uilleam Calder, a bha a' teagasg Greugais ann an Oilthigh Dhùn Èideann, a dh'innis mar a thachair iad air a chèile an toiseach, anns a' bhliadhna mu dheireadh den naoidheamh linn deug. Bha iad air an trèana, a' tilleadh à Obar Dheathain, an dèidh dhaibh co-fharpais a' Bhursaraidh fheuchainn. Thug Calder an aire gun robh leabhar Greugais aig an Fhrisealach, agus dè bha seo ach earrann den Republic aig Plato, leabhar a bha e air a cheannach an Obar Dheathain. Cha tugadh sgoilearan a' bhaile mhòir mòran sam bith às an leabhar sin aig an àm ud, tha Calder ag ràdh. Bha cuimhne aig Calder air turas eile, mun àm seo, nuair a thàinig air Iain Friseal a h-uile ceum a choiseachd à Inbhir Nis gu ruig Lòch-leitir, oir bha e air am beagan sgillinnean a bh' aige a chosg air leabhar a bha dhìth air. Cha mhòr de dh'oileanaich an là an-diugh a dhèanadh a leithid, ged a tha na notaichean cho pailt aca 's a bha na sgillinnean aig an Fhrisealach.

'S ann mun àm sin cuideachd a dh'innis Iain Friseal do Chalder gun robh e air tòiseachadh ag ionnsachadh Eabhra, "A chionn," ars esan "gu bheil ùidh agam anns an t-seann chànan."

Lean e air, bliadhna an dèidh bliadhna, a' cur ris an eòlas sin air cànanan. B' e Laideann agus Greugais na prìomh chuspairean a bh' aige an Obar Dheathain, agus an dèidh sin an Cambridge, agus choisinn e an t-urram a b' àirde anns an dà Oilthigh sin. Choisinn e cuideachd àrd-dhuaisean airson bàrdachd Ghreugais agus rosg Laidinn a sgrìobhadh. Ach aig an aon àm bha e a' leudachadh 'eòlais air cànanan eile, gus mu dheireadh an robh eòlas aige, chan ann a-mhàin air cànanan na Roinn Eòrpa, ach cuideachd air na cànanan Ural-Altaic, a tha air an cleachdadh ann an dùthchannan leithid Finland agus an Tuirc. Chaidh e na b' fhaide na sin eadhon, a' dèanamh cnuasachadh air na cànanan Bantu, a bhuineas do dh'Afraga. Thog e cuideachd rud math de chànan cho doirbh 's a tha ri faotainn san Roinn Eòrpa – 's e sin Basque, a tha air a bruidhinn air crìochan na Frainge agus na Spàinnt.

Ach cho sgileil 's ga bheil duine, cha tog e cànanan gun saothair, agus ged is goirid an t-iomradh thug an obair seo na bliadhnachan mòra. Mar a chunnaic sinn thòisich e tràth oirre, agus lean e oirre fad a bheatha. Ann an Cambridge ghabh e ùidh shònraichte ann a bhith a' coimeas chànanan ri chèile, agus bha daoine an sin aig an àm a bha air leth fiosrach anns an ealain seo – gu h-àraidh Peter Giles. An dèidh don Fhrisealach Cambridge fhàgail thug e greis bheag anns a' Ghearmailt, an Oilthigh Jena, ris a' cheart shaothair. Bha ùidh anns an cànanan Ceilteach air a dùsgadh fada ron àm sin, ach b' fheàirrd e càirdeas agus fiosrachadh E. C. Quiggin ann an Cambridge, oir bha Quiggin fiosrach mu Ghàidhlig na h-Èireann agus mun Chuimris.

Anns a' bhliadhna naoi ceud deug 's a seachd thill am Frisealach a dh' Obair Dheathain, gu bhith na fhear-cuideachaidh don Àrd-Ollamh Ramsay, ann an

Roinn na Laidinn. Cha b' fhada gus an d' rinn e ainm dha fhèin mar fhear-teagaisg a ghabhadh saothair mhòr ris na h-oileanaich aige, ged a bha a chainnt air uairean cho leamh ri cainnt a chualas riamh mu na crìochan sin. Ach a rèir coltais, ged a bha e sgaiteach cha robh droch rùn sam bith air chùl na cainnte.

Mun àm seo cuideachd, anns na bliadhnachan mus do thòisich a' chiad chogadh, bha clas Gàidhlig aige ann an Colaiste an Luchd-teagaisg, an Training Centre. Cha robh a' Ghàidhlig an uair sin air a teagasg anns an Oilthigh.

A rèir innis, cha robh beul-bòidheach ga chleachdadh anns a' chlas sin. Cha mhotha fhuair litreachas na Gàidhlig moladh sam bith air nach robh i làn airidh. 'S dòcha gun robh e air a leamhachadh leis a' mholadh gun rian a bha fasanta aig an àm aig na daoine a bha a' cur an clò am beachdan air litreachas na Gàidhlig. Bha eòlas fhèin air litreachas cho farsaing, agus inntinn air a geurachadh cho mòr, 's gun robh teagamh a' bacadh na tlachd a shaoileadh duine a nochdadh e na chainnt agus na litreachas fhèin. Chì sinn gun robh an teagamh sin air a shiubhal fad làithean a bheatha.

'S ann anns na bliadhnachan sin a thòisich e a' cur an clò sgrìobhaidhean air seann chànanan, agus gu h-àraidh air seann Ghàidhlig na h-Èireann. Nochd iad seo ann an ràitheachain Èireannach is Gearmailteach is Frangach, agus cha b' fhada gus an do choisinn e cliù mar ghràmaraiche ealanta. Anns a' bhliadhna naoi ceud deug agus trì deug chuir e an clò cuideachd sgrìobhadh mun t-seann chànan ris an canar New Phrygian, fon ainm 'Phrygian Studies,' agus cho fada 's as aithne dhomh cha tug duine ceum air thoiseach air anns a' chuspair seo bhon àm sin.

Thàinig an sin an Cogadh, agus bha feum air a leithid de dhuine geur tuigseach ann an Oifis a' Chogaidh. Chuir e seachad na bliadhnachan sin anns a' bhuidhinn ris an cante an Directorate of Military Intelligence.

B' ann an uair a bha e air falbh à Obar Dheathain a chuireadh air bhonn mu dheireadh thall anns an Oilthigh roinn air leth do na cànanan Ceilteach, agus thaghadh Iain Friseal gu bhith air a ceann. Bha sin aig toiseach na bliadhna naoi ceud deug agus a sia deug.

Cha b' ann gun saothair a rinneadh seo, agus b' fhada bho thòisich daoine a' bruidhinn air. Anns a' bhliadhna ochd ceud deug, fichead 's a còig deug, bha iomradh air an dà Oilthigh an Obair Dheathain (Colaiste an Rìgh agus Colaiste Mharischal) aonadh ri chèile. Chuir fear Dòmhnall MacMhuirich, no Dòmhnall Currie, à Lunnainn, air adhart tagradh an Taigh nan Cumantan gus Cathair Ghàidhlig a stèidheachadh an Obair Dheathain, ach cha tàinig an t-aonadh gu buil, agus cha chualas an còrr mun chathair. Anns a' bhliadhna naoi ceud deug 's a naoi, chuireadh tagradh gu Cùirt an Oilthigh, ag iarraidh oirre Roinn Cheilteach a chur air chois, agus an ath bhliadhna chuireadh na h-uiread de dh'airgead air leth airson sin. B' iad Ollamh na Laidinn (Ramsay) agus Ollamh na Greugais (Harrower) a bha a' cumail a' chuspair seo air beulaibh an Oilthigh, agus mu dheireadh thall chaidh leotha.

'S e cùis-iongnaidh a bh' ann gun teagamh gun tug Oilthigh Obar Dheathain cho fada a' stèidheachadh Roinn Ghàidhlig, oir a rèir coltais bha Colaiste an Rìgh na bu Ghàidhealaiche na gin de na h-Oilthighean Albannach, agus bha còir aice bhith mar sin, oir b' ann gu leas na Gàidhealtachd, ann an deagh thomhas, a chaidh a stèidheachadh bho thùs. Ach 's ann slaodach a bha a' Ghàidhlig a' dleasadh a h-àite fhèin anns na h-Oilthighean eile cuideachd. Bha na Gàidheil ro dhiùid ann an cùisean an cànain agus an litreachais, agus cha robh gean math aig na Goill riutha mar bu trice. Eadhon fhathast, leis a liuthad cothrom a th' againn, is suarach cho dàna 's a tha sinn ann a bhith a' dleasadh ar còirichean.

Nuair a bha an cogadh seachad thill Iain Friseal a dh' Obar Dheathain, agus anns a' bhliadhna naoi ceud deug 's a naoi-deug chuireadh clas Gàidhlig an tairgse nan oileanach. Cha robh mòran ann a ghabh cothrom air a' chothrom sin aig an àm sin, agus 's e glè bheag dhiubh sin a tha air fhàgail a-nis. Ach is tric a chuala mi iomradh air a' chiad chlas Ghàidhlig sin bho Iain MacDhòmhnaill, à sgìre a' Bhac an Leòdhas. Cha chuala mi riamh bhuaithe ach rann molaidh air an Fhrisealach, mar dhuine agus mar fhear-teagaisg. Bha e sgaiteach gun teagamh, ach is fheàirrde oileanaich beagan eirmseachd is sgaiteachd, gus an cumail air an corra-biod. Cha robh fearas-mhòr na nàdar, agus bha e a' leantainn seann lagh na sgoilearachd ann a bhith a' coimhead air na h-oileanaich aige mar chompanaich. "Dh'ionnsaich mi," arsa Iain Dòmhnallach, "a cheart uiread bhuaithe air raon golf agus ann an taigh-òsta Jimmy Hay 's a dh'ionnsaich mi anns a' chlas."

'S e an aon inneas a th' aig feadhainn eile air - duine gun mhòrchuis, ged a bha adhbhair gu leòr aige moit a bhith air, duine càirdeil, aighearach a bha dèidheil air cuideachd, ach aig an aon àm, duine aig a robh inntinn chruaidh gheur a rachadh air tòir na fìrinn ge bith dè 'n rathad a bheireadh sin e.

Thàinig tinneas air an Fhrisealach nuair a bha e na bhalach gu math òg - tha mi 'n dùil gur e polio a bh' ann - agus dh'fhàg seo ciorramach e. A dh'aindeoin sin 's e coisiche treun a bh' ann, agus bha e math air golf cuideachd. Cur-seachad eile a bh' aige 's e tàileasg - deagh chluich gus an inntinn a gheurachadh agus gu comas-breithneachaidh a neartachadh. Cha robh e riamh ro làidir na bhodhaig, ach cho fad 's as fiosrach mi, cha do chuir seo smal air inntinn. Ach theagamh gum biodh e air barrachd de dh'obair a chur às a dhèidh nan robh neart corporra air a bhith aige ann an tomhas na bu mhotha.

Cha do dh'fhuirich e fada an Albainn, oir fhuair e cuireadh anns a' bhliadhna naoi ceud deug is aon air fhichead, a dhol gu ruige Oxford, mar Àrd-Ollamh nan cànanan Ceilteach an sin. Dh'fhuirich e ann an Oxford gus an do chaochail e, anns a' bhliadhna naoi ceud deug da fhichead 's a còig, ach a-mhàin gun robh e greiseag aig toiseach a' Chogaidh ann an Oifis a' Chogaidh - an t-àite a dh'fhàg e o chionn fichead bliadhna. Ach bhris air a shlàinte, agus thill e gu ruige Oxford.

Bha e air pòsadh anns a' bhliadhna naoi ceud deug agus seachd air fhichead. B' e an tè a phòs e Frances Galloway Mordaunt, a bha cuideachadh ann an Roinn na Greugais an Obair Dheathain mus do phòs i. Bha dithis nighean aca.

Dè a-nis mun obair sgoilearachd a rinn e, agus na sgrìobhaidhean a dh'fhàg e às a dhèidh? Chan ionnan an dà nì. Ged a rinn e obair gun chrìch, ag ionnsachadh chànan 's gan coimeas ri chèile, cha tàinig am follais ann an clò ach earrann bheag den t-saothair sin. Mar eisimpleir, chaidh innse dhomh gun robh e air litreachas clò-bhuailte na Gàidhlig a leughadh gu h-iomlan, agus e an dùil gràmair eachdraidheil a sgrìobhadh. Ach le dìth na slàinte cha tàinig an obair seo gu buil. Bu mhòr am beud. Ach gu fortanach chuir e an clò cuid de na co-dhùnaidhean gus an tàinig e, ann an sgrìobhaidhean leithid 'The Relative Clause in Scottish Gaelic' anns an *Celtic Review*, 'The Language of the Fernaig MS' ann an *Scottish Gaelic Studies*, agus ann an sgrùdaidhean air leabhraichean. Tha pongalachd is snas air na sgrìobhaidhean sin, agus b' fhiach iad an cruinneachadh ri chèile.

Anns an òraid a thug e seachad nuair a ghabh e a' chathair ann an Oxford - 's e sin History and Etymology' - rinn e gearan bheag, ag ràdh gun robh sgoilearachd Cheilteach air a dearmad anns an dùthaich seo cho mòr agus gum feumadh an grunnan beag sgoilearan a bh' ann làmh a thoirt air cus de rudan: dh'fheumadh iad feuchainn ri bhith ealanta ann an gràmair, ann an litreachas, ann an eachdraidh, ann an deasachadh sgrìobhaidhean sean agus nuadh, agus ann an cuspairean eile cuideachd. 'S e lìonmhorachd nan làmh a nì an obair aotrom, ach chan eil na làmhan pailt an seo idir. Tha seo gu h-àraidh fìor mu sgoilearachd Ghàidhlig, agus cha mhòr nach eil e a cheart cho fìor an-diugh 's a bha e an uair sin. Agus tha e na chùis-mhaslaidh don dùthaich seo gu bheil sin mar sin. B' e a bhuil gun do shaothraich Iain Friseal ri sgrìobhaidhean a dheasachadh, mar a rinn e anns na leabhraichean *Irish Texts*, agus cuideachd anns an leabhar a dh'fhàg E. C. Quiggin às a dhèidh, agus a dheasaich am Frisealach - 's e sin *Poems from the Book of the Dean of Lismore*. Ach bha e a' strì cuideachd ri seann ainmean-àitean, ri freumhan fhacal a lorg, ri eachdraidh nan Cruithneach is nam Picti a mhìneachadh.

Taobh muigh na sgrìobh e air gràmair na Gàidhlig againn fhìn agus gràmair na Gàidhlig Èireannaich, tha mi a' smaoineachadh gur e dad cho luachmhor 's a chuir e an clò na sgrìobhaidhean air na Cruithnich agus air na Picti. 'S e seo cuspair cho doirbh 's a tha tighinn fa chomhair sgoileir Ceiltich. Cò às a thàinig na daoine seo, agus cuin a thàinig iad? Dè a' chainnt, no dè na cainntean a bh' aca? Dè cho fad 's a mhair iad, agus dè na tha air sgeula den cainnt fhathast - abair, ann an ainmean-àitean? Dè na cleachdaidhean a bh' aca? Dè a' bhuaidh a bh' aca air cainnt agus air eachdraidh nan Gàidheal? Cha tug am Frisealach freagairt air mòran de na ceistean sin, ach chuir e an cèill gu h-onorach an dòigh anns a bheil e ceart agus ceadaichte na ceistean sin a rannsachadh. Rinn e seo gu sònraichte anns na sgrìobhaidhean 'History of and Etymology' agus 'The Question of the Picts.'

Chan eil dà nì air thalamh cho duilich an lorg ri cinnt agus foirfeachd, agus sin an dà nì a bha dhìth air Iain Friseal, agus bha iad a dhìth air còmhla. B' e sin bu choireach nach tug e freagairt iomlan air mòran de cheistean. B' aithne dha ro mhath doimhneachd an eòlais agus doimhneachd an aineolais. B' e sin bu choireach cuideachd nach do dh'fhàg e barrachd sgrìobhaidhean às a dhèidh.

Cho fad 's as aithne dhomh cha do sgrìobh e dad idir an Gàidhlig, agus cha do nochd e mòran ùidh ann an litreachas na Gàidhlig no anns na h-àiteachan sin anns an robh a' Ghàidhlig fallain is siùbhlach na là fhèin. Is dòcha nach robh cùisean air a bhith mar sin nan robh e air fuireach an Albainn - a' teagasg luchd-Gàidhlig gach bliadhna. Ach chan eil mi cinnteach à sin a bharrachd. Saoilidh mi gun robh a' Ghàidhlig dha mar chuspair sgoilearachd sam bith eile: Greugais, no Laideann, no Phrygian, no Lydian, no Bantu. Cha b' ann a' feuchainn ri fàisneachd a dhèanamh a bha e idir, no ri fàisneachd dhaoine eile atharrachadh. Cha robh a dhìth air ach an fhìrinn a lorg mu nithean a bh' ann 's a thachair. 'S math nach eil a h-uile duine coltach ris; 's math gu bheil daoine coltach ris ann. Cuireamaid a' chlach seo air a chàrn.

Chraobh-sgaoileadh an sgrìobhadh seo air an rèidio anns a' bhliadhna 1962.

Gairm 77 (An Geamhradh 1971): 42-48.

Na Spirisean

Air an Spiris, *Gairm* 47

Tha an luchd-turais air tighinn gu na h-Eileanan an Iar. Feadhainn thana is feadhainn reamhar; feadhainn bhrèagha is feadhainn ghrànda; feadhainn chràbhach is feadhainn gun diù. Anns na dòighean sin cha bhi umhail ri chur orra seach muinntir nan eileanan fhèin, ach air a shon sin gabhaidh daoine annas dhiubh, mar a bhiodh sinn uaireigin a' gabhail annas de mhuinntir na Hearadh nuair a thigeadh iad gu Òrduighean an Rubha[15] an Leòdhas. Bha sinn den bheachd gun robh na Hearaich an-còmhnaidh a' coiseachd ann an sreath shingilte, gach fear beagan air thoiseach no air chùl a nàbaidh, agus bhiodh sinn ag ràdh gu feumadh iad sin a dhèanamh aig an taigh, le cion nan ròidean.

Bidh an luchd-turais ùr eòlach gu leòr air ròidean aig an dachaighean fhèin, agus bidh cuid dhiubh eòlach air telebhisean, air taighean-cofaidh, air na Beatles, air taighean-dhealbh, air biadh nan canastairean, is air a' Bheurla. 'S e rudan eile, is rudan annasach dhaibh fhèin, a bhios a' mhòr-chuid aca a' sireadh, agus tha gu leòr de na rudan sin mun coinneamh anns na h-eileanan, mura cuir an sluagh fo phoc iad.

Is iongantach gu lean an luchd-turais a' tighinn mas e cornflakes is aran Ghlaschu, canastairean pònair is am bradan Canèidianach a gheibh iad. Is dòcha nach

15 Na h-òrduighean ('communions' anns a' Bheurla) – àm sònraichte nuair a bhios comanachadh a' tachairt anns na h-eaglaisean anns na h-Eileanan Siar; bidh sin aig amannan eadar-dhealaichte anns na sgìrean, agus bha e gu math cumanta do chuid a' dol gu na h-òrduighean ann an diofar àiteachan tron bhliadhna. [nòta an deasaiche]

dèan e mòran feum dhaibh bloigh de shearmoin Bheurla a chluinntinn air an tuath, nuair a dh'fhaodadh iad searmoin an Gàidhlig èisteachd. Na togadh duine sam bith taigh-dhealbh air sgàth an luchd-turais ann an Seilebost, oir fòghnaidh an tràigh dhaibh. Ma chluinneas iad òrain-luadhaidh am Barraigh, nì iad barrachd còmhraidh mu dheidhinn sin na mu dheidhinn ballet, ged a bheireadh na Barraich ballet dhachaigh a Lunnainn, far a bheil iad eòlach gu leòr air a leithid.

Agus ma chluinneas iad gu leòr de Ghàidhlig saoilidh iad gun tug iad splaoid mhòr. Mar sin, nuair a thachras fear-turais riut air an rathad mhòr, coma leat de "Good morning" no "Good afternoon." Can ris, an clàr an aodainn, "Feasgar math ann," no "Cà'il thu dol?" no "Cò as a thug thu 'choiseachd?" is ma stadas e, bruidhinn Gàidhlig ris gun abhsadh. Ma nì thu sin, thèid sgeul nan Eilean Siar fad is farsaing.

'Air an Spiris,' *Gairm* 47 (An Samhradh 1964): 201.

Air an Spiris, *Gairm* 104

Anns an àireamh seo tha sinn a' toirt am follais poileasaidh Pàrtaidh Nàiseanta na h-Alba a thaobh na Gàidhlig. 'S ann tràth air an t-samhradh seo a chaidh gabhail ris a' phoileasaidh sin leis a' chòmhdhail Nàiseanta, agus tha dùil a thoirt air beulaibh an t-sluaigh aig an Taghadh Choitcheann ris a bheil dùil a dh'aithghearr.

Shaoil sinn gun robh e iomchaidh na co-dhùnaidhean seo mu staid is ùisneachadh is stadas na Gàidhlig a chur air beulaibh luchd-leughaidh *Gairm* cho luath 's a ghabhadh dèanamh, agus tha sinn fo mhòr fhiachaibh don Phàrtaidh Nàiseanta a thug cead dhuinn seo a dhèanamh.

Bidh cuid ann a their nach bu chòir dhuinn cothrom craobh-sgaoilidh a thoirt do dh'aon phàrtaidh seach pàrtaidh eile. Mar a tha sinne a' faicinn na cùise, tha sinn a' toirt cothrom do luchd na Gàidhlig na beachdan cudromach seo fhaicinn, nan cànan fhèin, cho luath 's a ghabhas dèanamh. Tha sinn a' craobh-sgaoileadh naidheachd mhath mun Ghàidhlig, agus nì sinn an dearbh nì ma thig naidheachd cho math bho phàrtaidh sam bith eile.

Mar a tha cùisean an-dràsta, chan eil dùil againn gun tachair a leithid: chan eil dùil againn gun tig poileasaidh cho dòchasach bho phàrtaidh sam bith eile. Agus tha e ceart sin a chur ann an dubh 's an geal cuideachd.

'Air an Spiris,' *Gairm* 104 (Am Foghar 1978): 299.

Air an Spiris, *Gairm* 113

Anns an t-Sultain seo chaidh, bha coinneamh eadar-nàiseanta air a cumail an Glaschu, gus beachdachadh air staid nan cànanan beaga, no na cànanan nach eil a' dleasadh prìomh àite nan dùthchannan.

Bha sgoilearan an sin à Albainn, Èirinn, A' Chuimrigh, Sasainn, Lochlainn, An t-Suain, An Danmhairg, Na h-Eileanan Fàro, Suòmi, An Fhreislainn, An Eilbheis, Luxembourg, An Òlaind, Catalonia, Canada, agus Stàitean Ameireaga, agus 's e cùis-iongnaidh a bh' ann cho bàigheil 's a bha iad a thaobh dhuilgheadasan chàch-a-chèile, cho deiseil 's a bha gach duine gu èisteachd 's gu ionnsachadh, agus a liuthad seòrsa duilgheadais a th' ann, 's cho eadar-dhealaichte 's a tha staid an dà-chànanachais ann an dùthchannan fa-leth.

Chan eil rian nach dèan e feum dhuinne ann an Albainn ma bheir sinn cothrom dhuinn fhìn ionnsachadh bho fhiosrachadh dhaoine eile anns an dòigh seo. Mar aon rud, chì sinn gu soilleir gu bheil na duilgheadasan a th' againn cumanta air feadh an t-saoghail, oir is gann gu bheil dùthaich ann far nach eil strì bheag no mhòr eadar dà chànan, agus uaireannan eadar trì.

Tha dùthchannan ann far a bheil an riaghaltas gu fada an aghaidh nam beag-chànan; tha an Fhraing mar sin anns a' chumantas. Tha dùthchannan ann a thug prìomh àite don chànan bheag a tha air taobh staigh an crìochan, co-dhiù ann an iomadh dòigh, ged nach do shoirbhich leis a' chànan sin mar a bha dùil (Èirinn). Tha rìoghachdan eile far a bheil trì no ceithir de chànanan a' soirbheachadh

(An Eilbheis), no co-dhiù dhà (Lochlainn is Luxemburg). Tha uaireannan cànan a' fuireach glè làidir is glè bheothail gun ach beagan de leabhraichean no de sgrìobhadh innte (Luxembourg), is uaireannan eile tha leabhraichean is sgrìobhadh a' toirt taic làidir don chànan (Faroe, Innis Tìle, Èirinn).

'S glè bheag de na bha an làthair nach robh den bheachd gun robh fèin-riaghladh na chùl-taic làidir do chànan beag, ach bha corra dhuine ann a bha an dùil nach robh an sin ach aon rud, 's nach dèanadh e a' chùis an-còmhnaidh.

Thig leabhar am follais an ath-bhliadhna, air deasbad na coinneimh, agus cuiridh sinn nur sùilean e an uair sin.

'Air an Spiris,' *Gairm* 113 (An Geamhradh 1980): 13.

Air an Spiris, *Gairm* 145

Tha sinn toilichte gu bheil cùnntas againn anns an àireamh seo air mar a thachair, 's mar a tha a' tachairt, do na Cùrdaich, a tha air am pronnadh le riaghaltasan garga no coma air gach taobh dhiubh.

Chunnaic Iain Grimble na daoine seo nuair a bha e a' teagasg anns an Iarain o chionn grunnan bhliadhnachan, agus thug e sealladh dhuinn aig an àm sin air na bha daoine a' fulang anns an Iarain fhèin (faic *Gairm* 110). Ach tha cùisean air a dhol nas miosa bhon uair sin, do na Cùrdaich. Mar a tha e ag ràdh, chan eil Ameireaga, no Breatainn cuideachd, saor o chionta.

Ma their duine a leughas an aiste aig Iain, nach eil gnothach againne, mar Ghàidheil, ri ceistean den t-seòrsa sin, tha iad fada ceàrr. Chan e mhàin gu bheil cuimhne againn air rudan suarach a rinneadh anns an eachdraidh againn fhìn, ged a bha a leithid ann, ach tha beatha ar co-chreutairean a' suathadh anns a' bheatha againn fhìn mur eil sinn dall is bodhar, air neo mur eil sinn air ar dalladh. Agus chan ann a-mhàin an Èireann a Tuath no an Afraga a Deas a tha aintighearnas agus an-iochd, ged as iad as fhaisge air ar fradharc, gu h-àraidh air an TV.

Co-dhiù is dòcha gu bheil cunnart ann a bhith ag ath-dhùsgadh ro thric cuimhne an aintighearnais a bh' ann, an àite a bhith ag ath-thogail is a' togail às ùr.

Agus gun a bhith a-mach air aintighearnas idir, cha mhiste sinn fios a bhith againn air dè tha daoine eile a' dèanamh, air taobh a-muigh nan crìochan beaga againn fhìn. Thig seo a-steach oirnn gu math làidir ann an ceithir bliadhna eile, nuair a thèid dùthchannan na Roinn Eòrpa nas dlùithe ri chèile, agus a rèir an dòchais a tha aig cuid, nuair a thèid Alba gu h-àraidh nas fhaisge air na dùthchannan sin.

Bu chòir, mar sin, gum biodh *Gairm* a' dèanamh beagan gu leudachadh fradhairc a ruighinn. Bhiodh sinn toilichte cluinntinn bho luchd-leughaidh ann an dùthchannan eile (agus tha luchd-leughaidh aig *Gairm* air feadh an t-saoghail), a' toirt dhuinn am beachdan air cùisean anns na dùthchannan anns a bheil iad, agus sin a thaobh cosnaidh is beatha is poilitigs is litreachais is creideimh, agus gin sam bith de na mìltean chuspairean a tha a' bualadh orra.

Ma tha rud agaibh ri innse mu dhòigh-beatha ann an dùthaich eile, agus dealbh no dhà gus soillearachadh no aotromachadh a chur ris, feuchaibh gu sgrìobh sibh thugainn.

'Air an Spiris,' *Gairm* 145 (An Geamhradh 1988): 13-14.

Air an Spiris, *Gairm* 150

'S e bliadhna air leth annasach, agus dòchasach, a bh' ann an 1989 ann an ceàrnaidhean an ear na Roinn Eòrpa. Bha deagh ghreis ann, gun teagamh, bho thòisich an dùsgadh anns a' Phòlainn, agus nas fhaide bho nochd e anns an Ungair. Agus dh'fhaodadh sinn a ràdh, ann an seagh, gun robh, fad nam bliadhnaichean, daoine anns gach dùthaich nach deach fo shuain a' chomannachais, ach a chùm anail na saorsa fionnar is cùbhraidh. Bha agus tha sgrìobhadairean soilleir anns a' chuideachd sin, mar a bha Akhmatova agus Pasternak anns an Ruis, no Havel anns an t-Seic.

Ach bha ùghdarras brùideil na Ruis, fad iomadh deichead, a' cumail rian air a leithid, ged nach gabhadh glas-ghuib a chur orra an-còmhnaidh. Is dòcha gur h-ann nuair a dh'fhàs prìs a' chogaidh ro throm, is nuair a bha daoine a' faicinn (can air telebhisean) cho bochd 's a bha an caitheamh-beatha taca ri feadhainn eile, a thàinig an t-ath-nuadhachadh anns an Ruis, ged a bha buaidh reusanta aig Gorbachev 's a leithid air cùisean cuideachd. Ach aon uair 's gun leagh an deigh ud anns an Ruis, thòisich an tuil ann an dùthchannan na Roinn Eòrpa an Ear, agus chunnaic sinn air a' bhliadhna chaidh seachad rudan iongantach a' tachairt annta. Tha sinn an dòchas gu lean an t-Earrach seo 's gun tèid e na Shamhradh a mhaireas fada.

A-nis, aig toiseach 1990, tha coltas ann gu lean an reothadh anns an Ruis fhèin, 's gun toir e cruth is dreach ùr air iomadh ceàrnaidh dheth. 'S ann sa cheann-a-deas as luaithe tha cùisean ag atharrachadh, oir tha daoine is treubhan fo spòig na Ruis an sin a tha glè eadar-dhealaichte bho Ruiseanaich an taobh tuath. Tha pàirt de shluagh nan Armenianach, mar eisimpleir, ag iarraidh a bhith aonaichte ri an daoine fhèin, ann an stàit air leth dhaibh fhèin. Bu chòir dhuinn cuimhneachadh gur e fìor sheann shluagh, le fìor sheann chànan, a tha seo: daoine agus cànan aig a bheil beagan coltais ri na Ceiltich, their cuid, agus tha fhios gur ann bhon aon fhreumh a thàinig ar cànanan bho chionn fhada. Tha sgoilear ainmeil Ceilteach ann am Bonn, Karl Horst Schmidt, a tha cuideachd fìor ionnsaichte ann an cànan na Armenianach. Agus tha caraid eile do Ghairm a' gealltainn dhuinn gu bheil e dol a dhèanamh eadar-theangachadh bhon chànan sin gu Gàidhlig nuair a gheibh e cothrom.

Tha sinn an dòchas nach bi eagal oirnn ann an Albainn leasanan ionnsachadh bho dhaoine calma na h-àird-an-ear. Chan e idir gu bheil sinne gar cur gu ruige Siberia, no glas-ghuib ga chur oirnn, no gar marbhadh 's gar pronnadh feadh na h-oidhche le securitate no le stasi. Ach, coltach ri sluaghan na Roinn Eòrpa an Ear, tha dìth saorsa againn ann an seagh: saorsa ar dùthaich fhìn a ruith, no a leasachadh, nar dòigh fhìn, gun òrdugh no bruthadh bho Lunnainn. 'S ma tha thu smaoineachadh gur e iarrtas sean-fhasanta tha seo, thoir sùil mun cuairt ort, 's thoir an aire mus e thu fhèin a tha ro shean-fhasanta.

'Air an Spiris,' *Gairm* 150 (Earrach 1990): 107-108.

Air an Spiris, *Gairm* 152

Aig crìoch bliadhna eile san Oilthigh, is dòcha nach dèan e cron smaoineachadh air mar a tha saoghal na Gàidhlig air atharrachadh an sin mar ann an àiteachan eile.

Bho chionn leth-cheud bliadhna, nuair a chuir an sgrìobhadair seo eòlas an toiseach air oilthigh, bha a' Ghàidhlig glè glè fhallain na dùthaich fhèin, ach car air an iomall anns na h-oilthighean. Bha grunn math de oileanaich ga gabhail mar chuspair airson dà bhliadhna, gu h-àraidh ann an Glaschu, ach 's ann gu math ainneamh a bha oileanach a' leantainn gu ceum le urram ann an Gàidhlig no ann an Ceilteis.

Aig an àm sin bha cuid de na h-àrd-sgoiltean a bha a' teagasg Gaeilge Chèitinn ('s e sin Gàidhlig Èireannach na 17mh linn) air an t-siathamh bliadhna, agus a thaobh na Gàidhlig againn fhìn, cha robh Iain Lom no An Clàrsair Dall, no Donnchadh Bàn no Mac Mhaighstir Alasdair a' cur cus eagail oirnn. Bha feallsanachd eadar-dhealaichte a' dol ann an cuspairean eile cuideachd, is leughadh tu anns a' chlas Bheurla, anns an sgoil, Chaucer is Shakespeare is Milton, Pope is Dryden, Scott is Byron is Browning, 's cha b' e aon dàn leis gach fear dhiubh a bharrachd. Is dòcha gun tigeadh ort deich de na nobhailean aig Scott a leughadh, 's mar sin air adhart.

Mar sin, bha oileanaich a' tighinn gu oilthigh le rud math de eòlas air litreachas agus air cànan. Ach cha robh ach corra dhuinne a' leantainn ri Gàidhlig mar chuspair fad cheithir bliadhna anns an oilthigh, 's ma bha 's e Laideann bu dòcha a dhol còmhla ris a' Ghàidhlig.

Tha sin air atharrachadh gu mòr. Tha an-diugh fada a bharrachd de oileanaich a' dèanamh Gàidhlig no Ceilteis le urram, agus a' toirt a-steach cànanan Ceilteach eile, chan e mhàin Gaeilge bho gach linn ach Cuimris cuideachd. Agus glè thric tha iad a' gabhail Ceilteis còmhla ri cuspairean eile. A' bruidhinn air Oilthigh Ghlaschu, mar eisimpleir, bha caileag Leòdhasach am bliadhna a ghabh ceum le Fraingis agus Gàidhlig, is gille à Suòmi a ghabh cànanan na Spàinne is Gàidhlig, is Cuimris, fear à Ìle a rinn Gàidhlig is Litreachas Albannach, is Cuimreach a ghabh Gàidhlig is Cuimris is Gaeilge. Agus ann am bliadhnachan eile bha is tha oileanaich a' gabhail Gàidhlig, no Ceilteis an co-bhoinn ri Gearmailtis, no Beurla, no Ceòl, no Cruinne-eòlas, no Eachdraidh, no Àrsaireachd, no Matamataig. 'S e rud fallain a tha seo, agus dh'fhuilingeadh sinn tuilleadh dheth.

Tha seo a' ciallachadh cuideachd gu bheil na Gàidheil nas fosgailte ris an t-saoghal Eòrpach is ris an t-saoghal mhòr nas fhaide mach.

Bu mhath gun tuigeadh luchd na Gàidhlig aig an taigh gu bheil seo air tachairt, agus a' tachairt, is gun cuireadh e uaill orra gum faod a' Ghàidhlig, a h-àite dligheach a ghabhail ann an saoghal foghlaim is litreachais is gnìomhachais.

'Air an Spiris,' *Gairm* 152 (Am Foghar 1990): 299-300.

Air an Spiris, *Gairm* 168

Is iomadh sealladh oillteil a tha an telebhisean a' toirt a bhroinn nan taighean againn, gu h-àraidh nuair a tha tachartasan ann am Bosnia 's ann an Afraga gan toirt far comhair. Is ann, glè thric, bho ghamhlas is bho bhrùidealachd dhaoine a tha am milleadh sin ag èirigh, as bith an ann bho eud eadar chinnidhean agus eadar chreideamhan a tha seo a' tighinn bho thùs.

Tha e coltach gur e na h-aoin daoine a tha a' murt a chèile ann a Rwanda, ged a bha cuid dhiubh beairteach is cuid dhiubh bochd, cuid nan uachdarain is cuid nan ìochdarain. Chan ann mar sin buileach a tha a' chùis ann am Bosnia, ach ann a sin tha diofar chinnidhean is diofar creideamh a' dùsgadh a' ghamhlais.

Agus nuair a thèid a' chòmhstri ro fhada, tha galar is dìth bidhe is dibhe, is gànrachadh nan uisgeachan, a' sgaoileadh 's a' marbhadh, 's a' toirt plàigh chun nan dùthchannan bochda.

Is math gu bheil riaghaltasan a' dèanamh na h-uiread gus an cuideachadh, ged is ann fadalach a tha cobhair a' tighinn an-còmhnaidh.

Tha fhios gu bheil sinn fortanach anns an dùthaich seo nach eil còmhstri den t-seòrsa sin againn. Bha uair a bha, ged nach robh e a-riamh cho buileach millteach ris an staid anns a bheil dùthchannan eile. Ach chì sinn iarmad den t-seann bhrùidealachd fhathast beò ann an Èirinn-a-tuath, a tha dìreach an ath dhoras dhuinn.

Is dòcha gu bheil cus de ghamhlas fhathast ann am poilitigs na dùthcha seo fhèin, ged nach eil e a' ruighinn an uabhais sin a chì sinn ann an dùthchannan eile. Tha gu leòr de luchd-naidheachd againn nach tog an sùil bho a leithid. Agus tha corra amadan ann, no is dòcha gu bheil iad nas caraiche na amadan, a bhios a' maoidheadh oirnn gun a bhith nar Bosnaidhich no nar Seirbhich, 's gun a bhith ag iarraidh Alba bhith saor.

Tha dòigh is dòigh ann air saorsainn a ghlacadh. Fhuair taobh an ear na Gearmailt, is stàitean na Baltaic, agus cuid de dhaoine anns an U.S.S.R, saorsa nach creideadh iad a thigeadh a chaoidh, anns na dhà no trì bhliadhnaichean a chaidh seachad, a' tighinn a-mach bho chuing nan Comannaich, agus gun mòran sabaid no marbhaidh ann. 'S ann a bha am marbhadh mòr ann nuair a bha iad fo smachd nan Comannaich gràdhach.

Bu mhath gum faigheadh gach dùthaich saorsa gun sabaid, is gun àraicheadh iad an uairsin càirdeas ri chèile.

'Air an Spiris,' *Gairm* 168 (Am Foghar 1994): 297-298.

Air an Spiris, *Gairm* 170

Tha e gu bhith leth-cheud bliadhna a-nis bho thàinig crìoch air a' Chogadh Mhòr mu dheireadh, ged a tha na cogaidhean 'beaga' a' dol gun sgur an àiteigin san t-saoghal aimhreiteach a th' againn.

Is math gu bheil teagamhan gan togail a thaobh mar bu chòir an Cogadh Mòr sin a chuimhneachadh. Fhad 's a tha daoine ann a chom-pàirtich ann, agus feadhainn a chaill an luchd-gaoil, tha e nàdarrach gum bi cuimhneachain ann, ach mar as motha a chumar iad dìreach mar chuimhneachain dhuinn fhìn 's ann an fheàrr. Chan eil e math a bhith dùsgadh ghamhlasan a bh' ann, agus a' sabaid mu chuspairean leithid am bu chòir do na Seapanaich cruinneachadh còmhla ri an seann nàimhdean.

Bhiodh e na b' fheàrr cuimhneachain mar seo a chumail gu socair ann an dùthchannan fa-leth, no ann an sgìrean beaga fa-leth.

Dhùisg cuimhneachan Dhresden iomadh smuain o chionn ghoirid. Tha gu leòr den bheachd nach robh feum idir air a' mhilleadh a rinneadh air an àite sin, leis na bh' ann de sheann thogalaichean eireachdail. Agus sin cho faisg air deireadh a' chogaidh.

Ged a bhios cuid a' cumail a-mach gur e seòrsa de dhìoghaltas a bh' ann airson na thachair do Choventry is a leithid, is iongantach gur e sin a bh' ann idir, ach rabhadh do Stalin gun a dhol nas fhaide an iar anns a' Ghearmailt.

'S a-nis tha sliochd Stalin air teicheadh chun an ear, ach an sàs ann am borbalachd ann an Chechnya.

Tha dà cheud bliadhna gu leth a-nis bho thòisich 'Bliadhna Theàrlaich,' agus bidh cuimhne ga dùsgadh air an eachdraidh sin tron bhliadhna tha romhainn. Cluinnidh sinn iomadh seòrsa beachd air na thachair. Bha borbalachd gu leòr ann an uair sin cuideachd, agus aig an aon àm dùrachd is dòchas is uaill. Tha gach faireachdainn den t-seòrsa sin a' tighinn am bàrr anns a' bhàrdachd aig Alasdair Mac Mhaighstir Alasdair.

Is dòcha gum bu chòir do Roinn na Gàidhealtachd clach-chuimhne a thogail do Mhac Mhaighstir Alasdair air a' bhliadhna tha seo, ach ma nì iad a leithid bhiodh e iomchaidh cuimhneachadh gur e euchdan a' phinn a b' fhaide mhair, 's a mhaireas, na euchdan a chlaidheimh.

'Air an Spiris,' *Gairm* 170 (An t-Earrach 1995): 105-106.

Air an Spiris, *Gairm* 181

Thàinig sluagh na h-Alba gu co-dhùnadh cudromach air an fhoghar a chaidh seachad. Thuirt iad, gun teagamh nan guth, gun robh iad ag iarraidh Pàrlamaid dhaibh fhèin.

Tha faisg air trì cheud bliadhna bho chaill sinn ar Pàrlamaid. Tha e soilleir gun robh làmhachas-làidir is sannt is brìbeireachd air an toinneamh anns a' bhreith sin, agus is dòcha na h-uiread de bheachdan na b' fhallaine na iad sin. Chaidh eachdraidh na h-Alba sìos is suas grunn thurais bhon uair sin, ach air cho tarraingeach 's a bha an Ìmpireachd, is buaidh an tombaca, is beairteas Innseanach is Ameireaganach, cha do chaill sinn fhathast, gu buileach, uaill agus creideamh a tha a' sruthadh às ar dùthchas is às ar n-eachdraidh.

Tha fianais gu leòr againn air call anns na linntean bho 1707, agus dh'fhàs seo anabarrach soilleir anns an fhicheadamh linn, nuair a chunnaic sinn gàrraidhean mòra nan soithichean gan dùnadh, puirt gan dùnadh, obair stàilinn a' crìonadh, is iomadh obair eile a' dol às an t-sealladh, ged a thàinig na mìocro-shliseagan is na bùithtean mòra is na taighean-òsta is na pubaichean nam mìltean mòra.

Chunnaic na linntean sin cuideachd fàsachadh air an dùthaich, is crìonadh na Gàidhlig is na Gall-Bheurla. Ach cuide ris an fhàsachadh 's ris a' chrìonadh bha na h-uiread de dh'fhàs ann cuideachd. Thàinig dreach ùr air mòran de ar bailtean, ged a chaidh iomallan nam bailtean mòra uaireannan sìos gu dòrainneach. Chaidh ar foghlam suas is sìos. Ghlèidh ar litreachas an deò, agus aig amannan 's ann a thàinig fìor lasair ùr ann, agus dh'fhaodadh sinn comharraidhean coltach fhaicinn nar ceòl 's nar n-ealain.

Bha an dùsgadh a tha a-nis a' tighinn gu ìre a' nochdadh nar litreachas fad dà cheud bliadhna is barrachd, agus chitheadh duine lèirsinneach an dùsgadh sin a' fosgladh gu mòr eadar an dà chogadh mòr anns an linn seo. Bha an dùsgadh sin a' sgaoileadh beag air bheag a-measg luchd-poilitigs, agus a' fàs gu mòr anns an deich-bliadhna-fichead a chaidh seachad.

'S e adhbhar toileachais a bh' ann a bhith a' faicinn trì de na pàrtaidhean poilitigeach ann an Albainn a' co-obrachadh anns an iomairt a bh' againn ron bharail-fhuasgladh (referendum). Dh'fhàg corra bhall-Pàrlamaid droch smal air fhèin le bhith dol an aghaidh a' cho-obrachaidh sin, ach faodaidh dòchas a bhith againn gu lean an t-sìth gu ìre, agus gun tèid a' Phàrlamaid a bhonntachadh gu cùramach. 'S e bhios a dhìth oirnn an uair sin sealltainn gu bheil sinn comasach ann an Albainn air ar riaghladh fhìn, agus air fàs a thoirt air ar dualchas, 's ar n-eachdraidh, 's ar maoin, 's ar n-ealain, 's ar moraltachd, is air gach nì a bhios gu math ar daoine.

'Air an Spiris,' *Gairm* 181 (An Geamhradh 1997): 9-10.

Air an Spiris, *Gairm* 189

Tha còmhradh a' dol a-nis mu dheidhinn ath-nuadhachadh na Gàidhlig. Chan e cuspair ùr a tha seo, ged a tha cuid den luchd-còmhraidh a' smaoineachadh gur e. Bu mhòr am beud nach deach barrachd a dhèanamh anns an dà cheud bliadhna chaidh seachad, ach bu chòir dhuinn cuimhneachadh gun deach iomadh rud a dhèanamh, a dh'fhàg a' Ghàidhlig nas làidire ann an raon ar litreachais, 's ar foghlaim, agus ann an eachdraidh ar dùthcha, ged a tha làn-Ghàidheil air fàs gu math tearc.

Anns a' chòmhradh ùr tha feadhainn a' cumail a-mach gum bu chòir na buidhnean Gàidhlig a thoirt gu chèile, 's a bhith air an aon ràmh; gu bheil cus dhiubh ann, is gu bheil feum aca air rian; gun gabhadh an t-airgead a tha dol thuca a bhith air a chleachdadh ann an dòigh nas cunbhalaiche; is mar sin air adhart.

Cò tha gu bhith stiùireadh a' bhàta anns an loch ùr seo? An e luchd-poilitigs, 's mas e, am feum iad a bhith anns an aon phàrtaidh? Is an tig iad fo bhuaidh nam bureaucrat, no fo bhuaidh nam burraidhean?

Tha dòigh eile air sealltainn ris a' chùis. Is dòcha gur e rud fallain a th' ann gu bheil buidhnean ùra ag èirigh, 's a' toirt taic don Ghàidhlig ann an suidheachaidhean ùra, is gach buidheann a' leantainn orra a' cumail taic ri na h-iomairtean aca fhèin, as bith an e Mòdan no sgoiltean no dràma no litreachas no rèidio is TV a tha gu sònraichte fo an aire.

Tha e ceart nach bu choir cus sabaid a bhith eatorra, ach cha tuirt sin gum feum iad àrd-chommandair. Tha e ceart cuideachd gun toireadh an Riaghaltas cuideachadh dhaibh, ach tha e a cheart cho ceart gun cùm iad smachd air an obair fhèin, is gun lorg iad cuideachadh bhon t-sluagh leis a bheil iad ag obair.

Anns a' Phàrlamaid ùr againn tha e nàdarrach gun tèid ceistean den t-seòrsa seo a thogail, agus bu mhath cuideachd gun togadh iad ceist na Beurla Ghallda. Agus inbhe ar n-eachdraidh 's ar litreachais anns na sgoiltean 's na colaistean againn. Ach aig a' cheann thall tha e nas fallaine gu leanadh gach buidheann a dhòighean fhèin, a' còmhradh ri chèile is a' cuideachadh a chèile nuair a tha sin iomchaidh, ach gun riaghladh teann gan cuingealachadh bho gu h-àrd.

'Air an Spiris,' *Gairm* 189 (An Geamhradh 1999): 7-8.

Air an Spiris, *Gairm* 196

Tha deasbad gu leòr a' dol air feadh an t-saoghail mu dheidhinn truailleadh an t-saoghail. Tha gasaichean mì-fhallain air a bhith a' sgaoileadh fad iomadh bliadhna a-nis, agus luchd-saidheans ag innse dhuinn cho cunnartach 's a tha seo a' fàs, a' milleadh àile 's a' teasachadh, beag air bheag, ar saoghal. Tha an deigh a' leaghadh 's an cuan ag èirigh, 's bidh eileanan a' dol fodha is caoban fearainn gan call mar a bhios an cuan gan slugadh.

Tha e coltach gur e Ameireaga am prìomh chiontaiche anns an t-saoghal, is ged a tha na ficheadan de rìoghachdan eile ag iarraidh barrachd a dhèanamh gus an tuil seo a chasgadh, tha na daoine a tha a' dèanamh prothaid às an truailleadh glè dhuilich an casgadh.

Tha an dàrna Bush fo bhuaidh nan ciontach sin, agus tha thìde aig luchd-poilitigs ann an dùthchannan eile, is Breatainn, nam measg, seasamh an aghaidh nam beachdan cunnartach aige.

Tha e neònach cuideachd nach eil guth nas làidire a' tighinn bho shluagh cumanta Ameireagaidh, oir tha mòran de chreidmhich, de dh'iomadh seòrsa, anns an dùthaich sin, agus nam b' urrainn dhaibh aonachadh mun chuspair seo is dòcha gun cuireadh iad smachd air a' Bhuiseach 's a chàirdean.

Tha truailleadh de sheòrsachan eile ro chumanta ann an Albainn cuideachd, eadar sràidean salach is graffiti air ballachan, is dòighean mì-fhallain gan cleachdadh ro thric gus ainmhidhean a bhiathadh is biadh a dheasachadh. Dh'fhalbh an seann saoghal anns am biodh crodh is caoraich gam beathachadh gu nàdarrach, is daoine beò air biadh fallain a bha iad fhèin ag ullachadh. Cha robh guth cho làidir aig an àm sin aig an airgead, ach dh'fhalbh siud is thàinig seo.

Chan eil dòigh ann a-nis tilleadh gu saoghal den t-seòrsa sin, ach is cinnteach gum bu chòir do ar luchd-riaghlaidh sùil bhiorach a thoirt air mar a tha prothaid a' milleadh ar beatha 's ar saoghal, agus casg air choreigin a chur air a' mhì-fhallaineachd seo.

'Air an Spiris,' *Gairm* 196 (Am Foghar 2001): 297-298.

Air an Spiris, *Gairm* 199

Seo an turas mu dheireadh agam air an spiris, agus tha mi airson taing chridheil a thoirt do na ceudan a bha gar cuideachadh tro na bliadhnachan. Facal taing an toiseach do luchd-teaghlaich, a bha a' cuideachadh ann an iomadh dòigh, agus gu h-àraidh a' bhean agam, Carol, a bha a' toirt taic dhomh fad nan leth-cheud bliadhna.

Agus an uairsin an fheadhainn a bha ag obair anns an oifis fad nam bliadhnachan sin, feadhainn a bha a' reic an ràitheachain, 's a' tional shanasan, 's a' clò-bhualadh (an Sruighlea, am Peairt, an Glaschu, 's ann am Berwick-on-Tweed).

Agus na ceudan a bha a' sgrìobhadh dhuinn: sgeulachdan is bàrdachd is eachdraidh is lèirmheasan, is gach seòrsa sgrìobhaidh a bha a' nochdadh, pàirt dheth gu math ùr is annasach, air cuspairean gu math eadar-dhealaichte. Bha cuid dhiubh sin a' toirt cobhair dhuinn fad nam bliadhnachan, agus feadhainn ùra a' tighinn am bàrr cha mhòr gach bliadhna. Agus cuideachd ar luchd-leughaidh, agus tha feadhainn dhiubh sin air leth-cheud bliadhna de thaic a thoirt dhuinn.

Thàinig iomadh atharrachadh air saoghal na Gàidhlig anns na bliadhnachan sin, agus tha rud math den eachdraidh sin a-nis taisgte anns na mìltean duilleagan a chuir sinn an clò, an dà chuid anns an ràitheachan agus anns na leabhraichean a dh'fhoillsich sinn.

'S ann anns na bliadhnachan sin a thàinig an sgeulachd ghoirid gu ìre ann an Gàidhlig. Bha na h-uiread de sgeulachdan goirid air nochdadh anns na deicheadan ro 1950, ach chunnaic sinn leudachadh is fosgladh mòr, le sgrìobhadairean air am misneachadh gu rudan a sgrìobhadh gach ràithe, agus corra chruinneachadh a' tighinn on chlò cuideachd. Agus ann an saoghal na bàrdachd chunnaic sinn dòighean ùra a' fàs 's ag abachadh, gu h-àraidh eadar 1950 agus 1980.

Saoilidh mi gum bi luchd-rannsachaidh anns an linn tha romhainn a' mìneachadh gu cùramach na thàinig an clò ann an *Gairm*, agus mar sin chan eil an ràitheachan a' dol bàs fhathast, agus is dòcha gun toir e misneachd do luchd-sgrìobhaidh na Gàidhlig airson deagh ghreis.

Taing dhuibh uile.

'Air an Spiris,' *Gairm* 199 (Am Foghar 2002): 297-298.

STÒRASAN EILE (taghadh)

Bàrdachd le Ruaraidh MacThòmais

Creachadh na Clàrsaich: Cruinneachadh de Bhàrdachd 1940-1980 | Plundering the Harp: Collected Poems 1940-1980. MacDonald, 1982.

Smeur an Dòchais / Bramble of Hope. Canongate, 1991.

Meall Garbh / The Rugged Mountain. Gairm, 1995.

Sùil air Fàire / Surveying the Horizon. Acair, 2007.

Mar Chomharra - Ruaraidh MacThòmais aig 90 | Derick Thomson at 90: A Celebration. Leabharlann Bàrdachd na h-Alba, 2011.

Eadar-theangachadh

Thomson, Derick (deas.). *Bàrdachd na Roinn-Eòrpa an Gàidhlig | European Poetry in Gaelic*. Gairm, 1990.

Leabhraichean-rannsachaidh is aistean

Black, Ronald. '*Gairm*: An Aois Òir.' *Aiste* 2 (2008).

Fèill-Sgrìbhinn do Ruaraidh MacThòmais. A Festschrift for Professor D. S. Thomson. Scottish Gaelic Studies XVII. Clò Oilthigh Obar Dheathain, 1996.

MacAilpein, Tòmas & Roibeard Ó Maolalaigh (deas.). *Gairm: Ùghdar is Dealbh, Rosg is Rann, 1952-2002*. Clò Oilthigh Ghlaschu, 2022.

MacDonald, Ian. 'Derick Thomson: Poet and Scholar.' *Scottish Language* 37 (2018).

MacLeod, Donald John. *Twentieth Century Gaelic Literature*. Oilthigh Ghlaschu, 1969. Air-loidhne: http://theses.gla.ac.uk/5027/

- 'Gaelic Prose.' *Transactions of the Gaelic Society of Inversness* XLIX (1974-1974).

- *Dualchas an Aghaidh nan Creag*. Clò Beag, 2011.

Poncarová, Petra Johana. *The Gaelic Poetry of Derick Thomson*. Scotnote. Association for Scottish Literature, 2020.

- 'Old Women, Dreams, and Reversed Revivals: Derick Thomson's Gaelic Short Stories.' *Scottish Literary Review* 13: 2 (2021).

- *Derick Thomson and the Gaelic Revival*. Clò Oilthigh Dhùn Èideann, 2024.

Watson, Moray. *An Introduction to Gaelic Fiction*. Clò Oilthigh Dhùn Èideann, 2011.

Clàraidhean

Bàrdachd le Ruaraidh MacThòmais. CD. Scotsoun, 2002.

Tobar an Dualchais / Kist o Riches. Clàraidhean a rinn Ruaraidh MacThòmais (àireamh an neach: 1092). https://www.tobarandualchais.co.uk/person/1092?l=gd

Làraichean-lìn

Gairm Air-Loidhne: https://dasg.ac.uk/gairm/

Sgeul na Gàidhlig aig Oilthigh Ghlaschu: https://sgeulnagaidhlig.ac.uk/an-ard-oll-ruairidh-macthomais/

Làrach-lìn Ruaraidh MhicThòmais: https://ruaraidhmacthomais.wordpress.com/

A' chiad fhoillseachadh ann an 2025 le Acair, An Tosgan,
Rathad Shìophoirt, Steòrnabhagh, Eilean Leòdhais HS1 2SD

www.acairbooks.com
info@acairbooks.com

Dealbhachadh an teacsa agus an còmhdach Mairead Anna NicLeòid

Chaidh a h-uile oidhirp a dhèanamh luchd-glèidhidh chòraichean a lorg.

Chuidich Comhairle nan Leabhraichean am foillsichear le cosgaisean an leabhair seo.

Tha am foillsichear taingeil airson taic-airgid bho Urras an Rubha agus Sanndabhaig airson cosgaisean an leabhair seo.

Tha Acair a' faighinn taic bho Bhòrd na Gàidhlig.

Gheibhear clàr catalog CIP airson an leabhair seo ann an Leabharlann Bhreatainn.

Clò-bhuailte le Hobbs, Hampshire, Sasainn

LAGE/ISBN 978-1-78907-170-2

Riaghladair Carthannas na h-Alba
Carthannas Clàraichte
Registered Charity SC047866